JAUME I EL CONQUERIDOR

(PRIMERA PART)

EL PUNYAL DEL SARRAÍ

Albert Salvadó

Al meu fill Miquel, en homenatge a la seva desbordant imaginació.
Ell ha estat una inestimable font d'inspiració.

ISBN: 978-99920-1-921-4
Dipòsit legal: AND.195-2012
© *Albert Salvadó* ®
www.albertsalvado.com

Diseny portada: Sarabia Photo

ÍNDEX

CASTELL DE MONTSÓ

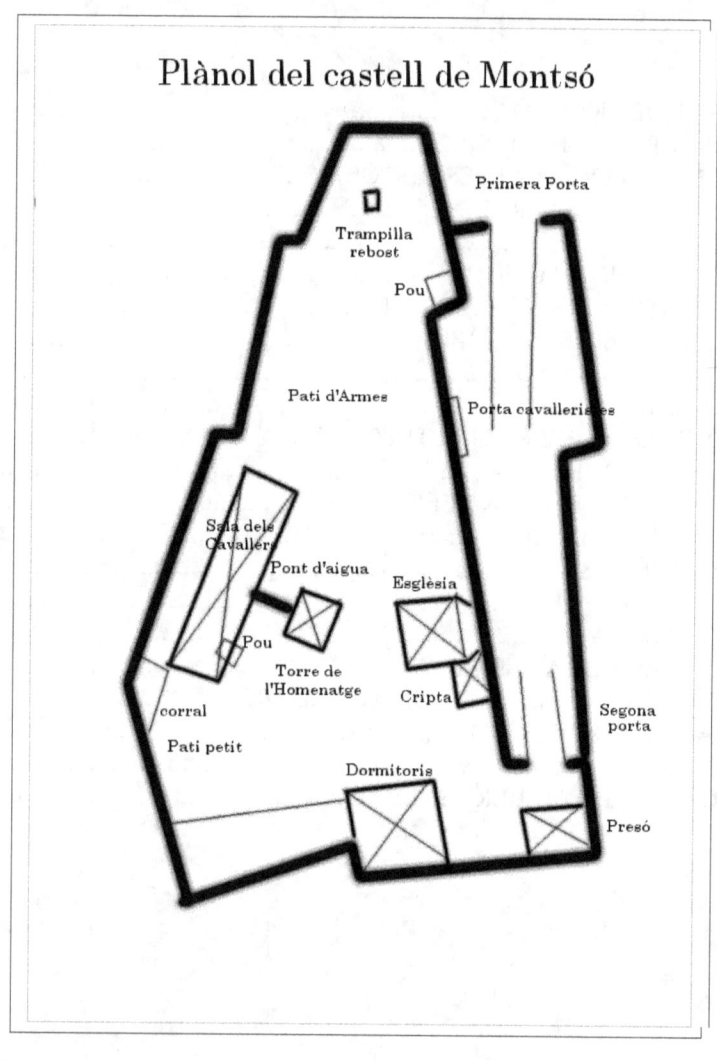

Plànol del castell de Montsó

Primera Porta

Trampilla rebost

Pou

Pati d'Armes

Porta cavalleries

Sala dels Cavallers

Pont d'aigua

Església

Pou

Torre de l'Homenatge

Cripta

corral

Pati petit

Segona porta

Dormitoris

Presó

ELS REGNES AL SEGLE XIII

Aragó, Catalunya, Mallorca i València
al segle XIII

Montpeller

Loarre
Osca
Barbastre
Montsó
Lleida
Girona
Sarragossa
Barcelona
Tarragona
Tortosa
Albarrassí
Terol
Morella
Peníscola
Menorca
Castelló
Borriana
Mallorca
València
Eivissa
Xàtiva
Montella
Biar
Alacant
Múrcia

Castella

PRINCIPALS PERSONATGES HISTÒRICS

Alfons IX de Lleó: 1170-1244. Casat amb Berenguera

Aurembiaix, comtessa d'Urgell: 1200-1231. Amant de Jaume I

Balasc d'Alagó: mort el 1239. Majordom de la casa de Barcelona

Berenguera de Castella: Esposa d'Alfons IX de Lleó.

Eixemèn Cornell: mort 1222. Majordom de Pere I. Conseller de Jaume I

Elionor de Castella: 1203-1244. Primera esposa de Jaume I. Filla d'Alfons VIII de Castella.

Ferran III de Castella i Lleó: 1199-1252. Fill d'Alfons IX de Castella

Ferran d'Aragó: Abat de Montaragó. Oncle de Jaume I.

Guerau de Cabrera: 1158-1265. Vescomte de Girona, d'âger i de Cabrera. Usurpador del comtat d'Urgell.

Guillem de Cervera: 1156-1244. Conseller reial de Jaume I. Senyor de Juneda i Castelldans. Padrastre d'Aurembiaix.

Guillem de Mont-rodon: 1170-1230. Gran Mestre de L'ordre del Temple d'Aragó i Catalunya.

Honorio III: Successor del Papa Innocenci III.

Inoccenci III: 1160-1216. Papa. És qui decideix la tutela de Jaume I.

Maria (reina): morta el 1213. Mare de Jaume I i esposa de Pere I.

Pere Ahonés: mort el 1226. Conseller de Jaume I. Membre del Consell de Regència.

Pere Cornell: Majordom del regne d'Aragó (1236). Cunyat de Pere Ahonés i nebot d'Eixemèn Cornell.

Pere Ferrandes d'Açagra: 1192-1246. Senyor d'Albarrassí. Governador d'Aragó, des de l'Ebre fins a Castella.

Pietro di Benevento: Cardenal diaca de Sta. Maria in Acquino. Notari apostòlic. Ell va treure Jaume de les mans de Simó de Monfort.

Roderic Liçana: Senyor de Liçana.

Sanç de Roselló: mort el 1233. Oncle de Ferran d'Aragó, oncle-avi de Jaume I. Regent del regne durant la minoria de Jaume.

EL PUNYAL DEL SARRAÍ

Vestia un hàbit marró i anava a peu. Era prim i duia un bastó llarg que emprava per ajudar-se a pujar el camí que conduïa a la muralla. Es va haver d'aturar dos cops. La llarga caminada, des de Barbastre fins a Lleida, l'havia cansat en extrem i, a més, el dia anterior no havia menjat. És clar que ell no menjava gaire. La meditació i l'oració requereixen d'una ment clara i, per a això, s'ha de tenir l'estómac net. Quan el cos no molesta, l'ànima s'allibera.

Va respirar fons i va aixecar els ulls per contemplar les passes que encara li quedaven per fer. Llarg és el camí del deure, però bé s'ha de fer, quan pel mig hi ha una promesa que has de complir.

Un home baixava estirant un ruc carregat de peces de ceràmica, i el monjo el va aturar.

—Hem podeu donar una mica d'aigua? —va demanar.

L'home se'l mirà. Pobre!, va pensar. Feia una fila! Les sabates brutes, l'hàbit arrugat i la cara que reflectia l'esgotament de qui ha caminat dia i nit, sense parar. De manera que li va oferir aigua de la gerra que duia amb ell i va veure com el pobre monjo engolia el líquid a bons glops.

—Bon home, sabeu si el rei Jaume, nostre senyor, és al castell? —va preguntar, un cop havia saciat la set.

—Hi és —respongué l'home—. Fa dies que va arribar a Lleida —féu, i va seguir el camí cap avall, però encara es va aturar, va obrir el sarró i li va allargar un tros de pa—. Si voleu pujar, heu de tenir força.

—Pregaré a Déu per tal que t'atorgui totes les seves benediccions i et concedeixi cent per u —somrigué el monjo.

Quan va arribar davant del castell, va respirar de nou per enfilar el darrer tram, creuà el pont llevadís i traspassà la porta guardada pels soldats. Havia deixat enrere la muralla que envoltava tot el turó i les cases dels nobles, i s'havia aturat un instant davant les obres de la nova catedral que havia de substituir la vella, la de Santa Maria l'Antiga, consagrada damunt de la mesquita musulmana de la Suda. Allà, el monjo havia fet el senyal de la creu. No estava acabada, ni molt menys! Era l'encàrrec que Pere Sacoma, el mestre d'obres, havia rebut del bisbe Gombau de Camporrells, mort tres anys abans del naixement del rei Jaume, i que el seu successor Berenguer d'Erill s'havia pres a la valenta.

—Una catedral és més important que la casa d'un noble —no parava de repetir Berenguer d'Erill—. És la casa de Déu i és un bé per a tothom. Per això ha de tenir prioritat —li deia, a Pere Sacoma, cada cop que pensava que el mestre d'obres s'escoltava massa Arnau de Sanaüja, senyor de les Borges Blanques, que també havia encarregat al mateix constructor les obres del seu palau de la Paeria, a baix, vora el riu Segre.

—No us amoïneu, senyor bisbe —li responia l'artista—. Tots els meus esforços són per a vós i per a la vostra obra.

Tanmateix, el palau es va acabar i la catedral seguia creixent a ritme lent. Poc li podia dir, al bisbe, que Arnau de Sanaüja complia puntualment i que, per contra, el clergue encarregat dels pagaments de l'església li retenia els diners i es passava el dia discutint-li totes les factures.

No, no estava acabada, però ja se n'endevinava la forma, i el monjo havia fet el senyal de la creu, allà, perquè ja no tenia esma per seguir caminant i atansar-se a l'antiga. Déu, en la seva infinita bondat, l'entendria i el perdonaria. Si més no, així ho esperava i ho desitjava.

—On aneu, germà? —demanà l'oficial que manava els soldats de la porta.

El monjo es va aturar i se'l mirà. Encara no s'havia recuperat de la pujada i respirava pesant, mentre es recolzava al bastó.

—Duc un encàrrec per al rei Jaume —respongué entre esbufegades, i es va seure a l'ombra mentre un soldat es dirigia a les dependències dels secretaris.

Una estona després, Guillem de Cervera el rebia al castell.

—Què és això tan important que li heu de comunicar al rei? —preguntà el cavaller al monjo.

—Haig de parlar amb ell, perquè forma part d'un secret de confessió i no us ho puc dir a vós.

—I podeu revelar un secret de confessió a una altra persona, encara que sigui el rei? —demanà el de Cervera, força sorprès.

—Quan qui va fer la confessió m'ha atorgat el seu permís, sí —respongué el monjo.

El de Cervera es quedà callat un instant. Era només un monjo i segurament el rei no estava per tafaneries.

—El rei està molt ocupat. No sé si us podrà rebre.

—Vinc de molt lluny, de Basbastre, i no marxaré fins haver parlat amb el rei Jaume. I si cal, moriré aquí mateix. Feu-li arribar això i que sigui ell, qui decideixi —va respondre el monjo i es ficà la mà sota l'hàbit per treure una daga sarraïna, amb la fulla corbada, que lluïa una pedra vermella al puny.

Guillem de Cervera l'examinà. Curiosa peça. I va mirar de nou el monjo. Era vell, molt vell. Tan vell que no acabava d'entendre que hagués pogut fer aquell viatge tan llarg.

—La voluntat d'un mort és sagrada i dóna forces a la nostra per complir els encàrrecs —va fer el monjo, com si hagués copsat el pensament del cavaller.

—Haureu d'esperar. El rei ha sortit a cavalcar —i assenyalà una cadira.

El monjo va fer una reverència i s'assegué a la cadira, mentre el cavaller sortia de la cambra i se n'anava cap al despatx reial. Llavors va treure de sota l'hàbit el tros de pa que li havia donat l'home del ruc i el mossegà. La meditació és bona, però també ho és un tros de pa.

Força estona després, Guillem de Cervera tornà. El monjo ja havia acabat el seu àpat i se sentia millor.

—El rei us rebrà ara mateix —va fer, i es veia d'una hora lluny que no s'ho acabava de creure.

El monjo s'aixecà de la cadira i el va seguir pels passadissos fins a una porta petita custodiada per un soldat, que s'apartà i l'obrí. D'aquí uns moments, hauria complert la darrera tasca que encara li quedava i, cansat i vell com estava, podria retirar-se a descansar i esperar pacientment l'arribada de la misericòrdia del Senyor.

Només entrar-hi, el rei va venir cap a ell. Era jove, alt i fort, ros i amb un rostre de formes agradables que tenien el seu màxim punt en els ulls grans i blaus. Duia el punyal a la mà i l'examinava amb molta cura. Però la seva sorpresa augmentà en reconèixer l'home que el visitava.

—Déu meu! —va fer, i l'assenyalà amb el dit—. Però si...— no s'ho podia creure—. Aquest punyal és... —i es quedà bocabadat.

—El mateix —s'inclinà el monjo lleugerament, en una reverència.

Jaume va caminar unes passes, l'agafà pel braç i el convidà a seure al seu costat.

—D'on veniu?

—De Barbastre.

—Arribeu força cansat. Teniu fam?

—He menjat un tros de pa —somrigué el monjo.

—Només un tros de pa? Doncs, no n'hi ha prou —respongué Jaume i li oferí fruita que hi havia damunt la taula.

El monjo va prendre una poma i la mossegà.

—Deixeu-nos sols —ordenà el rei.

Guillem de Cervera va sortir i tancà la porta. Qui era aquell monjo? Li sonava, d'haver-lo vist en algun lloc, però no hi queia. I se'n va tornar al seu despatx, tot capficat.

Portava una estona assegut, quan, de sobte, el va recordar.

—Santa Maria! —va fer, i es va posar dempeus d'un salt—. Però si és... —mormolà—. Què hi ha vingut a fer? —es demanà.

I s'atansà a la finestra, mentre la seva memòria li portava fets ja oblidats. Com passa el temps!

1.- L'INFANT

Corria l'any 1214 de nostre Senyor Jesús, Déu del Cel.

Al capdavant, obrint camí, anaven tres escuders a cavall. Vestien el gonió, la túnica de malla de ferro, i protegien el cap, el pit i la part superior de les espatlles amb el capmall, damunt del qual lluïen el capell de ferro. Duien les llances aixecades, ben dretes, i els escuts preparats. Darrere d'ells, un altre escuder conduïa el carruatge de formes quadrades i rodes massisses, amb cortines a les finestres i la creu vermella, l'emblema dels cavallers templers, pintat a les portes. Dos cavalls tiraven d'ell i esbufegaven de valent, malgrat que no anaven gaire de pressa perquè el camí era força irregular. No per a un cavall, però sí per a un carruatge pesant que obligava el conductor a corregir la trajectòria i estar atent a les reaccions dels animals. Finalment, tancant la comitiva, tres escuders més s'havien de menjar tota la pols que aixecaven els que els precedien.

La roda del carro va fer un bot en trepitjar la pedra que sobresortia i, dins del carruatge, Pietro di Benevento, cardenal diaca de Santa Maria d'Acquino i notari apostòlic, un home gras que suava com un porc, va sentir la punxada als ronyons i, primer, va maleir tot aquell viatge i, immediatament després, va demanar perdó i va acotar el cap perquè Déu no el castigués encara més. A la darrera aturada havia afegit un altre coixí al seient de fusta, dur com una pedra i curt de camal, que l'obligava a seure de costat per poder encabir tot el cul, però el camí era força dolent i de poc havia servit. Amb ell viatjaven Guillem de Mont-rodon, gran mestre de l'Ordre del Temple d'Aragó i de Catalunya, assegut al seu davant, i aquell marrec de sis anys que semblava un cuc prim i escanyolit i amb cara d'espantat i que romania encongit en el petit espai que aquell enorme cos li deixava lliure.

El prelat, es va arreglar la seva sotana vermella, arrugada pel llarg camí, i amb les seves mans rodones, enfundades en guants i farcides de joies, tornà a posar al seu lloc el capell de tela que li cobria la closca, mig calba. Del seu pit penjava la creu daurada que es movia a cantó i cantó cada cop que les irregularitats feien trontollar el carruatge. Sortosament les cortines el lliuraven d'haver d'engolir la pols que els cavalls aixecaven i que el lleuger vent enlairava de tant en tant, perquè feia dies que no plovia i la terra era seca.

Podia haver-los deixat a Lleida i que s'espavilessin tot sols, però Innocenci, el tercer papa que duia aquell nom, havia estat molt clar amb les seves ordres. Benevento no podia abandonar aquelles contrades fins que l'infant Jaume no hagués arribat sa i estalvi al castell de Montsó. I tot per un testament, les darreres voluntats de la reina Maria, esposa de Pere d'Aragó i de Catalunya, el monarca que s'havia enfrontat a Simó de Monfort, que havia perdut la vida i gairebé tot un regne i que havia deixat unes terres empobrides, una economia malmesa i un bon plec de nobles descontents.

—Falta gaire per arribar? —preguntà Benevento.

—Unes deu llegües de camí —somrigué Guillem de Mont-rodon.

Havien deixat enrera el castell de Binéfar. Ni tan sols s'hi havien aturat, perquè ja anaven prou endarrerits, i havien triat una petita posada pertanyent a un mudèjar, dels molts que havien romàs quan aquelles terres van ser recuperades de mans dels sarraïns i esdevingueren cristianes. Allà havien menjat, havien begut i havien refet les forces.

Li feia gràcia el prelat, a Mont-rodon, perquè era gras i tou com la mantega, amb el ventre que li penjava i la cara rodona i vermella, amb totes aquelles petites venes que delataven el seu delit per la bona taula i el millor vi. Havien abandonat Lleida de bon matí, quan el sol tot just despuntava, i bé podien haver fet el viatge en menys temps, però durant tot el camí Benevento no havia parat de queixar-se i els havia obligat a aturar-se més de quinze cops. Per resar, deia, però s'amagava darrere dels matolls i s'acotxava com una dona per alleugerir els líquids que produïa i totes les deixalles que aquell cos havia d'expulsar per no rebentar. Segur que no duia ni la calça i que no se la trobava i havia de pixar assegut, somrigué el mestre amb el pensament que acabava de creuar pel seu cap. Si fos més prim i més atlètic li hauria ofert un cavall i se n'haurien sortit molt millor, perquè aquell tros final, abans de pujar fins al castell de Montsó, era força dolent, encara que curt. Ell, Guillem de Mont-rodon, també s'hauria estimat més prendre la muntura, però havia de retre els honors al prelat, encara que no li fes el pes.

Feia molta estona que no parlaven i Mont-rodon els havia pogut observar amb deteniment, el prelat i l'infant. Ell, pertanyent a l'ordre dels templers, malgrat que ja començava a ser gran, cosa que es descobria només de fer un cop d'ull a les arrugues del seu rostre i la barba blanca, encara es mantenia àgil i estava habituat a cavalcar i a lluitar. També duia el gonió i el capmall, com els escuders. Però, a diferència d'ells, el seu cap estava cobert per l'elm, el casc punxegut que tenia una llengua de ferro que protegia el nas. I al damunt del gonió, vestia el mantell blanc amb la creu vermella brodada al pit. Al seu costat, al banc de fusta, reposava la cuirassa, els cuixons, les genolleres i les turmelleres, totes d'acer i pesades que li proporcionaven defensa segura davant de l'enemic. S'havia alliberat d'elles perquè per seure li eren incòmodes, i ara respirava alleugerit, malgrat que se sentia neguitós i força preocupat perquè havia estat escollit per tenir cura de l'infant que els acompanyava. Una decisió personal d'Innocenci III.

Mont-rodon pensava en el rei Pere, ja mort i enterrat. El pare del jove Jaume en certs aspectes va ser un desastre i el regne estava dividit per totes les absurdes i estúpides decisions d'un home que va viure per allitar-se amb totes les dones que queien al seu voltant, fins que s'enfrontà a Simó de Monfort i morí a Muret. D'això feia poc més d'un any, durant el qual el senyor de Monfort, comte d'Evreux i de Leicester, havia procurat per tots els mitjans obtenir el regne que Pere I havia deixat escapar de les mans, i si no hagués estat per la mare de l'infant, la reina Maria, que va viatjar a Roma i es va posar sota la protecció apostòlica, ara totes aquelles terres li pertanyerien. Bé! Evidentment s'hi havia d'afegir, a tota aquella història, que Ferran d'Aragó —abat de Montaragó i oncle de Jaume— i Sanç de Rosselló —comte de Provença, de Rosselló i de Cerdanya i oncle de Ferran— sospiraven per obtenir el tron i que es van oposar aferrissadament a les pretensions del senyor de Montfort. De vegades la cobdícia d'alguns treballa a favor de tots, perquè, si Simó de Monfort hagués obtingut el regne, llavors, ¿què hauria passat? Cap dels nobles volia caure en mans d'un animal que havia pronunciat una frase terrible en entrar a Carcassona: «Déu ja triarà els seus al cel», havia dit quan li van preguntar com podrien distingir els heretges dels fidels. I no va en quedar cap, ni home ni dona ni nen amb vida, perquè ell, segons manifestà, no podia perdre el temps llegint els cors i separant els uns dels altres. A Déu també li pertocava part de la feina en aquella guerra.

El prelat, tot i que no parlaven, també pensava en el mateix afer i va tombar el cap i es va mirar un cop més el marrec que viatjava amb ells. Sis anys comptava i anava vestit amb unes mitges de color verd, unes sabates lleugeres, el vestit fins mitja cuixa cenyit per un cinturó de cuiro amb ornaments vermells i un barret amb una ploma, que no s'havia tret en tota l'estona.

Què era aquell infant? Rei o moneda de bescanvi?, es demanava Benevento. Tal vegada un error de Déu? O un miracle...? Perquè Déu no comet errades i, si eren certs els rumors que corrien sobre la seva concepció, bé podia parlar d'un prodigi.

El pobre desgraciat orfe seguia mirant el terra amb aquells ulls espantats, els mateixos que havia tingut des que van abandonar Montpeller i els mateixos que havia posat quan eren a Lleida, a la sala gran de la casa de Guillem de Cervera, davant del bisbe Berenguer d'Erill, que estava més per parlar amb Pere Sacoma que per altres temes.

Tampoc calia comptar massa amb Guillem de Montcada, malgrat que hi va assistir, però més interessat en mantenir la supremacia del comerç tèxtil de la ciutat de Lleida sobre Barcelona, després que Ramon Berenguer obtingués la senyoria sobre els recs del Segrià i que la vila esdevingués un lloc d'encontre de tots els caps de bestiar procedent de la Vall d'Aran, dels Pallars i de les Valls d'Andorra.

Però, evidentment, hi assistiren tots els nobles, des de Girona tot passant per Vic fins atrapar Montsó i endinsar-se a les terres d'Aragó, que l'havien reclamat per tal de lliurar-se de Simó de Monfort.

Verge Santa! Quin embolic!, pensava Benevento. Després de la desfeta de Muret, de la mort del rei Pere i, després d'haver escoltat la veu de la reina Maria i les notícies de Guillem de Cervera sobre la veritat del rostre de qui havia pres la torxa de la creuada contra els càtars, el Papa havia reflexionat. Si Simó de Monfort obtenia la corona d'Aragó i de Catalunya, es convertiria en un dels més poderosos i l'equilibri es trencaria. Per això va decidir que:

—Has d'anar a Montpeller i arrencar Jaume de les mans de Simó de Monfort. Déu així ho vol.

I Pietro di Benevento sabia que, quan Innocenci III deia que Déu així ho vol, significava que no hi havia cap més opció. De manera que havia viatjat fins a Montpeller, on les lluites continuaven perquè diversos cavallers s'havien aplegat a Narbona per enfrontar-se a Simó en una guerra interminable, i li va dir, al senyor de Monfort:

—Déu així ho vol.

No va ser gens senzill, perquè encara va haver de pregar molt per aconseguir que el cardenal Pierre de Douai se li afegís. Llavors, el vencedor de Muret va entendre que la seva negativa, de lliurar-los l'infant Jaume, podia significar una nova creuada, només que aquest cop ell en seria l'indigne, perquè era evident que «Déu així ho vol». De manera que, finalment, Pietro di Benevento va lliurar l'infant Jaume als nobles de Catalunya i Aragó, a Narbona, i van marxar cap al sud i es van endur el nen a Lleida.

Allà tot s'havia calmat, encara que no van ser-hi presents tots els nobles, sinó que hi mancaren els dos principals. Ferran d'Aragó, germà del difunt rei Pere, oncle de Jaume i, ara, abat de Montaragó, no hi va assistir. Com tampoc ho havia fet Sanç de Rosselló, nomenat per Inoocenci III regent del regne durant la minoria d'edat del nou monarca. I és que ambdós, com molt bé sabia tothom, pretenien el regne i poc volien jurar una fidelitat que els barraria, encara que només fos moralment, el pas cap als graons que condueixen al tron.

Va ser a casa de Guillem de Cervera, senyor de Juneda i Castelldans, que va tenir lloc l'acte de jurament. Guillem de Cervera havia estat triat a les Corts de Montsó com a ambaixador davant Roma per demanar que el Papa ordenés l'alliberament de l'infant Jaume. I ho havia aconseguit.

Quantes coses que havien passat en ben pocs mesos!

I ara Benevento es preguntava quant de temps seguiria viu l'infant en aquestes tristes circumstàncies. O, potser, havia nascut de miracle per viure força anys?, també es demanava el prelat, i esguardava un i altre cop aquell marrec que ja era rei. De debò era rei?

Una nova pedra del camí el va fer renegar en veu baixa.

—Puta pedra! —va fer, gairebé sense obrir els llavis, mentre tancava les parpelles i serrava les dents per apaivagar el dolor. I, després, afegí—: Oh, Déu misericordiós! Perdoneu al més humil dels vostres servidors i al més gran dels vostres pecadors —i féu el senyal de la creu.

Procurà acomodar-se als coixins el bo i millor que va poder i va prémer un xic més els llavis per tal d'amagar el dolor que li inferien els ronyons. Ja tornava a tenir ganes d'alleugerir els líquids i va mirar de nou el nen.

Era ros, com la seva mare i, si aconseguia sobreviure, potser seria fort com el seu pare. Sí, tot plegat, un prodigi degut a les circumstàncies, i aquell marrec era allà i ostentava els títols de senyor de Montpeller, comte de Barcelona i rei de Catalunya i d'Aragó. I tot perquè el seu avi Alfons d'Aragó, que havia concertat matrimoni amb Eudòxia Comné, filla del rei Manel, l'emperador de Constantinople, mentre la possible futura esposa viatjava des de l'orient, va trencar la seva paraula i va prendre per muller Sanxa, filla del rei de Castella. Un altre bon enrenou! Els pobres desgraciats que duien Eudòxia, en arribar a Montpeller i assabentar-se del desastre, es van espantar. Com podien tornar i explicar-ho a l'emperador? I, llavors, es produí el primer miracle. Guillem de Montpeller la demanà per esposa, però els nobles que l'acompanyaven s'hi van negar. La filla de Manel de Constantinople no es casaria amb ningú que no fos rei o emperador. Finalment, el senyor de Montpeller la prengué per esposa, però abans acceptà signar l'acord que els seus descendents serien els hereus del seu nom i de les seves possessions, encara que fossin dones.

Molt hàbils havien estat els enviats de Manel de Constantinople, perquè Guillem de Montpeller, després que Eudòxia li donés una filla, per nom Maria, acabà perdent tot el seu amor per la seva esposa i prengué una altra dona, Agnès de Marañon, cosina de Sanxa de Castella, de qui tingué un fill nomenat Guillem i sis més. A la mort del senyor de Montpeller, quan el seu fill Guillem reclamà el nom i el senyoriu, Maria, va viatjar a Roma i el seu advocat guanyà Montpeller, el títol i les terres per al seu fill Jaume. Era evident que el papa Innocenci va entendre de seguida que Guillem era fill de l'adulteri, perquè la vertadera esposa del senyor de Montpeller encara vivia quan Agnès va ocupar el llit senyorívol i va fer fora Eudòxia, la mare de Maria.

Era aquest el gran miracle o, potser, n'hi va haver un altre de més important?, se li escapà una rialla al prelat. Diuen que Pere I, el rei que havia succeït Alfons d'Aragó, es va casar a contracor amb Maria i que gairebé no la tocava. Ella vivia a Montpeller i ell on volia. Va ser a Miravalls que li oferiren una dona com mai no n'havia vist i, arribada la nit, a fosques, Maria prengué el seu lloc al llit i, d'un sol cop, quedà embarassada. Això és el que li havien explicat a Benevento.

Llegenda o… realitat? Tant se val! El fet és que aquell marrec havia nascut i que Déu així ho havia volgut, tal com deia Innocenci III. I ara era rei. Si més no, així ho testimoniava el seu títol.

Jaume, li van triar per nom. I també diuen que el va triar la reina Maria tot encenent dotze espelmes a dotze sants i que va esperar per veure quina romania encesa més temps. La de sant Jaume, va ser-ne, i aquest va ser el nom d'aquell infant. I ara Jaume d'Aragó i de Catalunya.

Mals temps corrien per aquelles contrades. Mals temps, força lluites i encara més fam. El rei Pere havia empenyorat totes les terres. I ara què?, es demanava Mont-rodon. I també va mirar

Jaume. Què devia estar pensant aquell infant? Un nen que gairebé no havia conegut ni a la seva mare ni al seu pare, perquè el van arrencar dels braços materns quan comptava tres anys i el van lliurar a Simó de Monfort, tot prometent-lo a una filla seva, per tal que el nodrís i tingués cura d'ell. Després, tot es capgirà, els càtars van fer cas omís de les amenaces del papa, Simó de Monfort va escoltar la crida d'Innocenci III i va emprendre la creuada, mentre els nobles enganyaven el rei Pere i li oferien femelles per tal que s'enfrontés al seu possible futur consogre.

Mala història!, mogué el cap Mont-rodon. Mala història i pitjor moment per coronar rei un pobre nen de sis anys que no era conscient de res de tot allò que havia passat i que, de ben segur, no sabia ni on era ni cap a on anava ni què l'esperava. Mala història quan el protagonista ni tan sols sap que ho és.

—Hauríem d'aturar-nos i donar gràcies a Déu perquè no hem patit cap perill —es va escoltar la veu de Benevento.

Mestre Guillem va somriure, va apartar la cortina i va treure el cap per ordenar que aturessin el carro. Un dels cavalls va deixar escapar un renill i bufà amb força. Sí, ell, l'animal, també devia estar fart de tanta oració i tenia ganes d'arribar i poder descansar.

Un dels escuders va descavalcar de seguida, va obrir la porta i va posar al davant el tamboret per permetre que el prelat arribés a terra sense gaire esforç. Els escuders que els escortaven van veure com aquell sac de greix baixava amb dificultat, s'allunyava i s'amagava darrere d'uns arbres, perquè el paisatge havia canviat i la terra erma havia deixat pas a una de més frondosa. Cap d'ells va deixar la sella, però. El prelat es va aixecar els vestits i el seu cos desaparegué darrere d'un tronc.

—Vós no heu de resar? —preguntà Mont-rodon a Jaume, emprant el tractament que se li ha de dedicar a un rei. Pagava la pena començar a acostumar-se, encara que... Bé! Tant se val! I el nen negà amb el cap, sense badar boca—. Teniu gana? —preguntà llavors.

El nen invertí el moviment del cap i va fer que sí. El mestre dels templers va obrir l'alforja i tallà un tros de pa i una mica de formatge. Havia estat un llarg camí i d'aquí poc arribarien a Montsó. De tota manera, Jaume no s'havia queixat ni un sol cop. I només tenia sis anys. Si més no, era capaç d'aguantar. Això va pensar Mont-rodon. No demanava res, no parlava, no plorava ni reia ni somreia. Tan sols mirava amb aquells ulls grans, blaus i espantats i feia que sí o que no amb el cap, sense badar boca.

La reina Maria havia mort feia poc, a Roma. Per això el Papa encara se sentia més obligat amb ell, malgrat que Pere havia viscut una vida de vici absolut i, endemés, se li havia enfrontat. Explicaven que la nit abans de la batalla de Muret, on perdé la vida, gairebé no va dormir perquè li havien ofert una dona, una noieta que encara s'havia de desflorar. Això l'excitava de valent, saber que era el primer, i l'endemà no es mantenia dempeus, perquè la tasca de trencar-li el vel sagrat se li va fer més difícil del que havia imaginat. Fins i tot, a la missa, durant la lectura de les Sagrades Escriptures, s'adormia. Mont-rodon ho sabia prou bé, perquè ell també hi era. Després... No! No hi havia després. Simplement va morir i prou. Potser en pecat? En fi! Que Déu té maneres ben estranyes d'escriure la història.

*** ***

Tenien previst creuar les portes del castell abans que la foscor no els atrapés, però les constants aturades per resar els havien endarrerit més del compte i la lluna els va sorprendre quan van deixar enrere la població de Montsó i van pujar cap al castell, que s'enlairava imponent i fantasmal damunt del turó que permetia contemplar la plana. Al nord i a l'est, frondosa i banyada per les aigües del Sosa, que, poc més enllà, abocaven tot el seu contingut a les del Cinca. Al sud, àrida i estèril, porta que conduïa a les terres desèrtiques que s'endinsaven en els dominis sarraïns, sent el castell de Daroca, molt més al sud, la frontera que separava dos móns contraposats, amb costums diferents, races diferents i déus aparentment diferents.

El carruatge va enfilar les darreres passes i els cavalls arrossegaren el pes amb esforç per pujar el darrer tram. Allà, després d'enfilar l'estret pas empedrat, els escuders s'apartaren per descavalcar i dur les muntures a les cavallerisses, la cova excavada a la roca, sota el castell, mentre el carruatge seguia pujant cap a la porta per traspassar la segona muralla guardada pels soldats. El conductor va traspassar la porta i es va aturar al pati que donava tot just davant de la torre de l'Homenatge, davant de l'edifici del dormitoris, on els esperaven dos monjos i sis escuders amb torxes enceses.

Els cavalls es van aturar i van bufar amb força, mentre l'escuder que conduïa el carruatge baixava a terra i preparava el petit escambell que servia de graó als viatgers perquè poguessin baixar còmodament.

Ara sí que Benevento podria donar gràcies a Déu i resar a l'església de Santa Maria, la capella que van construir quan van fer fora els sarraïns i el castell va passar a mans dels cavallers templers, va pensar Mont-rodon, però el prelat ja devia haver esgotat tota la seva devoció, perquè refusà la invitació i s'estimà més dirigir-se directament a les habitacions. I es va endur amb ell una bossa amb queviures. Per si s'aixecava a mitjanit, per resar.

El mestre templer va deixar Jaume en mans dels dos monjos i els va ordenar que se l'enduguessin a la cuina per donar-li alguna cosa per menjar.

—Poca cosa ens queda, mestre —va fer un dels monjos—. La guerra ha deixat els magatzems buits i els camps encara no han donat el seu fruit.

Llavors els va passar el sarró.

—Teniu. No hi ha gaire cosa, però ell tampoc no té un estómac tan gran.

I se n'anà cap a la sala dels cavallers, l'edifici gran que ocupava el mirador que donava al Cinca. Va entrar a la sala despullada de tot tipus de decoració, pròpia de l'austeritat dels templers, i es va treure l'elm i els guants per deixar-los damunt de la taula llarga de fusta, sense cap ornament. Allà l'esperava Joan Miravell.

—Heu tingut bon viatge, mestre Guillem? —va preguntar el cavaller.

No era gaire alt, però cepat i fort com un roure. També vestia el mantell blanc amb la creu vermella al pit. Tenia els cabells grisosos, els ulls castanys, i una ampla cicatriu que li creuava la galta esquerra i que l'obligava a tancar lleugerament l'ull. Un record de la batalla de Las Navas de Tolosa.

—Ja el tenim aquí —va dir mestre Guillem, sense respondre la pregunta del seu interlocutor. Bon viatge...? Se sentia cansat, encara que n'havia fet de molt pitjors—. Demà deixa'l dormir fins tard, que es recuperi del camí, però, després, comença amb ell i converteix-lo en un cavaller. Procura que aprengui tot allò que ha d'aprendre per poder lluitar, perquè molt m'ensumo que ho haurà de menester, i més aviat que no pas en pensem.

—No li han jurat fidelitat, a Lleida? —preguntà Joan.

—És el rei Jaume i així ho han acceptat els nobles, però ni Sanç de Rosselló ni Ferran d'Aragó no hi eren —va moure el cap a dreta i esquerra Mont-rodon—. I això no és un bon senyal.

—Faré tot allò que sigui a les meves mans —respongué Joan.

—A partir d'ara és el teu escuder i aspirant a cavaller. Romandrà sota la teva tutela i sota la dels monjos, que li han d'ensenyar a llegir i a escriure. Però, recorda que, vistes les circumstàncies, li farà més servei una espasa que no pas una ploma —coronà Mont-rodon, i es dirigí cap a la seva cambra. Tanmateix, al capdamunt de l'escala, es va aturar i afegí—: Si enlloc de vuit anys ho fas en només tres, tant millor. De manera que, si has de ser dur amb ell, no te n'estiguis.

—El confiaré a Mateu, que ja té cura de Ramon Berenguer de Provença, i jo mateix m'encarregaré que rebi la millor instrucció — respongué el cavaller.

Joan Miravell prou coneixia el seu mestre com per saber que aquell to amagava força coses. Tres anys! I Jaume en tenia sis. Què esperava? Un miracle, potser?

Bé! Havia format molts cavallers i coneixia l'ofici. La seva fama atrapava els confins del regne i deien que era dur com una roca i exigent fins a l'extrem d'extenuar els homes. Però ell no en feia cas, perquè tenia prou clar que aquesta vida també és dura i que el resultat és el que compta.

Jaume, sota la seva tutela aprendria a ser un home, somrigué.

2.- VIRTUS UNITA FORTIOR

L'interior de les muralles albergava cinc edificis i un pati gran, sota el que, a més de trenta colzes de profunditat, hi havia un recinte que servia de magatzem i de rebost i al qual s'hi accedia per una trapa i una llarga escala de caragol que, curiosament, canviava de sentit a mitja altura, punt on més d'un havia caigut i s'havia trencat una cama. Ningú no era capaç d'explicar per què els sarraïns havien disposat l'escala d'aquella manera tan curiosa, però l'havien respectada.

Després de pujar per l'estret pas i deixar enrere les cavallerisses, només creuar la porta del castell, a l'esquerra, tal com ja havia vist Jaume, es trobava la presó, en aquell moment buida, edifici de dues plantes amb una terrassa coronada pels merlets de defensa. Un xic més enllà, també tocant la muralla, hi havia l'edifici dels dormitoris, de dues plantes i un soterrani que s'endinsava a la muntanya, i que també estava coronat per una terrassa amb merlets. Davant mateix dels dormitoris, una torre de base quadrada s'aixecava enmig del castell i ultrapassava en altura totes les altres construccions. El fet que més va sorprendre Jaume va ser que aquesta torre, la de l'Homenatge, no tenia porta a nivell del pati, sinó que es trobava enlairada sis colzes i havien de pujar-hi per una escala de fusta que es podia enretirar. I el mateix passava amb la sala dels cavallers, la més gran de les construccions, que tenia porta, però que no es podia accedir a la terrassa des de l'interior, sinó que ho feien a través d'unes obertures a vuit colzes d'altura que havien d'atrapar amb escales que també es podien retirar.

La curiositat de Jaume, el tercer dia, el va dur a fer moltes preguntes.

—Cada edifici, inclosa l'església, ha estat pensat per esdevenir reducte defensiu. De manera que, si l'enemic aconsegueix entrar al castell, encara ens podrem fer forts a qualsevol dels edificis. És a dir: fortaleses dins d'una altra fortalesa —li havia explicat Mateu.

Al costat de la sala dels cavallers, per la banda que donava al sud, hi havia un altre pati, força més petit que el pati d'armes, i un corral ple de gallines, conills i dos porcs.

Finalment, a la muralla que donava damunt del poble, al costat oposat de la sala dels cavallers, s'alçava l'església i a la seva dreta, un petit cobert donava pas, a través d'una reixa, a la cripta, on reposaven els cossos dels monjos i dels templers que hi havien mort.

—Per a què serveix aquest arc que uneix la torre de l'Homenatge amb la sala dels cavallers? —va demanar Jaume a Mateu.

—Recull l'aigua de la pluja de la torre i l'aplega a l'aigua que cau damunt de la sala dels cavallers per conduir-la al pou que es troba sota els murs. Així, sempre tenim aigua i no depenem de ningú.

—I aquell dipòsits? —preguntà, tot senyalant la muralla que donava damunt del poble.

—Hi ha un altre canal que recull l'aigua de l'església i dels dormitoris i la condueix fins a l'altre extrem de la muralla, on es decanta per medi de dos dipòsits —explicà el cavaller.

Una altra cosa que sorprenia era que el castell, des que havia caigut en mans dels templers, semblava més un monestir que no pas altra cosa. No hi havia dones ni altres nens, llevat de Ramon Berenguer, comte de Provença i cosí de Jaume, honor que aquell nen de només vuit anys posseïa malgrat que el seu oncle Sanç, regent del regne, el continués emprant a títol honorífic des que va ser destituït pel rei Alfons d'Aragó.

Seguint les instruccions de Miravell, Mateu va iniciar Jaume en el manejament de les armes, però de seguida va veure que els progressos serien lents. Ramon Berenguer era àgil i es movia com un esquirol, mentre que Jaume no corria com el seu company ni gaudia del mateix equilibri quan els feia pujar a una barra que havia muntat entre dues pedres, sinó que era maldestre i queia a terra força sovint. A més, encara li mancava molta força als braços. Per aquesta raó va decidir que els faria treballar amb espases de fusta i que els apartaria de la resta de soldats i escuders, que també s'entrenaven al pati d'armes.

Tanmateix, per molt que si esforçava, Mateu no aconseguia que Jaume mostrés interès ni escoltés amb atenció les seves explicacions. I quan el corregia encara era pitjor, perquè el nen acotava el cap i els ulls se li humitejaven.

—Està mal mamat —responia quan el seu superior li preguntava sobre els progressos del nen rei.

Miravell li havia ordenat que tingués cura dels dos infants i que els tractés ambdós per un igual, amb duresa i rectitud, tot oblidant qui era aquell vailet i el lloc que la vida li havia reservat.

De manera que Mateu no tolerava errades ni tenia en compte que Jaume encara no havia complert set anys. Calia espavilar-lo i després d'unes setmanes va començar a comparar-los i a enfrontar-los per esperonar el nen rei, però era evident que Ramon Berenguer despuntava netament, fins al punt que el pobre Jaume se sentia tan disminuït que procurava escapar-se'n cada cop que podia. Dos anys de diferència, quan es tracta d'edats tan tendres, són un abisme, i el pobre Jaume no hi tenia res a pelar. Per això, de mica en mica, el seu interès encara va minvar més, tot el temps romania trist i els seus progressos eren cada cop més lents i feixucs.

Arribada la tarda anaven a la sala dels cavallers amb Gualbert, el monjo que els martiritzava amb el llatí i amb la lectura de les Sagrades Escriptures. Aquí també era superat per Ramon Berenguer.

El germà Bernat, un monjo gras i cridaner el rentava, el vestia i rebia les seves mossegades quan ja estava fart d'escoltar-lo.

Els dos nens dinaven amb Guillem de Mont-rodon, quan aquest era al castell, i sols, quan el superior dels templers havia hagut de marxar, que era força sovint. Llavors, quan tornava, mestre Guillem els preguntava per tot allò que havien après i s'interessava pels seus progressos tot parlant amb Gualbert i amb Miravell. Sobretot amb Joan Miravell.

—Bé! —movia el cap a dreta i esquerra el seu preceptor en el manejament de les armes—. El comte de Provença és fort i assenyat, sempre està atent i aprèn de valent. Però el rei no ha estat beneït per la gràcia de Déu. Cada cop mostra menys interès per les armes i Mateu no ha aconseguit gaire coses amb ell. Em preocupa la seva falta de caràcter, que acabi sent un rei titella i que els nobles se'l mengin sencer.

—Potser hauries de ser més dur amb ell.

—No ho sé. Mateu ho ha provat tot. Fins i tot, jo m'hi he ficat, però no és com el seu pare, sinó tou com la seva mare. A la que crides massa s'ensorra, abaixa el cap, s'asseu en un racó i ja pots castigar-lo, que res no en treus.

Després mestre Guillem cridava el germà Gualbert. Tal vegada el rei destacava en altres aspectes, pensava, però les queixes del monjo se sumaven a les del cavaller.

—Sempre acabo llegint jo —explicava el monjo amb un posat d'impotència—. Si aquest és el rei que l'Altíssim ens ha reservat, estem perduts. Tal vegada és el càstig que el Totpoderós ens envia per tal que paguem les culpes del rei Pere, que Déu tingui a la seva glòria.

Durant aquells mesos Jaume havia crescut i s'havia engreixat un xic. De manera que ja no era el cuc escanyolit que va arribar. Però mestre Guillem contemplava amb preocupació la manca de progressos. I els dies passaven, i les setmanes, i els mesos, i res no canviava. Conclosa la jornada, quan el sol ja s'amagava, el nen es retirava a la part alta de l'edifici dels dormitoris, a la qual s'hi accedia per una escala de pedra exterior que s'allargava en forma de balconada, i Bernat l'ajudava a despullar-se i el ficava al llit. Abans, però, resava les seves oracions sota l'atempta mirada del germà Gualbert, que el corregia quan pronunciava una paraula enlloc d'una altra, cosa que era freqüent, com si el seu cap fos lluny d'allà.

—Ha d'existir alguna cosa que l'interessi —reflexionava Guillem de Mont-rodon, i la seva preocupació augmentava dia rere dia.

Durant aquell temps Jaume no va abandonar el castell i sempre tenia al seu costat un cavaller o un soldat que el guardava. Les ordres de Guillem de Mont-rodon eren estrictes. Dèbil, com el veien, i mentre estigués dins les muralles, no li podia arribar cap mal, i sota cap circumstància havia de traspassar la porta. Per això tots els camperols i els servents que venien de la població que s'alçava al costat del riu i els frares que pujaven de l'església de Sant Joan, quan creuaven la muralla, eren controlats i escorcollats i cap pelegrí podia bellugar-se lliurement dins de les muralles; només els era permès atansar-se a l'església, menjar en un racó i no hi podien dormir, sinó que havien de tornar a baixar per dirigir-se a les dependències dels monjos de l'església de Sant Joan.

De temps en temps, el castell rebia visites. Sobretot les de tres nobles: Pere Cornell, Valles d'Antillon i Eixemèn Cornell. Només en ells podia confiar el mestre. De vegades hi anaven plegats i s'estaven força estona parlant amb Guillem de Mont-rodon. A voltes, n'arribava un de sol. Gairebé sempre Eixemèn Cornell, el més gran dels tres i el més assenyat, que Guillem s'estimava de valent. Amb ell podia dialogar sense haver d'aguantar gaires queixes, perquè Valles d'Antillon aixecava de seguida la veu i insultava tots els nobles i Pere Cornell, tot i que era més reposat i més semblant al seu oncle Eixemèn, acabava per afegir-s'hi. És clar que tampoc no hi havia per menys. El regne no anava alhora i el regent no feia res per arranjar la situació i apaivagar el descontentament dels súbdits, sinó que es passava el dia enfrontant-se als prelats i defensant-se de tots els intents de prendre decisions per ell.

En els darrers dos mesos les visites s'havien multiplicat. I aquell dia acabava de rebre Eixemèn Cornell que li portava noves de la cort, de Barcelona, de Lleida i de les terres més properes a Peníscola, on els sarraïns havien establert la porta del seu regne de València i estaven aprofitant la inactivitat dels cristians per refer les seves forces.

Eixemèn ja era gran, però els seus ulls es mantenien vius i escorcolladors. Vestia lleuger, perquè el seu cos ja no suportava gaire temps el pes de l'arnès, que només emprava en la batalla.

En aquell temps d'estada a Montsó tot havia canviat per anar a pitjor i les disputes dels nobles creixien sense aturar-se. Si més no, el cardenal Pierre de Douai havia signat una pau amb els sarraïns, que s'estaven quiets, i el comte Sanç d'acord amb Jaume, que no coneixia el regent, perquè no l'havia vist mai i només va rebre una carta, i que no sabia ni de què li parlaven, havia atorgat una gràcia especial per la qual les ciutats quedaven exemptes de nous impostos fins que el nen rei no assolís la pubertat. Dues tímides mesures que permetien mantenir les fronteres en pau, una pau inestable, i acontentar alguns nobles i força comerciants. Tanmateix, la pagesia seguia queixant-se. I enmig de tota aquella història hi havia una ofensa difícil de pagar.

Ferran d'Aragó, abat de Montaragó i germà del difunt rei Pere, es va sentir profundament ofès quan se'l va excloure de la regència. Ningú no havia comptat amb ell. Ell era el germà carnal del rei difunt i l'oncle del nou monarca i el temps havia contribuït a engrandir l'ofensa, més que no pas a diluir-la. Bona l'havia feta el rei Pere! No va ser un bon governant, va escoltar les veus que cercaven el profit dels nobles i havia deixat un regne empobrit i descontent, després de malmetre l'herència d'Alfons d'Aragó, l'avi de Jaume i pare de Pere, i de no haver sabut aprofitar l'èxit obtingut davant dels almohades.

Guillem de Mont-rodon l'havia servit amb devoció i havia participat a la batalla de Las Navas de Tolosa, a la Carolina, a Jaén, on la balança s'inclinà per primera vegada del costat dels cristians. Encara recordava l'aliança entre Alfons VIII de Castella, Pere I de Catalunya i Aragó i Sanç VII de Navarra. *Virtus unita fortior.* La unió fa la força. I ell va ser tot el temps al costat del seu rei, a l'esquerra de l'altiplà, lloc que va correspondre a l'exèrcit que arribava d'Aragó, mentre que els castellans ocupaven el centre i els navarresos la dreta. Les forces de Muhammad al-Nasir no van poder fer res de res contra uns cavallers que venien disposats a demostrar que Déu era més gran que Al·là i que poc s'havia oblidat del seu ramat. Va ser una gran victòria i una setmana més tard el rei Pere conduïa els seus homes fins les portes d'Úbeda i la prenia, després d'haver assaltat les muralles i d'haver trencat tota resistència. Una altra gran victòria que li proporcionà un immens prestigi pertot arreu, des del racó més amagat de la cristiandat fins als palaus de Granada. Però, i després? Què va passar? Només un any i la desfeta de Muret, la mort i el desastre de la corona. En aquest esfondrament, Guillem també hi havia participat i res no va poder fer per tal d'evitar que els homes de Simó de Montfort travessessin el cos del rei amb les llances ni per impedir que els soldats despullessin el seu cadàver i el deixessin allà estès, a mercè de les aus de rapinya. Ell era en un altre lloc quan va passar. I ell va recollir les despulles del monarca i va plorar la seva mort.

No, Pere I no va saber aprofitar l'embranzida d'Úbeda ni tampoc va tenir cura de la situació interna del seu regne ni va gaudir de prou seny per descobrir l'engany ni prou força de voluntat per deixar de banda les faldilles i no barrejar-les amb la política, ni orelles per escoltar les seves assenyades paraules. Per això, malgrat els èxits de Las Navas de Tolosa i d'Úbeda, Guillem no podia dir que va ser un bon rei. I ara només disposaven d'un infant i d'una colla de nobles que seguien omplint la bossa sense parar esment a la realitat, entre enveges i lluites soterrades, mirant d'obtenir el màxim benefici i oblidant que a Las Navas de Tolosa van guanyar perquè anaven tots a l'una. *Virtus unita fortior.* On havien quedat aquelles paraules?

—S'han format grups al voltant de cadascun d'ells —explicava Eixemèn, mentre Mont-rodon contemplava el pati des de la finestra—. Pere Ahonés, Atorella, Eixemèn d'Urrea, Arnau de Palanzí, Bernat de Benavent i Balasc Maça, entre altres, recolzen Sanç de Rosselló. I, d'altra banda, Balasc d'Alagò, Roderic Liçana i Pere Ferrandes d'Albarrassí fan costat a Ferran. Aragó i Catalunya no van alhora i l'abat de Montaragó reclama un lloc que, no para de repetir, per dret li correspon. Comenten que, fins i tot, està disposat a prendre les armes i proclamar-se monarca d'Aragó.

—Això no m'agrada. Gens ni mica —mormolà Mont-rodon—. Si no aconseguim aturar-los, Catalunya i Aragó tornaran a ser dos regnes, enlloc d'un. Ferran és abat i no hi té res a fer, al tron.

—Ferran diu que Sanç vol coronar-se rei i que ell no ho pot permetre. Jaume encara no pot tenir descendència.

—I ell tampoc, si compleix les lleis de Déu! —cridà Mont-rodon—. El papa Innocenci té prou clar que Déu és per damunt de tot i ho aplica tant a l'esperit com a la carn. No vull blasfemar, però penso que faria bé de quedar-se amb un sol món i no pretendre manar els dos, perquè això esperona Ferran.

—No ets l'únic que pensa així. I el Papa no és l'únic que creu que Déu també governa la política. El cardenal Douai no para de ficar-s'hi pel mig i Sanç no està gaire content. L'església mana més que el regent i pren decisions per damunt de tothom. Douai, com a prelat apostòlic, s'ha reunit amb els prohoms de Barcelona i ha pactat amb ells, ha viatjat a Peníscola i ha signat un armistici amb els sarraïns sense comptar amb Sanç, ha dictat disposicions fiscals i ha condonat deutes i més deutes. Moltes decisions. Massa decisions! Els nobles no paren de criticar Sanç, perquè l'únic que els ajuda, diuen, és el cardenal. Els comerciants es queixen que les rutes del mar no són segures i ara la corona no té diners ni pot fer res de res. No podem disposar d'una flota per protegir-los, per la qual cosa Ferran d'Aragó no deixa de criticar Sanç i diu que ell és un membre de l'església i que ell hauria de ser el regent. El problema és que Sanç ja té el nas prou inflat i les paraules han començat a pujar de to —explicà Eixemèn.

—Una guerra interna seria el pitjor de tot, en aquests moments —afirmà amb el cap Mont-rodon—. Els sarraïns no perdrien l'ocasió i intentarien recuperar part de les terres que tant d'esforç ens ha costat.

—Simó de Monfort també hi fica cullerada. Sanç tolera i, fins i tot, protegeix els homes bons vinguts del nord i el Papa ja ha enviat dues cartes per demanar-li que els empresoni, però ell no en fa cas —seguí dibuixant Eixemèn el desastrós quadre que apareixia—. Innocenci encara podria ordenar una nova creuada contra els càtars, i aquest cop seria a Catalunya.

—Déu meu! Quan tot s'espatlla, ho fa de debò —negà amb el cap baix el superior dels templers.

—Mestre Guillem, has de venir amb mi a Barcelona. Sanç ha escrit a Innocenci, a Roma, per dir-li que no pot fer res amb les mans lligades i el Papa li ha concedit gràcia per tal que pugui crear un consell assessor amb representants dels dos regnes, el de Catalunya i el d'Aragó. Així podrà aturar Ferran i les seves pretensions —Eixemèn va fer un curt silenci, i afegí—: Algú ha pronunciat el teu nom per tal que et facis càrrec dels impostos.

Mont-rodon aixecà el cap d'una embranzida i se'l quedà mirant.

—Sempre es recorden de tu quan hi ha una feina ingrata que ningú no vol. Enfrontar-se als nobles no serà senzill i fer-los veure que la corona necessita diners, encara menys —afirmà lentament, es tombà cap a la finestra i centrà la seva atenció en l'escena que tenia lloc al pati, a l'altre costat de la torre de l'Homenatge, davant de l'església de Santa Maria.

L'espasa era gairebé més gran que no pas el nen i no podia ni sostenir-la amb les dues mans, però va fer un esforç i va aconseguir aixecar-la un pam de terra, mentre els braços li tremolaven i escampaven la tremolor per tot el seu cos.

Mateu va fer una passa cap al nen i va agafar les dues mans infantils amb la seva per ajudar-lo a acabar d'aixecar l'espasa.

—Així, ben dreta! —féu, i va deixar anar les mans del nen.

Tan sols va durar un instant i l'espasa s'inclinà cap a l'esquerra i ella i Jaume van ser a punt d'estavellar-se a terra. Sort que l'instructor la va tornar a redreçar.

—Deixem-ho estar, que encara no teniu prou força al braç — va fer el cavaller amb un gest resignat i la va passar a Ramon Berenguer, que la va aixecar fins mantenir-la ben dreta. No sense esforç, però.

Llavors va ordenar Jaume que prengués l'espasa de fusta i l'encarà cap al pal.

—Primer a un costat i després a l'altre —va dir, i es va apartar.

Jaume va aixecar l'espasa de fusta, va fer una passa endavant i va descarregar el primer cop.

—No! —féu Mateu desesperat—. Els peus ben afermats. No podeu colpejar amb un peu enlaire. A més, els vull rectes. Rectes!

I li prengué l'espasa de fusta de les mans per ordenar Ramon Berenguer que li demostrés com ho havia de fer.

Mont-rodon s'apartà de la finestra. Eixemèn, darrere d'ell, també havia contemplat l'escena.

—Fa progressos? —preguntà.

—Sí, però tan lentament... —féu Mont-rodon força preocupat—. Si no s'espavila tindrem un rei titella en mans dels nobles —va guardar un instant de silenci i afegí—: Si és que el tenim. Recorda que és fill únic i l'únic hereu. He reforçat la guàrdia, perquè si ell mor...

—Tens raó —afirmà Eixemèn—. Amb uns quants anys més podria tenir descendència i els nobles s'haurien de calmar. Hem d'esperar que el temps faci la seva feina.

—Això és el que em preocupa, que no sé si tindrem prou temps per esperar que aconsegueixi aixecar aquesta espasa i que se li aixequi la que duu entre les cames —bufà amb força, mogué el cap a dreta i esquerra i exclamà—: No sé si ens en sortirem!

—M'acompanyaràs a Barcelona?

—Sí. I acceptaré el càrrec, malgrat que no em faci el pes, perquè hem de guanyar temps i, potser, és la nostra única oportunitat.

*** ***

Innocenci III va morir aquell mateix any després de convocar el IV Concili de Laterà, i després de deixar ben establert i signat que Déu mana sobre tots els homes i sobre tota la cristiandat. Tothom era ben conscient que si ell deia que «Déu així ho vol», s'hi havia de plegar.

El seu successor, Honori III, arribava també amb les idees clares i decidí continuar la política i les directrius del seu predecessor. El poder és un monstre que ho devora tot, pensava Guillem de Mont-rodon. Però només ho pensava i prou que se n'estava, de no pronunciar cap paraula en veu alta.

Mentre, a Barcelona, el regent Sanç va rebre per tercer cop l'encàrrec de netejar el regne dels darrers càtars i va tornar a fer-se l'orni. Si més no, havia entès que els càtars vinguts del nord havien aportat riquesa i seguia els dictats dels nobles i dels comerciants que no veien amb mal ull la presència de qui feia despesa i omplia les seves arques. A tot això s'havia d'afegir que Guillem de Mont-rodon va aconseguir imposar la seva política fiscal, no sense importants concessions, i l'economia començà a créixer. Tanmateix, el problema entre Sanç i Ferran seguia present i el temps no el podia diluir. I un altre problema s'hi va afegir.

—M'han dit que Jaume és un nen més aviat tímid —va fer un dia el regent, a Lleida, al castell, mirant per la finestra l'avançament de les obres de la nova catedral, en una de les visites que mestre Guillem li feia per retre-li comptes de les finances.

Guillem de Mont-rodon es va mirar aquells ulls petits i aquella rialla de guineu, amb els llavis prims, que encara arrugava més la cara del comte. Sota la túnica de mànigues amples, de rica tela i amb brodats, s'amagava un cos que començava a ser gran i que havia perdut la major part de la força d'altres temps; però l'edat i la pèrdua d'agilitat no havien minvat la cobdícia. Gens ni mica! Ben al contrari, dins del cor que bellugava la sang del seu cos esprimatxat romania com una espina clavada l'ofensa que va significar que Alfons d'Aragó, uns anys després que el nomenés comte de Provença, el despullés de totes les possessions per deixar-li només un títol honorífic, però buit de contingut. La vida dóna moltes voltes i ara era regent i, si sabia jugar bé els seus triomfs, podia acabar sent rei.

—Encara és massa jove per dir quin caràcter tindrà —respongué mestre Guillem.

—El rei Pere, que Déu hagi perdonat, va deixar un regne malmès i empobrit. No podem tolerar que caigui en mans d'algú sense caràcter i sense força. Estàs d'acord amb mi? —preguntà el regent, i es va tombar per veure la cara de Mont-rodon.

—El rei Jaume encara és un infant —repetí Guillem, dempeus, seriós i sense apartar la mirada del seu interlocutor.

—Només el tenim a ell. I això és un problema. Déu sap que reso cada nit per tal que creixi el més aviat possible, però no sé si el regne podrà aguantar tant de temps sense prendre decisions —somrigué Sanç.

L'endemà mestre Guillem abandonà Lleida, camí de Montsó, en companyia de quatre escuders, força preocupat pel to amb què el regent havia pronunciat les seves darreres paraules.

A mitja tarda, just abans d'arribar a Binéfar, va ordenar que s'aturessin en un petit alberg per deixar descansar les cavalcadures i beure una mica d'aigua. Llavors va veure que un soldat discutia acaloradament amb el ferrer.

—Tinc molta pressa —deia el soldat.

—Tothom té pressa i jo encara no he acabat amb aquest carro, i l'han de venir a buscar avui —li contestà el ferrer—. De manera que, si tens tanta pressa, ja te'n pots anar.

—Com vols que marxi si el meu cavall ha perdut una ferradura? No veus que va coix? Només li n'has de reposar una. Fes-ho ara mateix i podré marxar.

—Doncs, o pagues la feina o t'hauràs d'esperar.

—Pensa que qui s'espera és el comte Sanç i que, quan s'assabenti que m'has endarrerit, enviarà els seus homes i prou que te'n penediràs.

Mestre Guillem bevia aigua del pou i, en escoltar el nom del comte, s'apartà dels seus escuders i es dirigí cap als dos homes que discutien.

—Si t'espera el comte Sanç, vol dir que duus un missatge important —somrigué.

El soldat es tombà i se'l quedà mirant.

—Senyor! —es va fer enrere quan va veure la vestimenta i va intuir la qualitat de qui li parlava—. Això és el que li estic dient a aquest talòs, però no em vol escoltar —es va queixar.

—Doncs, vinc de parlar amb ell i no estava de gaire bon humor —comentà mestre Guillem. Després es dirigí al ferrer—. Bé faries d'arreglar-li la ferradura el més aviat que puguis.

—Ho veus? —es va encarar el soldat al ferrer, que no va badar boca, però que deixà la feina, mogué el seu cos quadrat amb aquella camisa que s'endevinava blanca en altre temps, però que ara era bruta de pols, de greix i de cendra, prengué el cavall del soldat, tot remugant i maleint fins al darrer diable de l'infern, i l'entrà a l'estable per dedicar-se a la ferradura que li mancava.

Mentre el ferrer enllestia la feina, mestre Guillem va convidar el soldat a atansar-se al pou i van parlar una estona. Els quatre escuders s'havien assegut a l'ombra. Si el seu senyor parlava, ells bé podien descansar. La conversa es va allargar, fins que, amb molta habilitat, mestre Guillem li va treure el motiu del seu viatge que, si no hagués estat per aquell entrebanc, no hauria aturat.

—Haig d'arribar a Lleida quan abans millor —li va dir el soldat—. Porto una carta del comanador de Loarre —abaixà la veu—. Hem detingut Lluís d'Estemariu —va fer tot orgullós.

Mare de Déu!, es va quedar bocabadat mestre Guillem, només escoltar aquell nom. Però, si havia fugit cap a Terra Santa!, va pensar. Aquestes eren les notícies després de la desfeta de Muret.

—Lluís d'Estemariu... —mormolà mestre Guillem, mentre la seva ment li retornava la imatge del cavaller, i moltes més coses—. Com ha estat això? —preguntà.

—Viatjava disfressat de pelegrí, però l'han descobert a Loarre i el tenen presoner al castell. Haig de parlar amb el regent i comunicar-li la bona nova.

Mestre Guillem es va quedar pensarós i, llavors, va tenir una inspiració.

—No sé si trobaràs el comte Sanç a Lleida. Segons m'ha comunicat aquest matí, tenia previst sortir cap a Barcelona —va informar al soldat. I mentia a mitges, perquè era cert que Sanç li havia manifestat el seu desig de retornar a Barcelona, però no havia pas dit que el viatge fos immediat.

El ferrer va enllestir la feina i el soldat va marxar tot corrents amb la intenció de no aturar-se fins arribar a Barcelona, després de donar les gràcies a mestre Guillem. Això proporcionava un lleuger avantatge al superior dels templers, que no podia deixar escapar. De manera que ell també reprengué el seu viatge, però, davant de la sorpresa dels escuders, no s'aturà a Montsó, sinó que seguí cap a Osca, que tampoc visità, i arribà a Loarre l'endemà.

La imponent fortalesa s'alça enmig de les baixes muntanyes, mentre la boira, que molts matins envolta la base, dóna la impressió que tot el castell, amb les seves muralles de defenses rodones i la gran torre quadrada que ocupa el centre, roman suspès al buit en una aparença vertaderament fantasmagòrica. Només quan la boira s'esbandeix, el caminant descobreix les immenses roques que la natura ha disposat capriciosament enmig de les petites valls, com si ja hagués pensat que, allà, s'hi havia de bastir un castell. Això ho havien après dels almohades, que prou que estudiaven amb detall exquisit els accidents del terreny i aprofitaven totes les defenses que la pròpia natura els oferia.

El comanador va rebre l'il·lustre visitant amb mostres d'afecte i li va oferir formatge i vi. Mestre Guillem i els escuders arribaven cansats i bruts per la pols del camí. Des que havien sortit de Binéfar només s'havien aturat unes hores per dormir al ras, però el comanador, de seguit que va saber que era allà, va triar les seves millors gales per fer els honors a tan alta dignitat. Fins i tot, seguint els costums de l'hospitalitat, li va oferir vestits nets, que el mestre templer va rebutjar amablement. No s'hi estaria gaire temps.

—Us haig de felicitar per haver detingut Lluís d'Estemariu — va dir, després de brindar amb el comanador.

Ocupaven una sala que tenia vistes sobre tota la vall, ricament decorada amb tapissos i envoltada per tota mena d'armes, amb una gran taula farcida de viandes que les serventes havien dipositat al costat de les gerres i dels gots de vi, i s'estaven asseguts, mentre dos soldats feien guàrdia a la porta i altres nobles escoltaven.

—Així el regent ja ho sap? —preguntà el comanador, i mirà amb orgull els seus vassalls.

—Ahir era amb ell, a Lleida —respongué mestre Guillem. Poc li havia d'explicar que havia estat el soldat, que l'havia informat.

—Un cop de sort —va fer el comanador amb una espurna d'humilitat, però tot cofoi—. De fet, ningú no l'havia conegut, perquè anava disfressat de pelegrí, però hi ha hagut un aldarull entre dos camperols que discutien per una gallina i quan els soldats han intervingut li han preguntat si podia fer de testimoni. Ell ha contestat que no havia vist res, però un dels soldats havia servit a les seves ordres i ha reconegut la seva veu. Li ha enretirat la caputxa i s'ha quedat bocabadat —explicà amb una rialla de satisfacció.

—Això és el que ha explicat el soldat que duia la vostra carta, i us felicito una altra vegada. Ha estat més que un cop de sort. Una providència —li tornà el somriure mestre Guillem—. Per això sóc aquí, per fer-me càrrec del presoner.

—Suposo que porteu una ordre signada pel regent —va intervenir un dels cavallers, que semblava el conseller més important del comanador, que es va posar en guàrdia i se'l mirà amb recança.

—No cal. Lluís d'Estemariu és un cavaller templer i, per tant, està sota la meva jurisdicció —respongué mestre Guillem. Llavors es tombà cap al comanador—. Vós heu obtingut un gran èxit que, de ben segur, serà recompensat amb generositat, però la tasca de jutjar-lo ens correspon a nosaltres.

—Però... —anava a insistir el cavaller.

—Estic fent una llista de totes les ciutats, monestirs i castells que necessiten ajuda econòmica per a reconstruccions —el tallà Guillem, sense mirar-lo, tot dirigint-se cap al comanador, com si formés part d'una altra conversa—. És una tasca complexa i feixuga. De vegades no saps ben bé quins criteris has d'emprar i crec que l'exempció de certs impostos podria ser un bon camí. Què en penseu vós?

El dubtes del comanador s'esvaïren d'immediat. Més valia ser a bones amb qui maneja una de les parts més importants de les finances del regne. De manera que, malgrat totes les protestes del seu conseller, i que li sabia greu no ser ell qui lliuraria personalment el presoner a la justícia, va capitular.

*** ***

La porta de la cel·la s'obrí i la llum de la torxa va entrar en aquell forat farcit de pudors de pixums que ja esdevenien agres, mentre el soldat pronunciava el nom que li acabava de proporcionar el comanador.

Entre les cinc ombres, se n'alçà una. Duia un hàbit de pelegrí, sargit per diversos costats, pobre i arrugat, amb una caputxa que li penjava sobres les espatlles.

—Acompanya'm —va ordenar el soldat.

Poc després la llum feria les seves pupil·les i l'obligava a dur-se la mà al front i tancar les parpelles fins que no es van acostumar al sol. Tenia els cabells rojos, del color de la sang, i una espessa barba, també roja. Era molt alt i ben plantat i mirava amb uns ulls blaus, fixes i durs, mentre conservava el cap ben dret sostingut per un coll de brau que s'alçava damunt d'unes espatlles amples i fortes. Segons com se'l miraven, semblava un gegant.

—Quedes sota la custòdia de mestre Guillem de Mont-rodon —sentencià el comanador.

—Mestre Guillem —acotà el cap lleugerament el presoner. Tot i així, encara era més alt que el superior dels templers.

—Germà Lluís —li tornà la salutació el seu superior, contemplant la fila que feia, amb aquella roba de pidolaire.

Lluís d'Estemariu. En altre temps la millor espasa del regne i, ara, captiu i empresonat per un pecat que ningú no s'explicava i pel qual podia ser condemnat a mort. Sí, un cavaller templer que va abandonar el seu rei en un acte inexplicable de covardia, tot deixant-lo sol a Muret, després d'haver intentat atacar-lo i després de ferir greument un cavaller, que va morir aquell mateix dia.

Ai!, va fer mestre Guillem i va moure el cap a dreta i esquerra. Havia sentit gran afecte per aquell home i estava convençut que devia existir alguna raó per tan estrany comportament, però va fugir sense més explicacions i no es va defensar de les acusacions que contra ell havien caigut.

Tal vegada l'hauria de deixar en aquell forat i que els jutges prenguessin la decisió. Tanmateix, l'afecte que sentia en temps passats, l'havia conduït a salvar-lo d'una execució gairebé segura. L'afecte i... potser alguna altra raó.

3.- UN INSTRUCTOR PER A UN NEN

Era mig matí quan Guillem de Mont-rodon va enfilar l'estret pas que conduïa al castell de Montsó seguit d'aquell pelegrí i dels quatre escuders. El comanador de Loarre li havia ofert dos almogàvers.

—Aquests mercenaris són àgils i forts i van ben armats amb el coltell, la llança i els dards —li havia dit el comanador—. I els camperols s'aparten amb temor i respecte quan els veuen venir vestits amb la camisa curta, les polaines i les avarques de cuir, i els reconeixen. El presoner sembla molt fort i no sé si el podreu controlar amb només quatre escuders, perquè nosaltres vam haver d'emprar uns quants més per reduir-lo.

—Us ho agraeixo, però no crec que els hagi de menester —havia respost mestre Guillem.

—Doncs a ell li donaré una mula, enlloc d'un cavall. Mai no se sap. No seria millor que el duguéssiu lligat? —encara havia demanat el comanador amb preocupació.

—Ja va bé així. No us amoïneu, que me'n sortiré —havia somrigut mestre Guillem.

I se n'havia sortit. I és clar que Lluís d'Estemariu tampoc havia intentat fugir.

Mestre Guillem va dirigí la seva muntura cap a les cavallerisses, on va descavalcar. De seguida un soldat es va fer càrrec del cavall, l'alliberà de la cuirassa que penjava darrera de la sella i se'l va endur tot seguint les instruccions del superior dels templers, que pujà fins a les muralles, travessà la porta i creuà el pati petit que hi havia davant de l'església.

Era el primer cop que Lluís podia veure el castell i va observar les muralles per dins. De fora estant, ja ho havia fet quan pujava pel camí. L'emplaçament era bo i les defenses segures. Enlairat i de difícil accés. Un bon lloc per guardar els seus estadants i vigilar la plana. Aquesta havia estat la seva primera conclusió. Dins del castell havia pogut contemplar la capella de Santa Maria, amb el petit cobert que conduïa a la cripta i el pati d'ames, gran, que donava davant de la torre de l'Homenatge. Més enllà, hi havia el pou que servia per guardar l'aigua que queia del cel i, mirant cap al sud, al costat de la muralla que donava al turó que s'aixecava a l'altre cantó, va descobrir els corrals de les gallines i dels porcs, d'on s'enlairava la pudor dels fems que servien per adobar el petit hort.

Déu semblava haver traçat una línia i els homes havien situat el castell just enmig, per deixar ben clar que allà s'alçava la frontera entre la verdor i el color de terrissa que baixa cap al sud. Aquella fortalesa havia estat sarraïna, sens dubte, perquè aquella obra per recollir l'aigua portava el segell dels adoradors d'Al·là, que prou sabien el seu valor i prou que la veneraven. Ell, Lluís d'Estemariu, coneixia aquesta faceta dels enemics seculars de la cristiandat, perquè havia visitat les terres de més enllà del mar, els deserts àrids que s'estenen a l'est i al sud de la Mediterrània.

Just quan creuava la porta, abans d'arribar al pati, els nens van mirar el pelegrí amb cara de babaus. Anava brut i per la seva talla semblava un ciclop sorgit del fons d'una cova. Només li mancava l'ull al front.

—Heu d'estar per la feina! —cridà Mateu, i Jaume es va encarar de nou al pal i seguí colpejant.

A dreta i a esquerra, a dreta i a esquerra... Ja n'estava més que fart de repetir cada dia el mateix i els seus cops eren tous i sense energia.

Mestre Guillem va seguir caminant cap a la sala dels cavallers i Lluís d'Estemariu es va aturar un instant. En aquell moment va aparèixer Joan Miravell. Venia per controlar l'entrenament i va passar per davant del pelegrí sense mirar-se'l. Però, de sobte, quan ja l'havia deixat enrere, es va tombar i li va llençar un esguard. Aquell home, alt i fort com un brau, no tenia pinta de pelegrí. Llavors s'atansà i va contemplar el seu rostre sota la caputxa, i en aquell instant el va reconèixer.

—Déu del cel! Una aparició! —va fer amb duresa als seus ulls—. Pensava que ja no ens tornaríem a veure mai més.

—Els designis del Senyor són inescrutables —respongué Lluís.

—I la seva providència, també.

—Els cops ben ferms! —cridava Mateu—. I els peus! Vigileu els peus. Colpegeu! —ordenava.

—No em cridis —contestà el nen, enfadat, i llençà l'espasa al terra—. Estic cansat. Sóc un nen.

Mateu es va quedar callat un instant.

—Un nen que ha d'esdevenir fort i valent —digué Joan Miravell. Llavors apartà la mirada del pelegrí i mirà Jaume—. El pal és el vostre enemic i vós l'heu de derrotar. Però, jo em pregunto: què passaria si el pal pogués defensar-se?

Jaume se'l va mirar i, després, es va mirar altre cop el nouvingut. Mare de Déu! Era un gegant! I durant un instant es va sentir cohibit per la veu ferma de Miravell. Arreplegà l'espasa, l'aixecà de nou i es dirigí cap al pal, però no va poder descarregar el cop, perquè Joan l'havia empès amb una puntada al cul, just per desequilibrar-lo, i el pobre Jaume va caure a terra i va perdre una altra vegada la seva espasa.

Mateu i Ramon Berenguer van fer una passa endavant per ajudar el rei, però Joan els aturà.

—Quan ataqueu, heu d'estar atents —va dir, dirigint-se als dos nens en una lliçó magistral—. Heu de saber qui teniu al davant i qui teniu al darrere —somrigué. Després esborrà el somriure, mirà Jaume i arrugà el front—. Amunt! —ordenà, i el nen, entre sorprès, desconcertat i espantat, es va aixecar.

Joan es va plantar davant seu i va posar els punys als costats, mentre treia pit.

—Ara, jo sóc el pal i vós m'ataqueu —va dir amb veu ferma.

Jaume va agafar amb força l'espasa de fusta, mig tremolós. Normalment Miravell no era tan dur, quan s'hi ficava. Però aquell dia... O potser era per causa de la presència del pelegrí? Tal vegada volia fer-ne una demostració, dels seus dots d'instructor?

—Sou una nena o un home? —preguntà Joan. I com Jaume no reaccionava, es tombà d'esquenes i cridà ben alt—: Tenim una noieta tendra enmig de tots nosaltres!

L'infant va alçar els ulls cap a Guillem de Mont-rodon, que havia tornat enrere i que no perdia detall de tot el que passava, però que no s'hi interposà.

Jaume va veure com el seu cosí, Ramon Berenguer, romania quiet i impotent, mentre que el pelegrí, aquell gegant de cabells vermells, el mirava amb una espurna de simpatia als seus ulls, tot convidant-lo a defensar-se d'aquell ultratge. A Ramon Berenguer tampoc li queia bé Miravell, malgrat que a ell el tractava amb més consideració. Algun cop havien parlat els dos nens i la rivalitat que el seu mentor mirava de crear entre ells havia estat substituïda per una mena de complicitat.

Llavors Jaume, encoratjat per un gest de Lluís d'Estemariu, uns petits cops de cap acompanyats d'una tímida rialla, va mirar Joan amb ràbia, va afermà l'espasa amb les dues mans i es va llençar endavant, però el cavaller ja l'esperava, s'apartà i el nen va caure bocaterrosa i l'espasa se n'anà molt més enllà.

—Endavant! —repetí l'ordre Joan—. I recordeu que els peus han d'estar ben ferms.

Jaume es va arrossegar fins l'espasa, la va agafar, es va tornar a aixecar i es llençà cap al cavaller, que, de nou, s'apartà i, aquesta vegada, li va engegar una puntada de peu al cul i el va tornar a fer caure per terra.

—Massa cops per a un cul tan tendre —es va escoltar la veu de Lluís d'Estemariu.

Joan es va tombar i el va mirar amb duresa.

—Sóc jo, qui decideix com el cul d'un nen esdevé prou dur per ser cul de cavaller, i tu no n'has de fer res —va fer amb una rialla, que no era de simpatia—. De manera que no t'hi fiquis —afegí, i es tombà cap a Jaume.

—Ets un dels braços més fort del regne, però no oblidis que, per més cops qui li donis, no deixa de ser un cul infantil —insistí Lluís.

Joan es va aturar, es va tombar de nou i ja anava a replicar, però de sobte va sentir el cop al seu cul i es va quedar bocabadat, mentre Mont-rodon deixava escapar una bona riallada, que va ser corejada per Lluís. Mateu i jove Ramon Berenguer havien de fer esforços per mantenir-se ferms.

Joan va fer mitja volta i va haver de baixar els ulls per contemplar Jaume plantat davant d'ell, que brandava l'espasa i el desafiava.

—Jo em pensava que el cul d'un cavaller és tan dur que no sent els cops —va fer el nen, també amb ràbia continguda i, evidentment, amb ganes de continuar el combat.

El cavaller es va sentir ridícul, allargà la mà ben de pressa, el va agafar per la pitrera i el va aixecar un pam de terra, però el nen li va engegar una bona mossegada a la mà. El cavaller el deixà anar i Jaume tornà a caure al terra, mentre el seu instructor es fregava la mà i caminava cap a ell amb ells llavis ben premuts.

Lluís es va avançar i es va interposar entre el cavaller i el nen amb l'esma de defensar-lo. Immediatament, un escuder que havia presenciat l'escena, va abaixar la llança i s'atansà per apuntar el cor del pelegrí, però no va tenir temps per res més. La mà de Lluís d'Estemariu es va moure amb una rapidesa esparveradora, prengué la punta de la llança, arrossegà el soldat cap a ell i li clavà un cop de puny enmig de la closca, tot deixant-lo estès al terra. Un segon escuder que també corria cap a ell no va ser capaç de reaccionar a temps i va caure al terra empès pel peu que li atrapà la panxa. Immediatament van aparèixer tres soldats més que van envoltar Lluís.

—Ja n'hi ha prou! —escoltaren la veu de Guillem de Montrodon.

Jaume es va aixecar i va fer com si anés a atacar Joan. Aquest es va apartar, però el nen no baixà l'espasa, sinó que li clavà una puntada al turmell i, quan el cavaller va arronsar la cama, el nen el colpejà a tort i a dret amb l'espasa, el puny i els peus, com si fos un vendaval, mentre cridava amb ràbia, fins que Lluís el va aturar.

—Si més no, aquesta vegada has mantingut els peus ben ferms, i això t'ha permès guanyar —va fer Lluís amb una bona riallada, mentre mirava les sabates del nen.

Jaume també es va mirar els peus i, després, alçà els ulls i somrigué cofoi.

—De debò he guanyat? —preguntà.

—Tenint en compte la diferència que hi ha entre tu i Miravell, és evident que l'has humiliat —s'inclinà respectuosament—. Com també és evident que no és un bon instructor.

Joan el mirà amb odi, més que no pas amb ràbia, i s'avançà amb l'esma d'atacar-lo, però la veu de mestre Guillem l'aturà de nou.

—Anem! —ordenà a Lluís.

—Ja tindrem temps per acabar aquesta conversa —digué Joan amb un xiuxiueig, ben a prop del pelegrí. I el to no deixava lloc a cap dubte, sobre les seves intencions.

Lluís assentí lentament i seguí mestre Guillem fins desaparèixer per la porta de la sala dels cavallers. I és clar que tindrien temps per acabar aquella conversa, perquè temps era l'única cosa de què podia disposar.

Només arribar a la sala dels cavallers, Guillem ordenà els soldats que els deixessin sols.

—Segueixes sent el mateix. Sempre que hi ha un enrenou, ets pel mig —digué el mestre dels templers, mentre mirava Lluís d'Estemariu fit a fit—. I segueixes sent tan bo com sempre.

—Fa dies que no estovo ningú i volia saber si encara estic valent —somrigué Lluís—. Però no sóc el mateix. Us ho puc ben assegurar.

—I ho estàs, de valent?

—Penso que sí.

—Com sempre ho has estat?

—Sí —afirmà el presoner.

—Llavors, per què vas deixar sol el rei? —preguntà Guillem, però Lluís no va respondre, sinó que acotà el cap i romangué en silenci—. Entesos. No vols parlar —féu. Durant el viatge ja li havia posat la mateixa pregunta un bon plec de vegades i Lluís no havia respost. Es va tombar cap a la taula de fusta, llarga i fosca, va servir un parell de gots de vi i li'n va passar un—. Sí. Segueixes sent el mateix, sens dubte, encara que ho neguis, i aquests anys no t'han minvat, gens ni mica. Alt i fort, atlètic i orgullós, com quan servies Ramon Roger, comte de Foix, que també va lluitar a Muret. Però els temps canvien i no aporten res de bo. Després del casament del seu fill Roger Bernat amb la vescomtessa Ermessenda, just el mateix any del naixement del rei Jaume, va posar els peus a Castellbó i a la Cerdanya. Això ja ho coneixes prou bé, però el que possiblement no saps és que ha encetat una disputa amb el prelat de la Seu d'Urgell, Pere de Puigverd, que reclamava els seus drets sobre el senyoriu de les Valls d'Andorra, mentre que el seus habitants ja han reconegut, fa set anys, que els senyors de Castellbó han pres el lloc dels Caboet. Una altra disputa que encara contribueix més a esmicolar un regne que fa aigües pertot arreu —guardà un instant de silenci i preguntà—: És que no n'hi ha un de sol que tingui prou seny? Ni noble ni prelat?

—M'heu tret de Loarre i m'heu fet venir fins aquí per explicar-me les vostres cuites?

—No, però com que el tema que m'interessa, tu no el vols tractar... —respongué Guillem, i Lluís va seguir callat. Respirà fons i apurà el got de vi. Lluís encara no l'havia tastat—. Un regne esmicolat. Ple de forats! I què hi tenim per tapar-los? —callà i es dirigí cap a la finestra. Llavors va dir, com si canviés de conversa—: Porta amb nosaltres mesos i encara no pot sostenir una espasa ben dreta —assenyalà el nen.

—Perquè no té un bon instructor —contestà Lluís.

—Com creus que s'hauria d'instruir, si és dèbil i no té força? Cau massa sovint i no pot córrer com els altres nens.

—La força s'obté, però cal coratge. I aquest nen en té —rigué Lluís—. Només hem de veure com ha reaccionat per descobrir que ataca amb ràbia i orgull.

—Els millors cavallers han sortit de les teves mans, però no has respost la meva pregunta. Com l'instruiries? —preguntà, mentre es tombava d'esquenes.

—Cada infant és únic. En ell has de buscar el bo i millor i treure-ho fora. No he respost la vostra pregunta, perquè no hi ha resposta. Cal observar-lo, engrandir allò que ja és bo i mirar de corregir allò que pot trencar-se. Sobretot els turmells.

Mont-rodon es tombà d'una embranzida.

—Què vols dir amb això dels turmells? —s'interessà—. Hi has vist alguna cosa?

—Tots aquests mesos i no us heu adonat que aquest nen té els turmells delicats? —rigué Lluís, incrèdul—. O, potser, us penseu que cau tan sovint per casualitat?

—Hi ha solució per als turmells?

—I és clar que sí! —respongué el presoner—. No és el primer cop que em trobo amb un nen d'aquestes característiques. No és cap defecte i el temps els enfortirà.

—No en tenim, de temps.

—Per què?

—Això és cosa meva.

—Llavors busqueu algú que sàpiga fer-los treballar com cal.

—I si tu et fessis càrrec d'ell?

—No puc. Sóc un presoner —somrigué Lluís.

Mestre Guillem es dirigí cap a la finestra. Era una habilitat seva, això d'encetar una altra conversa quan un camí se li tancava. Com bé deia; si Déu tanca una porta, és perquè ha obert una finestra.

—Quan ens havíem d'enfrontar al califa Muhammad al-Nasir, a Las Navas de Tolosa, i el rei Alfons de Castella va exigir ocupar el centre de la batalla, el nostre rei Pere va protestar i l'aliança va ser a punt de trencar-se —va dir Guillem amb molta calma, mirant la plana. Llavors es tombà de nou—. Suposo que no has oblidat que vas ser tu qui va pronunciar les paraules «*virtus unita fortior*».

La unitat fa la força. I aquelles paraules ens van fer reflexionar tots plegats i l'aliança es refermà. Tingues present que aquella frase va significar la major victòria de la cristiandat —va venir de nou cap a Lluís i el va mirar directament als ulls, a ben poca distància—. Ara ens trobem en una situació similar. Catalunya i Aragó no segueixen el mateix camí i si no disposem d'homes forts, perdrem tot allò que hem construït durant aquests darrers anys.

—I jo què hi tinc a veure? —preguntà Lluís, sense bellugar-se un pèl.

—No hi ha ningú millor que tu, però vas trair un rei i penja damunt teu una sentència —respongué mestre Guillem, i assenyalà cap al pati—. Si aconsegueixes que salti, corri i lluiti com l'altre nen, seràs perdonat.

—Per això m'heu portat aquí? —s'interessà Lluís—. Per fer-me càrrec d'un nen? —preguntà, ben sorprès.

—Acceptes? —insistí mestre Guillem.

Lluís d'Estemariu se'l va mirar fit a fit. Després dirigí els seus ulls cap al nen.

—Qui és? —va preguntar. Fins aquell instant, no s'ho havia demanat.

—El rei Jaume.

El cavaller es tombà cap a mestre Guillem i es va quedar clavat, mentre els seus ulls s'obrien de bat a bat. Després va tornar a mirar aquell nen. Déu meu!, va fer internament. El rei!

—Ordeneu un presoner, un traïdor que va abandonar al seu pare, que es faci càrrec de l'educació del rei? —preguntà, sorprès i desorientat.

—No t'he conduït fins aquí ni lligat ni encadenat i tu has tingut ocasió per fugir i no ho has fet. Per què?

—Dúieu bona companyia.

—No em facis riure —feu mestre Guillem, movent el cap a dreta i esquerra—. Quatre homes, malgrat que vagin armats, no són cap impediment per a tu. T'he vist sortir-ne de més difícils.

—Llavors, potser és que sempre he confiat en vós, en el vostre seny i en la vostra justícia.

—Excepte en una ocasió.

—Tenia les meves raons. I eren poderoses.

—Que no m'has comunicat. I que, si fas que el rei aprengui, te les podràs guardar —s'allunyà unes passes fins la taula i prengué una poma—. Prou que et conec i sé que ets cavaller de paraula. De manera que ni tan sols t'ho ordenaré. T'ho demano, i a canvi t'ofereixo la llibertat. I, potser, la vida, perquè és clar que, si abandones aquests murs, no aniràs gaire lluny —somrigué Guillem—. Acceptes? —repetí la pregunta.

—Per què me l'oferiu a mi?

Guillem el va mirar als ulls.

—No és cap favor. De seguida descobriràs que no és senzill fer-ho amb un nen mal mamat —digué lentament, mirant de disculpar Joan, tot emprant les paraules que ja havia escoltat de llavis de Mateu.

—Què voleu dir, amb això de mal mamat? —preguntà Lluís.

—Coneixes la història. El van arrencar de braços de la seva mare quan tenia tres anys, el van dur a Montpeller, amb Simó de Monfort, i aquest prou que va tenir cura durant tres anys més que no fos capaç de prendre una decisió per ell mateix —explicà Guillem, sense apartar els ulls del cavaller esdevingut pelegrí i presoner. Inspirà mossegant-se el llavi inferior, i bufà—. Ho podries fer millor? —demanà.

—I tant que sí! —afirmà Lluís amb forts cops de cap.

—Llavors, acceptes?

—Accepto, però quan el rei Jaume sigui millor que l'altre nen, vull la llibertat absoluta.

—Què significa això?

—Que podré abandonar l'Ordre del Temple i anar on vulgui.

Mestre Guillem va escorcollar els ulls del pelegrí. No pagava la pena seguir preguntant, perquè si li demanava les raons, tampoc no les hi diria. I, a més, no disposa de temps per perdre'l.

—Entesos. Així serà —afirmà Guillem amb el cap—. Però jo decidiré quan has complert la teva tasca —afegí, i Lluís va deixar el got damunt la taula.

—No prens el vi?

—Ja us he dit que havia canviat. He après a viure amb ben poca cosa —respongué Lluís—. Però continuo mantenint la meva paraula. En aquest aspecte no he canviat.

Guillem va cridar el soldat de guàrdia.

—Acompanyeu-lo als dormitoris i proporcioneu-li roba i habitació —ordenà.

—Com s'ho prendrà Joan Miravell? Acceptarà ell? —preguntà Lluís.

—Això és feina meva —respongué el de Mont-rodon.

Un cop sol, es va seure a la cadira, va clavar els colzes damunt la taula i reflexionà. Per què Lluís d'Estemariu volia abandonar els templers? Per què callava quan li preguntava per la mort del rei Pere? I ara acceptava entrenar el fill de l'home que va deixar morir. Havia estat un error, triar-lo a ell? Amb Lluís d'Estemariu mai no se sabia. Havia entrat a l'Ordre del Temple anys enrere i havia viatjat a Terra Santa. Allà va defensar i protegir els pelegrins i va conèixer força coses. Fins i tot deien que havia fet amistat amb els seguidors d'Al·là i havia conviscut amb ells. Ningú no sabia allò que li van ensenyar, però tenia raó: havia tornat força canviat. Ja no semblava l'home cridaner i cerca-raons, company de gresca del rei, tot i que de vegades tenia reaccions estranyes, com feia una estona, al pati, amb Joan Miravell, sinó que mestre Guillem juraria que havia esdevingut un home assenyat i reflexiu. Curiosa metamorfosi. Potser algun dia li preguntaria sobre allò que li havia arribat a Jerusalem. Li respondria? Potser havia vist Déu…?

No. Va pensar mestre Guillem. Un home que veu Déu canvia en un altre sentit. I pel que feia a l'amistat amb el rei Pere, què havia canviat? Per què el va abandonar aquella matinada, abans de l'inici de la batalla?

Bé! A Miravell li agradava enfrontar els seus alumnes. Era un bon cavaller i un bon instructor, però amb Jaume no se'n sortia. Per contra, no s'havia equivocat amb Lluís, que en només uns moments havia aconseguit desvetllar en Jaume un projecte de cavaller que, fins aleshores, havia romàs amagat i, a més, amb una sola ullada, tal vegada havia descobert allò que cap d'ells havia estat capaç de veure. Mai, en tots aquells mesos, havia reaccionat amb tanta força, sinó que, de mica en mica, s'havia anat apagant.

Si Miravell volia enfrontaments, els tindria, perquè la rivalitat entre els dos instructors creixeria i allò convenia a la instrucció del rei.

Com molt bé havia dit a Eixemèn Cornell, no hi havia temps i s'havia d'arriscar. De manera que va creuar les mans i va resar.

—Déu meu! Ajuda'm per no equivocar-me i guia les meves passes.

El soldat va conduir el d'Estemariu fins a l'edifici dels dormitoris. Allà li va proporcionar roba, tot i que no va ser senzill perquè les dimensions d'aquell cos no s'adaptaven fàcilment a les talles normals. Un cop Lluís havia triat la roba, el va deixar sol. Llavors, el cavaller es va treure l'hàbit de pelegrí, va descosir la vora i va recuperar el punyal que havia guardat i que els babaus de Loarre no havien descobert. El va contemplar amb un somriure. Era una daga sarraïna, de fil corbat i afilat, amb el puny treballat i una pedra vermella que rellüía com el sol. Qui es podia imaginar que el duia amagat dins de la tela? Mestre Guillem tenia raó. Si hagués volgut escapar, ningú no li ho hauria impedit, però estava més segur allà dins que no pas fora. Sobretot ara, que tothom estava al cas de la seva presència.

*** ***

Una setmana després va arribar un missatger del comte Sanç. La carta que duia per mestre Guillem era ben explícita. El regent treia foc pels queixals. Volia, tant sí com no, que li lliurés el traïdor Lluís d'Estemariu, perquè la traïció a un rei és un acte que ha de jutjar la més alta autoritat, però el mestre dels templers li va contestar amb una altra carta en la qual li manifestava que el cavaller en qüestió seria jutjat per qui tenia aquella potestat, segons les regles de la seva ordre, a la qual pertanyia. I que ell, evidentment, n'era la màxima autoritat. De manera que ja es complia la condició que assenyalava la llei.

El missatger va marxar i va tornar amb una altra carta del regent. Si no li lliurava el d'Estemariu, vindria ell a buscar-lo personalment. Aquest cop, mestre Guillem va respondre amb ben poques paraules, només per dir que havia apel·lat al papa Honori i, fins que no hi hagués resposta, el presoner s'estaria a Montsó.

I aquí es va acabar la disputa. Pel moment, Lluís seguiria en mans dels templers. Després, ja se'n parlaria.

4.- ELS TURMELLS D'UN REI

El monjo corria, més que no pas caminava, tot i que volia donar aparença de tranquil·litat, però la seva respiració el delatava. De tant en tant, quan es creuava amb altres germans, acotava el cap per saludar-los i seguia amb pas ferm i decidit cap a l'abadia que hi havia dins del castell de Montaragó.

L'abat el va veure arribar des de la finestra del seu despatx, com també l'havia vist pujar el camí que conduïa a la porta principal, tot estirant el ruc que es negava a caminar.

Era jove i prim, arribava brut per la pols i no es va aturar fins que el secretari particular de Ferran d'Aragó se li plantà al davant amb el posat de qui se sap important i la parsimònia que se li suposa a un home dedicat al servei de l'Altíssim.

—Déu us guardi de tot mal, germà. Haig de parlar amb monsenyor Ferran —va fer el monjo, gairebé sense alè.

—El senyor sigui amb vós. Reposeu, germà —li va dir el secretari—. Què us fa córrer d'aquesta manera?

—Porto notícies de Montsó

—Allò que li heu de dir a ell, bé m'ho podeu comunicar a mi.

El monjo va dubtar durant breus moments.

—Són notícies importants i em va ordenar que només parlés amb ell —va dir, finalment.

El secretari es posà tens, però acabà per somriure. Un bon secretari sempre ha de saber fins on pot arribar.

—Reposeu i respireu, que Déu ens diu que tot té el seu temps i que res no passa sense que Ell ho determini —assenyalà el secretari una cadira buida, entre altres ocupades pels que havien demanat audiència—. Ara mateix avisaré monsenyor Ferran.

El monjo va seure a la cadira que li havia indicat el secretari i respirà fons. La pujada era dura i difícil i els darrers graons fins al primer pis de l'edifici que mirava cap al sud, enganxat a la muralla nord, l'havien obligat a treure la llengua. A més, el viatge en ruc resultava llarg i esgotador, el sol cremava de valent i l'hàbit li feia calor. Sort que no duia res a sota i que el barret el protegia dels raigs de l'astre rei. Però aquell maleït animal, en veure el tram final, la llarga pujada cap al cim, s'havia plantat i ell havia hagut de fer la resta del camí a peu.

La porta s'obrí, un home ben vestit sortí d'esquenes, tot fent una reverència, i el secretari hi entrà. Monsenyor rebia els comerciants i els camperols d'Osca, d'Angües i de tota la regió que envoltava el castell, perquè seves eren aquelles terres.

Poc després el secretari aparegué de nou i cridà el monjo, mentre es tombava d'esquenes a ell i també dedicava una reverència a l'home que ocupava l'estança.

—Que no ens molesti ningú —es va escoltar la veu de Ferran d'Aragó.

El secretari va fer que sí, amb el cap, lentament i cerimoniós, s'apartà per deixar entrar el monjo i tancà la porta. Llavors es mirà amb superioritat tots els presents, que també se'l miraven. Aixecà el cap amb orgull. Si era el secretari particular, per què no estava al cas de tot?, es demanà amb un gest d'evident disgust. Era més un trist monjo brut que ell?, es queixà en silenci, i s'assegué per acabar de redactar la carta que havia de fer arribar a Sanç de Rosselló, i que no era més que un altre retret dels molts que Ferran li enviava per deixar prou clar que era un mal governant i que el regne funcionaria millor en altres mans. Servien per alguna cosa?, es demanà el secretari, però ell, evidentment, no era ningú per respondre aquella pregunta i la seva tasca s'acabava quan la carta sortia en mans d'un monjo o d'un missatger per dirigir-se cap a Lleida o cap a Barcelona, perquè el comte Sanç es movia d'una ciutat a l'altra.

Dins del despatx, l'abat, que ja havia deixat enrere els quaranta anys, l'esperava dempeus. Ferran allargà la mà rodona en consonància amb el seu cos i el monjo va contemplar la sotana marró amb el mantell blanc s'agenollà davant seu per besar l'anell de qui havia pres l'hàbit més de vint anys abans, al monestir de Poblet, i que havia obtingut el lloc més l'alt de l'abadia per intercessió del seu germà Pere, que va ser rei d'Aragó i de Catalunya.

—La pau del Senyor sigui amb tu, germà Jesús —enretirà la mà l'abat, ensems que es fregava la pedra vermella de l'anell per a què recuperés la brillantor i va fer un gest esquerp davant la brutícia del visitant—. Molt important ha de ser la teva missió, quan arribes tan brut i no tens ni temps per rentar-te —el renyà.

—Perdoneu-me, monsenyor —digué el monjo, llençà un esguard a les seves mans brutes i les amagà darrere del barret que s'havia tret en senyal de respecte—. No he pogut venir abans perquè em vigilen. Mestre Guillem ha donat ordres estrictes per la seguretat del rei i ningú no pot abandonar el castell, a menys que existeixi un motiu prou fort i ell atorgui el seu permís.

L'abat va fer un gest amb la mà per ordenar el germà Jesús que s'alcés.

—Com ho has aconseguit, doncs? —preguntà amb parsimònia.

—Vaig fer arribar una nota a l'església de Sant Joan, al germà Manel —va explicar el monjo.

El germà Manel. Bona peça el germà Manel!, somrigué l'abat. Corrien rumors que posseïa una habilitat exquisida per saber com aprofitar-se de les debilitats i de les mancances de les esposes dels habitants del poble de Montsó i, segons apuntaven, més d'un dels vailets se li assemblava. Tanmateix, se li podien disculpar aquelles inclinacions, perquè tenia altres qualitats molt estimades i ningú no es queixava. Endemés, qui estigui lliure de culpa, que llenci la primera pedra.

—I no podies escriure'm?

—És delicat deixar constància de certs noms.

L'abat afirmà amb el cap. Havia estat una bona tria el germà Jesús. Era jove i escanyolit, però precís i exacte i, sobretot, discret i prudent. A més, no feia estralls entre les dones. I és clar que no! Al castell de Montsó no n'hi havia.

Es va seure, s'arreglà la sotana amb elegància, creuà les mans damunt la panxa i assentí amb el cap per tal que el monjo continués parlant.

—Mestre Guillem no ha empresonat Lluís d'Estemariu, sinó que es mou lliurement per tot el castell. Fins i tot li permeten que surti.

Les mans de l'abat es van clavar damunt la taula, es va llevar d'una embranzida i els seus ulls s'obrien de bat a bat. El germà Jesús va restar en silenci, mentre Ferran respirava fons i s'apartava de la taula.

Lluís d'Estemariu, el traïdor que va deixar sol el seu germà, l'home que hauria d'haver mort i que, per ser templer, Guillem de Mont-rodon havia reclamat, perquè havia de ser jutjat conforme la seva regla. Ell, Ferran d'Aragó no hi estava d'acord, però no s'hi va oposar, tal com havia fet el comte Sanç, perquè el mestre dels templers va apel·lar a Roma i, evidentment, va guanyar. D'aquesta manera el seu opositor al tron quedava un cop més com un babau i ell com l'abat assenyat i prudent. El papa Honori va dictaminar que el d'Estemariu seria jutjat a Montsó, perquè poc podia fer cas de les protestes de Sanç, que no escoltava les seves peticions perquè empresonés els càtars. Tanmateix, que l'hagués alliberat…

—Per què? —preguntà.

—És l'instructor del rei Jaume.

—L'instructor del rei? —es va esparverar Ferran. Ja només li faltava aquella notícia. Que s'havia begut l'enteniment, mestre Guillem?. Però això no ho va demanar—. I Joan Miravell, què hi diu? —va ser-ne la pregunta.

—Ell, ara, ha pres el lloc del cavaller Mateu de Lluçà i s'ocupa personalment de Ramon Berenguer i quan ambdós estiguin preparats s'enfrontaran per veure quin és el millor instructor —explicà el monjo—. Aquest ha estat el repte que els ha llençat mestre Guillem per esperonar-los i aconseguir un bon ensenyament per als infants.

—I com l'entrena?

—No l'entrena.

Ferran es va quedar en silenci. O aquell monjo s'havia begut l'enteniment o era un idiota, perquè les seves respostes eren absurdes.

—I si no l'entrena, què fa? Au, va! Explica't! —va fer, neguitós. Acabava de perdre tota la paciència.

—Jugar —va obrir els ulls de bat a bat, el frare.

—Jugar? —es va quedar bocabadat Ferran— El fa jugar…? —repetí la pregunta, i el germà Jesús assentí de nou—. No sé què aconseguirà, si perd el temps —mormolà, i va guardar silenci, pensarós—. Aquest porc sempre ha tingut pensades originals —féu. Llavors alçà la veu—. Fa progressos el rei?

—No ho sé, monsenyor. Des que Lluís d'Estemariu se'n fa càrrec ningú no en sap res. No pren ni l'espasa de fusta —va obrir els braços el germà Jesús—. Tot el dia juguen —llavors va somriure—. Però puc dir que el germà Gualbert està força content. Diu que el rei és intel·ligent i despert i que ha canviat. Ha après a llegir com cal i segueix les seves explicacions amb respecte i molta cura. Fins i tot hi ha moments que...

—Interessant. Molt interessant —afirmà amb el cap mentre es mossegava els llavis carnosos, tot tallant les explicacions del germà Jesús que parlava amb admiració—. Què més m'has de comunicar?

—Eixemèn Cornell, Valles d'Antillon i Pere Cornell visiten amb molta freqüència el castell i mestre Guillem es mostra preocupat perquè el rei encara és massa jove per tenir descendència.

—Mestre Guillem és una de les grans intel·ligències del regne i veu més enllà que el nas de Sanç —somrigué l'abat—. D'això no en tinc cap dubte, encara que tampoc cal gaire per superar la manca de seny del regent. I què hi fan aquests tres cavallers, allà? —demanà.

—Busquen bons consellers per al rei, perquè Bernat de Benavent i Balasc Maça han aplegat les seves forces a les del comte Sanç i, segons diu Cornell, es preparen per entrar a Aragó —seguí parlant el germà Jesús—. També hi ha notícies de Provença, on podria esclatar una revolta per fer-se amb el comtat i deixar de banda Ramon Berenguer, que també és massa jove per fer-se càrrec de les seves possessions.

—Delicada situació —va bellugar el cap amunt i avall—. Hi ha alguna cosa més?

—No —negà el germà Jesús, però titubejà—. Bé! —féu—. Diuen, però només és un rumor, que Lluís d'Estemariu, quan acabi el seu treball amb el rei, serà perdonat i abandonarà l'ordre dels templers.

—Quan serà això?

—Quan mestre Guillem ho consideri oportú —respongué el monjo—. Ningú no ho sap —afegí.

—Entesos. Rentat i descansa. Has de tornar a Montsó i mantenir-me ben informat. Sobretot vull saber quan Lluís d'Estemariu abandona el castell. Això m'interessa especialment —digué Ferran, i mogué la mà lentament, tot assenyalant cap a la porta.

—Sí, monsenyor —respongué el germà Jesús, es va inclinar en una reverència i abandonà el despatx.

L'abat es dirigí a la finestra i contemplà la plana. Osca romania tranquil·la i Ferran d'Aragó va fixar la mirada al sud, en els camps que s'estenien cap la terra erma, frontera amb els sarraïns. Gent curiosa, els moros. Havien construït les millors muralles i sabien com buscar aigua i com emprar-la, obrien canals per regar els cultius i treien fruita de la terra seca. A més, a ells els devien molts altres coneixements. Havien estudiat les plantes i podien guarir malalties que en altres temps eren sinònim de mort. Al·là!, cridaven quan entraven en batalla, i a aquell nom se li oposava el de Sant Jordi, ben ferm. Aquelles contrades havien estat seves durant segles i ara reculaven, però ¿com podrien seguir recuperant terreny si Aragó i Catalunya lluitaven entre elles?

Premé els llavis i negà amb el cap. Aragó i Catalunya no anaven a l'hora. En aquest afer tothom hi estava d'acord. Tanmateix, havien perdut el seny. Sanç acabaria per atacar. I amb qui comptava ell? Amb Pere Ferrandes d'Albarrassí, senyor poderós que ocupava el recinte emmurallat que havien aixecat els seguidors d'Al·là; Roderic Liçana, que des de Terol li enviaria reforços, home prudent i força religiós que ajudava a la construcció de la catedral; i Balasc D'Alagó, que cobriria el flanc de Saragossa, mentre que ell, a Osca, podia disposar de totes les forces que li eren lleials. Ja havia parlat amb tots ells i ara estaven en mans de Déu. Podia plantejar una batalla a camp obert, però seria una disbauxa. No. Més valia esperar que el primer moviment fos per part del comte de Rosselló. Així, Roma es posaria del seu costat i Sanç, segurament, cauria en desgràcia.

De manera que Jaume és un nen intel·ligent, medità. No eren aquestes les notícies que li havien arribat quan Joan Miravell es feia càrrec del seu entrenament. Llàstima que encara sigui només un nen!, pensà. Però en mans de Lluís d'Estemariu arribaria ben lluny i esdevindria tot un home i un brau soldat. Traïdor o no, no podia menysprear el nou instructor. L'avalava una ben guanyada reputació.

S'apartà de la finestra. Lluís d'Estemariu... el traïdor. Però, no se li podia negar que coneixia prou bé l'ofici i que va destacar a la batalla de Las Navas de Tolosa com un valent capaç de fer tremolar l'enemic. Per què va abandonar Pere? Aquesta era la gran incògnita, però ja tindria ocasió de preguntar-li, quan els torturadors li arrenquessin una confessió. Segons la llei, només es pot sotmetre un cavaller a la tortura en cas de traïció i aquest era el càrrec que planava damunt del seu cap. Era dur com un navarrès i tossut com un aragonès, tot i que fos català, però acabaria parlant.

Llavors va tenir un altre pensament. Si havia tornat, tal vegada era perquè Déu l'havia reservat per algun menester que només ell podia dur a terme. Curiosa providència, que tria qui va deixar morir el pare per salvar el fill, somrigué. Però quan acabés i abandonés la protecció de Montsó, la seva tasca s'hauria complert i llavors... O, potser, no calia esperar tant? Aquest afer precisava de profunda meditació.

Va cridar el secretari. Que tothom marxés, que avui no rebria ningú més. Va sortir del despatx sense ni tan sols mirar-se els que esperaven a l'antesala i es va dirigir a la capella. Li agradava fer una ullada al treball dels artesans i dels artistes que estaven acabant de decorar-la. Si més no, aquells moments d'èxtasi davant les pintures del sostre, amb els àngels i tota la cort celestial, li permetien reflexionar a uns nivells que no assolia en cap altre lloc.

Arribà a la capella i contemplà el treball pacient i acurat dels artesans que havien muntat una bastida per poder arribar al sostre i decorar els arcs i les voltes amb pintures celestials. Respirà fons, mirà la talla de la Verge, s'agenollà, creuà les mans i resà.

—Déu totpoderós, t'ho prego. Assenyala'm el camí i condueix les meves passes per a major honra i glòria teva. Verge Santíssima, intercediu davant del vostre Fill per tal que escolti les meves oracions i em concedeixi la llum i la victòria.

*** ***

Joan Miravell havia acceptat que Lluís d'Estemariu es fes càrrec de l'entrenament del rei, tot i que li va costar i va protestar, però, finalment, es va conformar amb Ramon Berenguer. Des d'aquell mateix instant va ordenar Mateu que tornés amb els soldats i posà els seus cinc sentits en el jove comte. Hi havia un repte pel mig i no podia fracassar.

Tanmateix, no parava de demanar-se què perseguia Lluís d'Estemariu, i aprofitava totes les ocasions per parlar amb mestre Guillem i fer-li veure que allò havia estat un error.

—Estem perdent el temps —li va dir un dia—. Amb mi, si més no, el rei aprenia a sostenir una espasa, però ¿què fa amb aquest imbècil? Us hi heu fixat? Li ha ficat dintre de les sabates unes pedres planes i el fa caminar tot el dia.

—Abans de ficar-les-hi les va treballar per tal que s'hi ajustessin —respongué mestre Guillem.

—I juguen tota l'estona —menyspreà Joan—. El fa ballar com si fos un dansaire, l'aixeca enlaire i el fa volar només agafat per les mans. Després s'arrosseguen pel terra com un parell de cucs i salten com nenes, de puntetes. Quina manera de preparar-lo és aquesta? A més, li està ensenyant jocs malabars amb tres pedres. Què volem: un rei o un bufó? —no parava de queixar-se.

—Tu vigila que Ramon Berenguer aprengui i no et preocupis pel rei.

—Us adoneu que ja portem setmanes així? —insistí Joan.

—Deixa'l fer.

—Però...

—Deixa'l fer! —conclogué mestre Guillem. Ja n'hi havia prou, d'aquella cantarella!

Joan Miravell va sortir enfadat. Allà tothom havia perdut el seny i ell no se'n refiava, d'un home que va abandonar el seu rei. Com podia mestre Guillem atorgar-li tota la llibertat? I si algun dia tornava a trair el seu senyor? Llavors, què?

Per la seva banda, Guillem de Mont-rodon també es mostrava preocupat i inquiet. Prou que li havia dit, a Lluís, que no es podien adormir, però el d'Estemariu somreia i li responia que tot bon treball requereix el seu temps.

Temps! Maleït temps! Per què tot es reduïa al temps?

No li estranyava, gens ni mica, que Joan es mostrés neguitós. Ell també n'estava, i més encara quan un dia va trobar el rei i Lluís asseguts a la taula de menjar, a la sala dels cavallers. Era mig matí i ni tan sols havien baixat al pati. I què hi feien? Lluís posava una copa al costat del seu colze, l'empenyia i l'atrapava al vol, abans no s'estavellés contra el terra, mentre Jaume reia i mirava d'imitar-lo.

Un altre dia els va descobrir al pati petit, el que hi havia al costat dels dormitoris, corrent darrere de les gallines. El joc consistia a veure qui n'atrapava més.

Però la tarda que el germà Bernat el va venir a veure per dir-li que el cavaller i el rei estaven pintant amb els peus...

—Amb els peus? —va preguntar.

—S'han descalçat i prenen la ploma amb els dits dels peus — va explicar el monjo, tot obrint els palmells cap al cel—. Per mi que s'han tornat bojos —feia amb cara de babau.

Allò ja passava de mida! Però, a què jugava Lluís d'Estemariu? Que no era conscient que no podien perdre el temps?

De manera que va cridar el cavaller.

—Quan començaràs a entrenar el rei? —li va demanar. Eren a la sala dels cavallers, sols.

—Ja ho estic fent —respongué Lluís.

—Dibuixant amb els peus? —s'esverà mestre Guillem—. Això és el que m'ha dit el germà Bernat. És veritat?

—Per on comenceu a construir una casa? Per dalt o per baix? —s'estranyà Lluís.

—No t'he demanat que aixequis una catedral —replicà Guillem.

—No —negà Lluís, amb el cap—. M'heu demanat que construeixi un rei. No sé què és més difícil.

—Però quan el veuré prendre l'espasa?

—Quan pugui mantenir-se ben ferm.

—I quan serà això?

—Quan hagi arribat el moment.

Per més que mestre Guillem va preguntar, res no va obtenir. Era com parlar amb un mur de pedra, però el pitjor de tot és que Lluís responia totes les seves preguntes amb una tranquil·litat esparveradora, sense immutar-se gens ni mica.

I aquí es va acabar la conversa, encara que no el neguit del superior dels templers.

5.- L'ESCOLA DELS SONS

Era fosca nit i el vent xiulava pels passadissos i pels patis del castell. Una llàntia il·luminava la part de sota de la balconada, ben protegida, que conduïa al pis superior dels dormitoris i el soldat que feia guàrdia davant del corral es va posar en guàrdia quan la llum es va apagar. Va baixar la llança, apuntà cap endavant, va fer un parell de passes, en silenci, i esguardà amb molta cura. Tanmateix, era difícil de veure-s'hi, perquè la dèbil llum de les dues torxes de la sala d'armes arribaven tan esmorteïdes que els racons semblaven goles de llop. Es dirigí cap a la llàntia que havia deixat de cremar, procurant no perdre detall del seu voltant. Si hi havia algú, allà es devia d'haver amagat, sota l'escala, va pensar. Amb els ulls ben oberts va seguir avançant i es va aturar quan la llança acariciava els graons.

—Sortiu d'aquí —va fer, però ningú no respongué.

Llavors, va ser un salt i, d'un cop, es plantà sota l'escala, mentre sostenia amb força la llança. Allà no hi havia ningú i es va relaxar. Potser havia estat el vent, somrigué. Aquella nit bufava de valent. Aniria a buscar foc i l'encendria de nou, va concloure. No obstant això, quan ja es tombava, va rebre el cop a la cara i va caure ben estès a terra. Aquí sí que es va fer la foscor absoluta. Per a ell, naturalment.

L'ombra, gran, es va ajupir per comprovar que el soldat ja no podia fer cap mal i va arrossegar el cos fins amagar-lo a la foscor. Després s'alçà, va pujar l'escala i es va desplaçar al llarg de la balconada sense fer soroll. S'esmunyia com un fantasma. Va arribar a la porta de la cambra del rei i la va obrir a poc a poc, per evitar que grinyolés.

Jaume dormia plàcidament, i així va seguir fins que una mà el va despertar i el va espantar. Anava a fer un crit en veure l'ombra que s'estava al costat del seu llit, com si anés a caure damunt d'ell, però aquella enorme mà li tapà la boca.

—Silenci —va escoltar la veu, a cau d'orella, i acabà de despertar-se per descobrir que era Lluís d'Estemariu—. Alceu-vos i acompanyeu-me —va ordenar el cavaller, que no anava vestit, sinó que duia la camisola de dormir. Tampoc no duia cap mena de calçat, sinó els peus nus.

Jaume es va aixecar sense badar boca i va buscar les sabates, però Lluís l'aturà.

—Si heu vist que jo no en calço, per què en voleu vós? Les sabates fan soroll i nosaltres no n'hem de fer.

Jaume va seguir Lluís i van travessar la porta de la cambra. El soldat de guàrdia no hi era. Van seguir caminant cap a l'escala, van baixar i, llavors, el va veure estès, dormint com un beneit, i poc es va despertar quan el nen i el cavaller van passar pel seu costat i van baixar l'escala sense fer el més petit dels sorolls.

Un cop arribats al pati, el cavaller s'aturà. Un altre soldat feia la ronda per la muralla. Va esperar fins que desaparegué i conduí el nen fins a la capella.

Dintre, les espelmes tremolaven i projectaven ombres que espantaven.

—Les ombres ens amaguen i el vent apaga les nostres passes —va dir, en un xiuxiueig.

—On anem? —preguntà Jaume, també en veu baixa.

—On ningú no ens podrà trobar —respongué Lluís.

—És fosca nit... —va tremolar lleugerament el nen.

—I què?

—Doncs, que tinc por —va fer Jaume.

—De què?

—Del vent —contestà el nen, mirant a un cantó i a l'altre, mentre escoltava el xiulet que sorgia dels racons.

—El vent canta amb la veu de la por. Per això fa uuuuuu... —somrigué Lluís.

Aquella nit, el cavaller tenia una estranya mirada. A voltes semblava un foll, de vegades una àliga que busca la presa i, de tant en tant, els seus ulls s'allargaven al mateix temps que els llavis, com si un pensament divertit creués pel seu cap.

—Sentiu que els budells us canten? —preguntà.

—Sí —respongué el nen, sense deixar d'escorcollar el seu voltant.

—Perquè la por us fa afluixar el cul i, de ben segur, teniu ganes de cagar.

—Sí —repetí Jaume i va haver de fer un esforç per no embrutar-se.

—Doncs no heu de tenir por, perquè la por no existeix, excepte dins vostre.

—Sóc a punt de fer-me pipí —es queixà el nen i tancà les cames.

—Doncs, parleu al vent i digueu-li que no us fa por.

—No em fas por —va fer Jaume, però amb veu trencada i tremolosa—. Ja puc tornar a l'habitació? —implorà.

—Veig que encara teniu por —somrigué Lluís—. Això vol dir que el vent no us ha entès.

—Doncs, li ho he dit ben clar.

—Però no en el seu llenguatge.

—I quin és el seu llenguatge? —va fer Jaume.

En aquell precís instant el vent va bufar amb més força i de tots els racons s'alçaren veus que pronunciaven uuuuuu... Jaume va mirar l'enorme creu que es projectava a la paret, es va agafar a la camisola de Lluís i començà a tremolar. Llavors, el cavaller va fer:

—Uuuuuu... Aquest és el seu llenguatge.

—Uuuuuu... —va fer Jaume. I cada lletra era d'un to diferent, per causa de la tremolor.

—Poseu-vos les mans al baix ventre. Aquí, sota la panxa —assenyalà Lluís. El nen el va imitar—. Molt bé! Ara parleu al vent amb la seva veu fins que les mans us tremolin. Uuuuuu... —va fer, i el nen el va imitar.

—Ja em tremolen —va dir, després de repetir cinc cops aquell so.

—Doncs, ara, la por ja no és als vostres budells, sinó a les mans. Llenceu-la ben lluny —va aixecar Lluís les mans i les mogué, com si se les espolsés.

Jaume va fer el mateix, més d'un cop, per estar ben segur que la por marxava.

—Heu vençut el vent —somrigué Lluís.

—I ara? —preguntà Jaume, més calmat.

—Ara hem de jugar a fet i amagar.

*** ***

Joan Miravell es va llevar esfereït. Mateu l'havia despertat i tremolava de cap a peus.

—Què vol dir que no hi és? —va preguntar.

—Ha desaparegut. La cambra del rei és buida —repetí el cavaller, visiblement alterat.

Llavors, Joan va prendre l'espasa i sortí cames ajudeu-me, va pujar les escales, va córrer tota la balconada que donava a la part alta dels dormitoris i va entrar a l'habitació de Jaume, on l'esperaven dos soldats.

—La roba és aquí —va senyalar Mateu.

—I què hi feu vosaltres, com estaquirots? —cridà Joan als dos soldats—. Busqueu-lo pertot arreu!

Els soldats van sortir esperitats i Joan va anar a buscar Lluís d'Estemariu, però, en arribar a la seva habitació, també la va trobar buida. Sants del cel! Què ha passat?

Tot el castell de Montsó va ser regirat de dalt a baix. Els soldats anaven de corcoll seguint les ordres de Mateu. Van entrar a totes les dependències i van enviar patrulles fins al poble i per escorcollar les rodalies i preguntar a tota la gent si havien vist algú, però les respostes van ser negatives i Joan es desesperà. Van baixar al rebost, van anar a veure els monjos i els van demanar d'escorcollar fins i tot les seves habitacions, però va ser inútil. Allà no hi havia ningú.

Guillem de Mont-rodon havia hagut de marxar i no tornaria fins una setmana després. Déu meu! Com li ho explicaria? I què havia fet el boig de Lluís d'Estemariu?, no parava de preguntar-se. Perquè la conclusió era més que evident. Si ell i Jaume no hi eren, només podia significar que havia raptat el rei. Mare de Déu! No, si ell ja ho havia dit. Qui podia refiar-se d'algú que va deixar sol el seu rei? Era un traïdor! L'hauria d'haver fet vigilar, però el mestre dels templers li va dir que Lluís d'Estemariu gaudiria de total llibertat. Maleït siguis!, va fer. Quan et trobi, et mataré.

Quan, finalment, cansats de remenar, van desistir de seguir buscant i ja havien baixat a les cavallerisses i preparat els cavalls per sortir en totes direccions, es va presentar el germà Bernat esbufegant i amb cara d'espantat. Suava amb grans gotes que li queien pel front i respirava a cops. Així que es va calmar un xic, va dir:

—Són a la sala dels cavallers.

Joan va deixar caure l'elm que havia triat i va sortir corrents cap a la porta del castell, els soldats el seguiren, van creuar el pati, van deixar enrere la torre de l'Homenatge i van entrar a la sala dels cavallers espasa en mà, a punt d'atacar, però l'escena que van veure els va deixar bocabadats, a tots plegats. Jaume, en camisola, tenia al davant una tassa de llet i menjava pa i formatge, mentre que Lluís, també en camisola, mossegava una poma.

—Què hi feu, aquí? —va ser la sola pregunta que se li va ocórrer.

Jaume va aixecar la mirada i respongué:

—Esmorzar —com si fos la més gran evidència d'aquest món.

—Esmorzar? —preguntà Joan amb cara de babau.

—Esmorzar —repetí Lluís i va fer un mos a la poma.

*** ***

Guillem no s'ho podia empassar. Era la història més absurda que mai no havia escoltat en tota la seva vida, i s'estava allà, assegut, davant de Joan i de Lluís que discutien amb vehemència. Sort que no havien arribat a les mans o, pitjor encara, a les espases.

—A veure si ho entenc —va alçar els braços per fer-los callar—. Quin objecte tenia escapar-se de nit i amagar-se al confessionari de l'església de Santa Maria? —va demanar a Lluís.

—M'heu donat tota la llibertat per formar un rei i ara Jaume ja no té por.

—I un xic més i ens mates d'un ensurt a tots plegats —va intervenir Joan— Què volies? Deixar-me en ridícul?

—No cal escarrassar-s'hi gaire, per aconseguir-lo —respongué Lluís, i Joan va ser a punt d'aixecar-se, però Guillem l'aturà.

—Deixem-nos estar de bajanades —va fer el mestre dels templers. S'encarà cap a Lluís—. M'ho vols explicar?

—Abans d'anar a l'habitació del rei, vaig sortir del castell i vaig tornar a entrar —respongué Lluís—. Si algú vol burlar la vigilància i matar el rei, ho té ben fàcil —es tombà cap a Joan—. Els teus soldats són babaus i s'adormen.

—Seran castigats! —féu Joan—. A més, a partir d'ara un soldat farà guàrdia dins de la seva habitació.

—Això sí que no —negà Lluís—. Tu tingues cura del comte de Provença, que jo ja miro pel rei.

—Llavors, què vols? —preguntà Guillem.

—Que ningú no pugui entrar al castell, que ells entenguin que la vida d'un rei depèn del que siguin capaços de fer, que no s'adormin ni un instant, que Miravell posi més guàrdia i també vull triar un soldat de confiança que segueixi el rei pertot arreu on vagi, de dia o de nit, quan jo dormi —va mirar a Guillem als ulls—. Però el rei ha de dormir tot sol.

—Has d'impedir, a tot preu, que pugui sortir de nou —ordenà Guillem a Joan.

—No m'heu entès —negà Lluís un altre cop—. Hem de saber on és en tot moment, però si surt de nit, ningú no li ho ha d'impedir.

—Però... que t'has begut l'enteniment?

—No, no i no —repetí Lluís—. Disposo de ben poc temps, si els rumors que corren són certs. I jo haig de treure de dins del rei l'home que s'hi amaga.

—Això ho puc fer jo —es queixà Joan.

—Has acceptat el repte i has dit que Jaume mai no vencerà Ramon Berenguer. De manera que ara no vulguis escapar-te'n.

Guillem va restar un instant en silenci. Li plaïa la situació. Aquells dos homes estaven disposats a fer el que calgués per demostrar quin dels dos era el millor i havia pres la decisió de deixar exclusivament en mans de Lluís l'educació del rei per tal que el convertís en cavaller, i prou sabia que quan el d'Estemariu donava la seva paraula, la complia. Tanmateix, deixar que el rei pogués bellugar-se en total llibertat...

—Si has demostrat que algú pot entrar al castell, és massa agosarat i massa perillós —digué.

—No ha demostrat res. Només ha dit que ho ha fet, però ningú no l'ha vist sortir de les muralles —somrigué Joan.

—Dubtes de la meva paraula? —es posà en guàrdia Lluís.

—Prou! —es va aixecar Guillem—.Cert o no, l'ensurt ha estat massa gran com per no prendre mesures. Endemés, no tinc temps per perdre'l amb absurdes discussions.

—Exacte! —va fer Lluís—. No tenim temps. Si l'haig de formar, ha de ser a la meva manera. En cas contrari, ja em podeu tancar a la presó —amenaça Lluís.

—Entesos. Serà com tu vols —acceptà Guillem—. Triaràs els homes que l'han de seguir i si, per desgràcia, li arriba alguna cosa dolenta, ho pagaràs molt car —li tornà l'amenaça—. Recorda-ho: molt car. I aquest cop no te n'escaparàs. Ho juro per Déu, que et perseguiré fins a la fi del món.

—Així sia —respongué Lluís.

—Amen! —féu Joan, s'alçà i abandonà l'estança amb pas ferm i decidit. Era evident que no havia paït que Lluís l'hagués deixat en ridícul una vegada més.

Un cop es quedaren sols, Guillem es va aixecar de la cadira i passejà amunt i avall, mentre bufava. De sobte es va aturar.

—Fer-lo caminar descalç... —va mormolar. Després alçà la veu—. I si s'hagués posat malalt?

—Som a les portes de l'estiu i dúiem amb nosaltres una manta. No hi havia perill —explicà Lluís.

—Segur que ja no té por o no en tenia perquè tu eres al seu costat? —preguntà.

—Aquesta nit ho sabrem —respongué Lluís, enigmàtic.

—N'has preparat una altra, de sorpresa?

—Tot depèn d'ell —somrigué Lluís—. Si voleu, ho podeu veure per vós mateix —el convidà.

—Miravell ens hi acompanyarà.

—No tinc cap inconvenient. Així aprendrà alguna cosa de profit —somrigué el d'Estemariu.

Aquella nit, Guillem, Joan i Lluís no van anar a dormir, sinó que van baixar al pati i es van amagar entre la torre de l'Homenatge i la sala dels cavallers, sota l'arc que servia per recollir l'aigua de pluja. Des d'allà podien veure la porta de l'habitació de Jaume, i allà van esperar pacientment.

Ja era molt més enllà de mitjanit quan Joan començava a sentir que les parpelles li pesaven. Què estaven esperant allà?, es demanava, i llençava esguards a Lluís que no parava d'observar aquella porta enlairada més de quatre colzes del terra. Al costat de la balconada hi havia un carro.

—Hem d'estar-nos-hi gaire estona més? —es va escoltar la veu de Guillem, i Joan va fer que sí amb el cap per dir que hi estava d'acord, que ja n'hi havia prou, de misteris i de bajanades, i que estava fart de no saber què hi feien allà.

—No ho sé —respongué Lluís.

No ho sé, deia aquell babau, pensava Joan. Cada cop estava més convençut que no havia estat cap bona decisió acceptar que es fes càrrec de l'educació del rei, però mestre Guillem encara protegia aquell desgraciat. Va canviar de postura, un altre cop!, i va descansar una cama. Però, què es proposava el d'Estemariu? Va mirar de nou cap a la porta del dormitori. L'havia mirada cent cops i res no hi succeïa. Anava a retirar els seus ulls quan alguna cosa es bellugà.

De sobte les parpelles de Joan s'obriren de bat a bat. S'acabava d'obrir lleugerament i una ombra, petita, va aparèixer. Poc després, la figura de Jaume es destacà a la paret i va cavalcar l'ampit de la balconada per deixar fora les cames. Era evident que no baixaria per l'escala.

Guillem es va espantar i va fer l'esma de llençar-se endavant, però Lluís l'aturà.

—Només té set anys —va fer Guillem en veu baixa, però amb un to de preocupació.

—A punt de fer-ne vuit —corregí Lluís.

—Però encara en té set —replicà Joan.

—Exacte! —xiuxiuejà Lluís—. I tota l'agilitat d'un nen de set anys. No patiu, que ja ho ha fet altres vegades.

—Com...? —va aixecar la veu Guillem—. I si en caure li fallen els turmells?

—Psssst! Silenci —el tallà Lluís i va senyalar la paret on la figura del nen rei semblava un ombra que s'esmuny.

Jaume es va penjar de la balconada i els seus peus van atrapar la barana de fusta del carro. Quan es va sentir segur, va deixar anar les mans i va guardar l'equilibri. Llavors es va ajupir i baixà per la roda. Es movia com un gat. Anava vestit amb una camisa i unes mitges, calçat amb polaines lleugeres i cobert amb una capa fosca. Es va quedar un instant quiet, mirant a un cantó i l'altre per assegurar-se que ningú no l'havia vist. Llavors va córrer cap a l'altre extrem del pati, cap a l'església.

Damunt de la muralla s'estava un soldat de guàrdia. El nen es va ajupir, es cobrí amb la capa, que la foscor de la nit convertia en ombra, i va esperar que el soldat es tombés d'esquenes. Llavors, va seguir de puntetes el mur fins creuar la reixa que donava pas a les escales que baixaven fins a la cripta, i per allà es va esmunyir.

—On va? —demanà Joan.

—Ja ho veuràs —respongué Lluís, i sortí tot corrents cap a la reixa.

Els altres cavallers el van seguir i el soldat es va tombar en sentir les passes i va baixar la llança.

—Qui hi viu? —va fer.

—Silenci! —va ordenar Lluís en veu baixa, però ferma, i va obrir la porta procurant no fer soroll.

—Senyor! —es va quadrar el soldat en veure Guillem darrere d'ell.

—Calla! —ordenà Guillem.

Els tres cavallers van traspassar la porta i, davant de la sorpresa del soldat, van desaparèixer per l'escala. Al final hi havia una sala, només il·luminada per la llum d'una espelma, on s'hi encabien els nínxols escavats a la paret de roca. Arribats a l'últim tram, Lluís es va enganxar al mur i seguí caminant lentament fins que va atrapar la cantonada. Llavors, va esguardar amb molta cura, tot procurant que els altres dos cavallers no es deixessin veure. Després s'apartà i deixà el seu lloc a Guillem de Mont-rodon.

El mestre dels templers va treure el cap per la cantonada i la llum de l'espelma li mostrà Jaume assegut enmig de la sala, entre les tombes, sense fer res, sense dir res. Què hi feia allà?, es demanà, i es tombà cap a Lluís per preguntar-li, però el d'Estemariu es va dur el dit índex als llavis i li pregà silenci.

Un instant després, Joan va escoltar la veu del nen.

—Uuuuuu... —feia, com si volgués espantar els morts.

—Què fa? —va xiuxiuejar.

Però, com a tota resposta, va rebre el senyal del silenci que li feia Lluís.

Així s'hi van estar una estona, fins que Jaume es va aixecar i, tranquil·lament, va venir cap a ells. Cames ajudeu-me, els tres cavallers van pujar l'escala de la cripta i es van amagar a l'altre costat de l'església i van poder observar com el nen rei tornava a esmunyir-se pel pati i escalava de nou el carro i la balconada, per desaparèixer per la porta del dormitori. Llavors, i només llavors, van abandonar el seu amagatall.

—Què significa tot això? —va preguntar Joan.

—Que si els esperits dels morts ja no li fan por, no tindrà por de res —respongué Lluís.

—Bé! —afirmà Guillem amb un cop de cap—. Però encara no és capaç de mantenir dreta una espasa.

—Però ja heu vist que és capaç de córrer amb agilitat. De manera que ara arriba el pas següent —somrigué Lluís.

—Quin és aquest pas? —preguntà Joan.

—És molt tard i tinc son —respongué el d'Estemariu, tot badallant—. Ens esperen coses interessants.

*** ***

Havia canviat. D'això no en tenien cap dubte. Ni Guillem ni Joan. Perquè es comportava d'una manera diferent. Jaume no era el nen de feia uns mesos enrere, l'infant desvalgut que havia arribat mort de por i que gemegava a les nits. I aquest era el miracle que havia aconseguit Lluís d'Estemariu en ben poc temps. Ningú no li ho podia negar, malgrat que Miravell seguia fent comentaris punyents a mestre Guillem.

Aquell matí Jaume va arribar al racó que hi havia davant del corral per rebre una nova lliçó. Aquell era el lloc que Lluís havia triat per ser lluny de Miravell, però el nen, al contrari que altres cops, només va trobar una espasa de debò clavada al terra i ben dreta. Les de fusta havien desaparegut.

—Heu descansat bé? —va escoltar la veu de Lluís darrere seu.

El nen es va tombar, se'l va mirar i somrigué, mentre que feia que sí, amb el cap. Pràcticament no havia tingut temps de conèixer el seu pare, el rei Pere de Catalunya i d'Aragó. Ni tan sols el recordava. I el nen havia de dipositar el seu amor en algú, i la seva confiança, perquè un vailet sempre ha de créixer amb una imatge per imitar. Després, quan hagi après, ell ja formarà el seu propi tarannà. I, fins al present, l'únic que havia aconseguit merèixer aquell lloc d'honor era l'home que tenia al davant. S'entenien bé. Molt bé! Perquè era diferent de tots els altres. L'escoltava i parlava amb ell. No com amb un rei, sinó com el que era, un nen. I jugaven. Tanmateix, li dedicava l'atenció i el respecte que correspon a tan alta dignitat. Fins i tot, quan calia, s'imposava i el feia treballar de valent, només que el treball era una constant descoberta de noves sensacions i un despertar a un món desconegut i ple d'atractius.

Potser li hauria d'explicar allò que havia fet aquella nit, però es va estimar més callar, perquè era una cosa seva, personal, i com deia Lluís no cal galanejar de les batalles quan un se sent satisfet i orgullós d'ell mateix, perquè duu escrit a la cara el signe de la victòria. I aquell matí, ningú no podia negar que Jaume era un guanyador.

De manera que va mirar l'espasa, que es mantenia dreta i clavada a terra, i va demanar:

—On són les de fusta?

—Ja sou capaç de manejar-les amb habilitat. El pal ha rebut prou i us respecta. No cal estovar-lo més —va dir el cavaller, i va somriure—. I pel que fa a Miravell, el seu cul també ha rebut un bon cop. Per tant, ha arribat l'hora de canviar d'arma i pujar un graó cap al tron —explicà.

—I què farem avui? —preguntà el nen.

—Aprendrem a pronunciar una altra vocal.

—El germà Gualbert ja m'ha ensenyat totes les lletres i diu que la meva pronuncia és prou bona —rigué el nen.

Sí, en aquest aspecte també havia canviat i el monjo ja no es queixava, sinó que havia començat a lloar la subtil intel·ligència del nen rei. Ho copsava tot a la primera i cada cop es despertava més i més la seva curiositat. Llegien les escriptures en llatí i, tot i que li va costar, el germà Gualbert va acabar per seguir els suggeriments de Lluís i va descobrir que Jaume se sentia especialment atret pels passatges que feien referència a la conquesta d'Israel, a les lluites del rei David, a la força de Samsó i a totes les guerres que van tenir lloc en aquell país petit i perdut a la llunyania, més enllà del mar, que va ser el bressol del Crist. Bé!

La pietat es troba en qualsevol passatge bíblic i si aquests serveixen per despertar la curiositat del rei, benvinguts siguin, havia conclòs. Però un dia Jaume va trobar un llibre que parlava de les Guerres Púniques i de l'Imperi Romà i no va parar fins que Gualbert el va agafar i el van començar a llegir. Allò era molt millor, repetia el nen rei, davant de les protestes del frare.

—El bon Gualbert us ensenya les lletres i la pronuncia, però no pas el seu valor, perquè això s'ha d'aprendre a l'Escola dels Sons —negà Lluís.

—Què és l'Escola dels Sons?

—És una escola on només s'aprenen cinc sons diferents, com les vocals, perquè amb elles ja n'hi ha prou.

—I on és aquesta escola?

—Enlloc i pertot arreu, com l'escola de la vida. Fora i dins nostre. El dia que la descobriu, el món serà vostre.

—Doncs, descobrim-la —s'entusiasmà Jaume.

—D'acord. Poseu-vos les mans entre la panxa i el pit. Aquí —senyalà Lluís el plexe solar.

Jaume l'imità, tot esperant la nova lletra. Havia gaudit molt amb la u i se sentia fort i amb ganes de descobrir noves coses, perquè cada cop que la por el rondava o que no tenia prou valor per enfrontar-se a alguna cosa, pronunciava en veu baixa aquella lletra i la por s'allunyava. A més, sentia gran afecte per Lluís d'Estemariu, l'únic home que no seguia les normes, que li havia ensenyat a esmunyir-se de l'habitació, a riure's dels soldats de guàrdia i que li havia permès jugar ensems que li explicava coses interessants. De manera que quan li parlava obria ben bé les orelles.

A Ramon Berenguer, encara que era el seu amic, poc li havia revelat el secret de la por. Això era una confidència entre Lluís i ell, li havia dit el cavaller, i, si volia guanyar, ningú no ho havia de saber.

—I ara? —preguntà.

—Pronuncieu la lletra a.

—Aaaa!

—Més suau —explicà Lluís—. Aaaaaaa... Com la u, com si l'aire s'escapés i llisqués com el vent.

—Aaaaaaaa... —féu Jaume.

—Més profunda —corregí Lluís—. Heu de notar que surt de ben endins, d'aquí —assenyalà el plexe solar.

—Aaaaaaaa... —repetí Jaume.

—Què sentiu?

—Res —va encongir les espatlles el nen.

—No sentiu res a les mans?

—Aaaaaaaa... —repetí el nen i, de sobte, s'aturà—. Les mans també tremolen —digué—. No hi veig cap diferència amb la u, però.

—No? —posà cara de sorpresa Lluís—. Pronuncieu les dues. L'una darrere de l'altra.

—Uuuuuu... Aaaaaaa... —féu Jaume. I ho repetí tres cops més. Llavors tancà les parpelles—. Amb la u el pit no es mou tant.

—Això mateix.

—Per què? —obrí els ulls i mirà Lluís.

—Perquè als budells tenim la por i al pit tenim la força. I la força, quan ja heu dominat la por, és més poderosa. Fixeu-vos que aquesta lletra es pronuncia amb la boca ben oberta. No hi ha cap altra lletra que l'obri tant. Sabeu per què? —demanà Lluís i el nen va fer que no amb el cap—. Perquè és el crit del lleó.

—Has vist algun cop un lleó? —s'entusiasmà Jaume.

—Sí. A Terra Santa me n'he trobat algun. I és gran i poderós com el més gran dels reis d'aquest món. Ningú no li fa por i ningú no gosa lluitar amb ell —somrigué Lluís. Després, recuperà la seriositat—. Bé! Anem per feina. Aquest cop, quan la força passi a les vostres mans, no l'expulseu, sinó tanqueu els punys i reteniu-la.

—Aaaaaaaa... —va fer Jaume. Després va enretirar les mans del plexe solar i va tancar els punys amb ràbia—. Puc fer més força! —va cridar orgullós i contemplà els artells que es tornaven blancs, mentre els braços li tremolaven.

—Doncs, demostreu-m'ho i arrenqueu l'espasa del terra — digué Luís i assenyalà l'arma.

Jaume es va plantar davant l'espasa i posà les seves mans al plexe solar, mentre pronunciava la nova vocal que acabava de descobrir. Un cop acabat el so, apartà les mans, les tancà al voltant del punt de l'arma, inspirà profundament, retingué l'aire i estirà amb força cap amunt.

L'espasa va abandonar el seu lloc amb una facilitat increïble i va quedar per damunt del cap del rei, que va aixecar la mirada i la contemplà. Ni va caure ni es va desequilibrar i Jaume va obrir la boca de bat a bat. Mai no ho havia aconseguit, perquè aquella espasa pesava tant que tenia la sensació que era més gran que ell. I era cert, però ell, ara, la dominava. No s'ho podia creure!

Lluís va somriure. Poc s'imaginava el nen rei que el cavaller havia anat enfortint els seus braços, tot ensenyant-li jocs malabars amb les pedres que cada dia eren una mica més grans. Però el més important de tot era la seguretat que aquell vailet anava adquirint.

*** ***

—Ja és capaç d'aixecar una espasa —somrigué Guillem.

—I la sosté amb ràbia —afirmà amb el cap Eixemèn Cornell, que havia viatjat a Montsó per informar el mestre templer de les darreres novetats.

—Sí. Ja ho crec que sí. Miravell està ensenyant tots els trucs que coneix a Ramon Berenguer i em sembla que ja no ho veu tan clar, que el seu deixeble sempre serà el millor —rigué Guillem—. A més, Ramon Berenguer també s'escapa de nit i se'n va a l'habitació del rei. Estem fent bons progressos. El problema és saber quant de temps més podrem aguantar quiets els nobles.

—Uns mesos, si tot va bé. El comte Sanç cada cop la fa més grossa i els nobles estant farts d'ell. No és un bon regent i, si ell cau, pujarà Ferran d'Aragó. I no sé si qui és pitjor.

—Mesos —xiuxiuejà Guillem. Llavors alçà la veu— Això vol dir que el rei Jaume tindrà, a tot estirar, nou anys —medità—. Necessitarà de bons consellers. I la pregunta és: amb qui podem comptar?

—Pere Ahonés es vol casar amb Magdalena, la meva neboda. A ell el tindrem del nostre costat. Pelegrí d'Atrocill és un altre amb qui podem confiar; després tenim el meu nebot Pere i Valles d'Antillon; el comte de Foix també pot ajudar-nos... I, pel que veig, el comte de Provença serà un bon amic —va anar fent un recompte dels possibles aliats.

—El que em preocupa és que Ferran d'Aragó segueix sense acceptar la regència de Sanç i ha tornat a escriure al papa Horaci per, aquest cop, exigir-li que canviï de parer i modifiqui la decisió del seu antecessor —remugà Guillem.

—Sí —corroborà Eixemèn—. Argumenta que les circumstàncies han canviat i que l'església ha de prendre part en aquest afer.

—Malament —va negar Guillem amb el cap—. Cada dia reso perquè tinguem prou temps, però...

—Ja aixeca l'espasa —va recordar Eixemèn.

—Aquesta sí, però l'altra encara no. I en aquest afer som en mans de Déu. I Ell prou sap que un hereu seria una gran benedicció. Espero que tinguem prou temps per arribar a tot arreu.

*** ***

Pas a pas, com deia Lluís. Un peu darrere de l'altre, ben ferms i segurs. Per això no va prendre la decisió fins que el nen rei podia caminar i córrer amb agilitat. Llavors, va afegir més actors a l'obra.

El més gran tenia deu anys i era fill del ferrer del poble de Montsó. Andreu era el seu nom i, malgrat que en tots els jocs respectava el rei Jaume, era evident que l'avantatjava en força i en destresa, perquè tot el dia ajudava al seu pare i aixecava el martell. Tenia els braços dobles i les mans grans. L'altre es deia Josep, fill d'un camperol, i era un xic babau. Reia tota l'estona, però corria com una guineu. Per això l'havia triat Lluís. Tanmateix, el més entremaliat, sens dubte, era Jonàs, fill del jueu que comerciava amb ceràmica i que força sovint era fora, de viatge, però que va acceptar de bon grat les monedes a canvi de permetre que el seu fill pugés al castell cada dia en companyia dels altres nens. Era astut el jueu, va saber negociar, tot dient que no podia prescindir del seu fill, perquè l'ajudava quan ell no hi era, i va aconseguir apujar el preu.

Lluís havia trencat totes les normes i, prou sovint, abandonava el castell amb els vailets i dos soldats d'escorta i els feia jugar cada dia, perquè tenia prou clar que, fins i tot un rei, és un nen. Ramon Berenguer, per contra, seguia les instruccions de Miravell i delia per poder escapar-se i jugar amb els altres, però el seu instructor deia que el joc no és per a un noble i que l'entrenament fa homes de debò. De manera que s'havia de conformar de veure com els altres saltaven, corrien i reien de valent, mentre Miravell els menyspreava.

Tanmateix, els jocs anaven sempre dirigits cap a un punt concret. Lluís d'Estemariu emprava l'astúcia en el joc de fet i amagar, on gairebé sempre guanyava Jonàs. Els feia córrer, i aquí ningú podia amb Josep, que grimpava com un esquirol i saltava per damunt de les pedres del riu com els isards fan per les roques de les escarpades muntanyes del Pirineu. De tant en tant els enfrontava en un cos a cos, on Andreu no tenia rival. Només quan jugaven amb les espases de fusta, Jaume els apallissava a tots plegats.

Quatre nens, quatre habilitats, quatre vencedors. De manera que Lluís alternava els jocs per fer-los guanyar un cop cadascú i prenia nota dels resultats i, sobretot, dels progressos del rei i de les mancances que havia d'omplir i dels errors que havia de corregir.

Els altres nens de Montsó no hi participaven. Lluís ja s'havia espavilat per triar-ne només aquells que li podien fer un bon servei. El joc és l'entrenament per la vida, però això és important no perdre el temps.

Feia dies que Jaume aixecava l'espasa i Lluís el sotmetia a un entrenament constant que li enfortia els braços i les cames. Ara, excepte quan jugaven, les espases de fusta havien desaparegut i el ferro es movia a un costat i a l'altre, amunt, enrere, avall, i sant tornem-hi cap a un costat i cap a l'altre, fins que ja no podia més. No obstant això, Jaume no es queixava i cada cop ho feia millor i aquells braços tous, acostumats a manejar una espasa de fusta, van anar adquirint la força adient, mentre l'aire s'omplia de "aaaaa...".

—Ara l'heu d'aguantar dreta cap endavant, ben ferma, perquè voleu mantenir l'enemic lluny de vós —li explicava davant de la figura de fusta i palla que havia ordenat plantar enmig del tros darrere de les cavallerisses.

—Els braços se'm cansen —es queixava Jaume.

—I a ell també —li responia Lluís i aixecava la seva espasa amb una sola mà—. Quan jo baixi el braç, vós ho podreu fer.

—Tu ets més fort.

—No us podeu queixar. Jo només empro una mà.

*** ***

Aquella tarda, després de dinar, van arribar els tres marrecs i van anar a jugar. Lluís havia disposat al terra una fusta plana, de mitja quarta d'amplada, on tot just hi cabien els peus, però l'un darrere de l'altre, no pas aplegats. El joc, els va explicar, consistia a pujar-hi de dos en dos i enfrontar-se per veure qui quedava dalt i qui queia. Però aquell dia Lluís havia introduït un nou element. Es va plantar davant dels quatre nens i va treure el punyal que duia penjat sota el mantell blanc. Era la daga sarraïna amb una pedra preciosa vermella al puny. La va mostrar i la va clavar al pal.

—Serà per al guanyador —va fer.

Els quatre nens se la van mirar amb la boca oberta. La pedra del puny brillava a la llum del sol, la fulla s'endevinava molt esmolada i el puny força treballat, com totes les filigranes que els seguidors d'Al·là eren capaços de fer.

Els primers de pujar-hi van ser Andreu i Josep, que es movia com un esquirol, endavant i enrere, tot empenyent Andreu i impedint que el toqués, però que poc va poder fer quan se li va acabar la fusta i Andreu el va atrapar, el va enlairar i el va treure fora.

Després, Jonàs va ocupar el lloc de Josep. El jueu es mirava el punyal clavat al pal. Per allò li donarien uns bons diners, pensava, i la cobejança del premi encara s'excitava més.

Jonàs va deixar que Andreu s'atansés, es va ajupir i li clavà una puntada a la cama, que gairebé el va fer caure. Tanmateix, el pes d'aquell cos quadrat va aguantar el cop. Llavors, Andreu també es va ajupir per tal d'evitar una nova sorpresa, però Jonàs es va aixecar, es llençà endavant i empenyé el cap del seu rival, que, per segon cop, va ser a punt d'abandonar la fusta i quedar derrotat. Desconcertat, Andreu va recuperar l'equilibri i, aquesta vegada, avançà amb molta cura i l'astúcia del jueu es va acabar al mateix temps que la fusta, perquè va seguir el mateix camí que Josep.

Andreu va alçar als braços ben amunt amb els punys tancats. Era el vencedor indiscutible i ja somiava amb el premi, perquè només quedava Jaume i, com aquell que diu, gairebé ja podia anar i agafar el punyal. Amb ell a les mans seria el rei dels nens del poble.

I va arribar el torn de Jaume, que va pujar a la fusta i es va mirar Andreu, mentre es posava les mans al plexe solar i pronunciava la lletra a. Andreu va somriure. Si havia vençut als altres dos, no tenia cap dubte que ho faria per tercer cop. De manera que va avançar a poc a poc, afermant bé els peus, i va allargar les mans per mantenir lluny Jaume i obligar-lo a retrocedir fins que se li acabés la fusta. Tanmateix, el nen rei va seguir quiet fins que la mà d'Andreu va arribar gairebé a fregar-lo. Llavors, de sobte, la va agafar, va fer una estrebada cap a ell, es va tombar, s'ajupí, va carregar amb tot el pes d'aquell cos que poc s'esperava la reacció de Jaume i el va fer saltar per damunt seu.

—Oh! —exclamà Josep i aplaudí.

Jonàs va obrí la boca i no va dir res, mentre que Andreu, de cul a terra, no s'ho podia empassar. Però... si tot just feia un instant era damunt la taula de fusta?, encara es demanava.

Jaume, tot cofoi, va fer un bot i es dirigí cap al pal, va prendre el punyal i l'aixecà ben orgullós.

—Sou el vencedor —va aplaudir Lluís.

Fins i tot el soldat que contemplava l'escena s'havia quedat sorprès i havia fet un gest d'admiració.

—Ja puc enfrontar-me amb Ramon —va fer Jaume.

—Només heu après dues lletres i ja voleu escriure el vostre nom? —somrigué Lluís.

—Doncs fem les que queden i acabem d'una vegada.

—A pams, no pas a salts, que el vostre contrincant no serà tan senzill de vèncer —negà Lluís—. No oblideu que té per mestre Joan Miravell. I si ara teniu el coratge, cal que sapigueu emprar-lo, perquè Miravell l'haurà entrenat de valent i li haurà explicat tots els trucs.

Jaume va fer que sí, amb el cap. Lluís tenia raó. Sempre la tenia. I el cavaller va mirar amb orgull el rei, que contemplava la daga sarraïna. S'havia arriscat massa, tot oferint el trofeu al guanyador? No, perquè estava més que convençut que només podia haver un guanyador: el rei Jaume.

6.- EL TRAÏDOR

—Però no deies que tenia els turmells delicats? —preguntà el comte Sanç.

—Sí, però Lluís d'Estemariu li posa pedres a les sabates, li fa massatges als peus i el fa caminar de puntetes —respongué el soldat.

—Pedres! —es va aixecar el comte de la cadira que ocupava davant de la taula gran, enmig de l'estança del palau de Barcelona, envoltat per la mirada dels rostres de les pintures que adornaven les parets, els avantpassats del rei Pere.

—Segons diu, les pedres, especialment treballades per ajustar-se a les sabates del rei, l'obliguen a corbar més el peu i li enforteix els turmells —explicà el soldat—. I deu ser veritat, perquè el canvi ha estat espectacular. Ara balla prou bé.

El comte es va aturar i va aixecar les celles. Havia dit que ballava…?

—M'ho vols repetir? —féu amb les mans creades a l'esquena i un gest seriós al seu rostre.

—Balla, salta com un esquirol i es belluga com un cuc quan persegueix els altres nens.

—Quins nens, si al castell no n'hi ha? —el pobre comte anava de sorpresa en sorpresa i s'havia aturat de nou per recolzar-se amb els punys damunt la taula.

—Els que cada dia pugen de Montsó.

—Què hi van a fer els nens de Montsó? —preguntà.

—Lluís d'Estemariu ha triat tres nens per tal que juguin amb el rei.

—Entesos —va fer amb estranyesa, creuà de nou les mans a l'esquena i caminà amunt i avall, mentre es mossegava els llavis. Allò no tenia ni cap ni peus. Ballar, saltar, jugar...?—. I quan l'entrena? —preguntà de sobte.

—A tothora i amb qualsevulla cosa. Primer ens pensàvem que tirar una copa amb el colze i agafar-la amb la mà abans no s'estavellés al terra era un joc.

—I no ho és?

—És molt més que això. És una manera d'agafar agilitat als braços i a les mans. Ara Lluís d'Estemariu li llença una daga i el rei l'agafa pel puny, a l'aire. De fet s'ha convertit en una juguesca entre nosaltres, que apostem per veure qui és capaç de fer-ho millor i, fins i tot, n'hi ha un que ho fa amb dues copes alhora —somrigué el soldat, mentre ho explicava al regent—. També crèiem que els jocs malabars eren per divertir-se...

—I tampoc ho són? —preguntà el regent, que no entenia res de res i que tot allò li sonava a contes de fades.

—No —negà amb el cap el soldat—. Segur que no, perquè el fa jugar amb pedres. Sí, pedres —repetí en veure la cara del comte Sanç— Cada cop més grans —aclarí—. I el rei ha enfortit els braços i cada dia maneja millor l'espasa. També ha començat a disparar fletxes i sovint surten per anar a caçar i cap dia no tornen de buit. Perdius, conills, llebres...

—Perquè Lluís d'Estemariu és un bon arquer —somrigué el comte—. És ell, qui caça.

—I el rei Jaume, tot i la seva joventut, també —negà de nou el soldat—. Us ho puc ben assegurar, perquè l'he vist disparar i encertar una perdiu en ple vol.

—Surten sols o acompanyats? —s'interessà.

—Acompanyats —respongué el soldat. Es va quedar callat un instant, fent memòria, i corregí—: Tret d'un cop, que van sortir sols. Van baixar fins al riu per pescar amb les mans.

—Com s'ho fan? —inquirí Sanç. Ara havia començat a sentir curiositat per tots aquells detalls.

—Es posen de cara al sol per tal que l'ombra no alerti els peixos, fiquen les mans a l'aigua i s'estan quiets fins que la truita o el barb passa per sota seu. Llavors, s'aixequen d'una embranzida i llencen el peix a la vora del riu.

Encara li va fer més preguntes i va rebre més sorpreses. Finalment, el regent va acomiadar el soldat i es quedà pensarós.

Sí, aquell era un entrebanc delicat, perquè no comptava amb que Lluís d'Estemariu, tot i la seva fama, fos capaç de desvetllar el rei. Pel que havia sentit a dir, era un nen tímid i maldestre. Tanmateix, ara, el temps anava a favor d'aquell marrec i en contra seva. De manera que, potser, havia arribat el moment de prendre decisions i no confiar en la sort.

Va abandonar el despatx i se'n va anar cap al menjador. A mitja tarda li agradava fer un mos. Es va seure a taula i es va quedar mirant la copa de coure que hi havia al damunt. Atrapar-la abans no s'estavellés al terra... Quina bajanada!, exclamà. Però la va agafar, la va mirar i va jugar amb ella una estona, per finalment posar-la darrere del seu colze.

El soldat va obrir la porta i l'esposa del regent, seguida de la serventa amb la safata plena de fruita, com era el costum a aquella hora, van entrar en l'instant que el braç del comte es movia i van veure volar la copa, que va rodolar fins anar a petar a l'altre costat de l'habitació, mentre escoltaven el renec del regent.

La dona i la pobra donzella es van quedar bocabadades, mirant alternativament la copa i el senyor.

—Recull-la i no et quedis aquí com una idiota! —féu Sanç a la serventa, amb un posat ridícul—. I tu què mires? —preguntà a la seva esposa.

I va sortir, força empipat, mentre la donzella s'ajupia per recollir la copa i deixar-la damunt la taula i la seva esposa no entenia res de res, excepte que avui el comte no berenaria.

*** ***

Eren vora el riu Cinca i aquell dia anaven sols. Lluís va mirar Jaume. Des de feia dies sortien per caçar, perquè l'arc i la fletxa és una arma viva i requereix de moviment per exercitar els ulls i el cos. Això deia el cavaller.

—Un blanc quiet no és un bon entrenament, a menys que persegueixis el domini dels nervis, cosa que s'ha de fer després i mai abans, malgrat que les normes establertes diuen el contrari.

Tanmateix, ell seguia les seves pròpies regles i feia cas dels ensenyaments rebuts a l'Orient, de la mateixa manera que, durant la seva estada en aquelles llunyanes terres, havia trencat el vot de castedat imposat per sant Agustí, el doctor de l'església que va morir a Hipona, gairebé vuit segles enrere, i que havia servit d'inspiració a Bernat de Claravall per redactar les regles de l'ordre i obtenir del Concili de Troyes el reconeixement canònic de l'Ordre del Temple fundada pel cavaller Hugues de Payens. D'això feia cent anys. Des d'aleshores vestien el mantell blanc amb la creu vermella i havien afegit als tres vots un quart: el de socórrer els pelegrins. Aquest, evidentment, no l'havia trencat. Però el de castedat...

El de la castedat l'havia trencat força temps enrere, a Montpeller, amb Brígida, una dona tendra i formosa com una flor, de qui es va enamorar perdudament i que se li va lliurar, perquè ella també l'estimava amb tot el seu cor. Tanmateix, ell era cavaller templer i estava lligat per uns vots i ella pertanyia a un altre home. Un pecat que va confessar als seus superiors i pel qual va ser immediatament enviat a Jerusalem. Déu no és just!, havia cridat en aquella ocasió. Déu no és just perquè atorga una unió on no hi ha amor i tanca les portes a dues ànimes que es busquen amb anhel.

Va tornar, anys després, per servir al rei Pere, i llavors van caure damunt d'ell totes les desgràcies d'aquest món. Els seus superiors deien que a la batalla no tenia rival, però que quan prenia un parell de gots de vi se li encenia el foc que duia dins. I és clar que se li encenia! Poc havia pogut oblidar Brígida, malgrat la distància i el temps transcorregut.

Bé! No pagava la pena recordar aquell episodi, perquè cada cop que ho feia, l'angoixa se'l menjava, i va apartar els seus pensaments, perquè ara ja havia canviat. No era el mateix, no bevia, no cercava raons, no discutia i no es barallava amb ningú, a menys que fos necessari, i, si el rei Pere encara visqués, ja no seria el seu company de gresca.

Va ser Ab-el-Nasur, l'home que li perdonà la vida i que se'l va endur al seu castell prop de Natzaret, que li va ensenyar força coses. Un home d'una cultura exquisida, coneixedor de les cultures orientals de més enllà del desert, servidor d'Al·là, però no pas fanàtic com els almohades o els almoràvits. Parlava amb una naturalitat que enamorava, recitava poesia i, sobretot, escoltava amb molta atenció i responia amb preguntes que obligaven a reflexionar.

Sí, allà va trencar una vegada més el vot de castedat, però va ser-ne l'última, per poder entendre què significa l'amor. Allà va descobrir que, lluny de tot allò que li havien dit, els seguidors de Mahoma eren uns éssers tan humans com els cristians, als que havia de respectar. I allà es va quedar bocabadat del culte que aquells homes dedicaven a la pulcritud, fins a l'extrem que les dones anaven rasurades de tot el cos. Temps enrere havia participat a la batalla de les Navas de Tolosa amb repugnància cap a l'enemic, però per fi havia entès que lluitar per recuperar uns drets és una cosa i odiar, n'és una altra de ben diferent.

Oh, Jerusalem, la rosada que cau damunt teu guareix tots els mals, perquè ve dels jardins del Paradís!, diu Mahoma, el Profeta. I els cristians viatgen a la ciutat de Déu per rebre les benediccions.

Molt havien d'aprendre d'aquells homes que els prelats de l'Església i els doctors i els bisbes i els sacerdots no paraven de menysprear. I va tornar a mirar el rei nen.

Jaume era diferent del seu pare. Diferent en tot. Duia sang d'occident per part de pare i d'orient per part de mare i això és nova saba que alimenta l'arbre i el fa créixer d'una altra manera. Pere va ser coratjós i valent, però gens assenyat. Els pèls del pubis femení semblaven els caps d'Hidra i l'atreien i l'abraçaven i el podien i l'arrossegaven per on volien, i els nobles ho sabien i se n'aprofitaven. Potser, per això, els musulmans no s'atansaven a cap dona que no estigués rasurada, perquè en aquesta vida sempre hi ha lloc per a una errada important i tots tenim dins nostre un taló d'Aquiles que ens pot dur a la mort. Això li havia dit Ab-el-Nasur, que també coneixia la mitologia grega. I, evidentment, el taló d'Aquiles del rei Pere eren les dones i elles van ser la seva perdició i la seva mort.

Molt havien d'aprendre dels seguidors d'un déu que era tan déu com el propi Déu.

Quan va caure presoner dels homes d'Ab-el-Nasur, després de fugir de Muret, volia que el matessin, que aquell sofriment que duia al cor acabés d'una vegada per sempre, però Déu li havia concedit un cos i una força que no s'exhaurien mai. I va caminar durant dies i dies pel desert, mentre els altres companys d'infortuni morien l'un darrere de l'altre. Quan Ab-el-Nasur es va assabentar del seu dolor li va regalar una daga, la que sempre havia dut amb ell, i li va dir:

—Aquesta daga és el símbol de la fi del teu sofriment. Observa la corba de la seva fulla. Ha estat pensada per entrar amb facilitat. Només te l'has de clavar al cor i tot haurà acabat. Ja veus què n'és de senzill! Un simple moviment del braç. Tanmateix, abans de prendre una decisió, pensa que Al·là, o el teu déu, tant se val!, potser no ha triat aquest camí per a tu.

I ara Guillem de Mont-rodon havia intervingut per treure'l de Loarre i li havia proposat tenir cura d'aquell nen que ara es mirava i que podia representar el seu perdó. Era aquest el seu camí? Si més no, la daga ja no era a les seves mans, sinó en les d'aquell nen i ell havia entès que la vida, malgrat que ens aporti sofriments, és per viure-la, perquè qualsevol de nosaltres ha arribat amb missió que ha de complir.

Al·là és gran, li responia Ab-el-Nasur cada cop que ell es queixava d'alguna cosa. Però, i el perdó de Déu? També és gran? O és que encara havia de pagar pel seu pecat?

—Guaita quin barb! —va escoltar la veu de Jaume i els seus pensaments s'esvaïren.

Portaven tot el matí voltant i no havien vist ni un trist conill.

—Caceu-lo! —ordenà.

—Els barbs no es cacen, sinó que es pesquen —rigué Jaume— . I aquí el riu és massa profund per ficar-m'hi.

—Però teniu un arc i una fletxa.

Jaume prengué una sageta, muntà l'arc, apuntà i disparà, però no va encertar i el barb va fugir cap al fons i desaparegué.

—Se m'ha escapat! —cridà Jaume amb ràbia.

—Perquè heu disparat massa ràpid i l'eufòria ha pres el lloc a la precisió. L'aigua enganya i allò que creus que és en un lloc, resulta que és en un altre. La por és com l'aigua i ocupa tot allò que és al seu abast, però ens envia visions estranyes que són una distorsió de la realitat. Per això se'ns fica als budells i els remena de valent fins al punt que volem alleugerir-los quan no és el moment, i l'hem de foragitar amb la lletra u. L'energia, per contra, ve de la terra i necessita afermar-se i sortir per poder fer allò que vol fer. La seva lletra és la a, que és la més ampla de totes, per poder expandir-se. Però les emocions són com el foc que ja té tendència a escapar i enlairar-se per ell mateix i, si no el controlem, fuig de nosaltres, s'aplega a l'energia i ho arrossega tot. L'hem de tancar per mantenir-lo quiet i emprar-lo com cal. Tanmateix, no podem ofegar-lo, perquè, llavors, s'apaga. Per això hem d'emprar la lletra o, que és tancada, però no tant com la u —explicà Lluís, recordant les paraules de Ab-el-Nasur.

—Aquesta és la tercera lletra?

—Sí —respongué el cavaller. Prengué una pedra del riu, caminà unes passes i la deixà damunt la branca d'un arbre, que era prou ferma per sostenir-la, però prou delicada com per moure's amb el vent. Llavors tornà al costat de Jaume—. La pedra és el barb —digué.

—Però és molt més petita.

—Cert, però no és dins de l'aigua ni es pot bellugar lliurement.

Jaume va agafar una altra fletxa i carregà l'arc. Anava a apuntar, quan Lluís l'aturà.

—Primer heu de prendre energia que ficareu dins la sageta. Després, heu de tancar les vostres emocions, perquè si creieu que fallareu, segur que fallareu I si penseu que l'encertareu, també podeu fallar —digué, tancà els ulls i féu—: Oooooo…

Jaume inspirà lentament i deixà anar l'aire dels pulmons mentre pronunciava la lletra a. Després va fer el mateix, però amb lletra o. Finalment, obrí els ulls, inspirà de nou, deixà escapar un xic d'aire i, seguint els ensenyaments del seu preceptor, retingué la resta, mentre els seus ulls miraven la pedra que es movia amunt i avall, lentament, bressolada per la lleugera brisa.

De mica en mica, el dubtes deixaren d'existir. Només hi eren el blanc i ell. El món sencer havia desaparegut i la fletxa es movia amunt i avall, tot seguin el moviment de la branca. De sobte, els dits s'afluixaren, sense que ell ho hagués ordenat i la fletxa volà i amb absoluta precisió va fer caure la pedra.

—Oh! —va exclamar, incrèdul—. Ho he fet sense voler.

—Doncs, això vol dir que ho heu fet bé, que la decisió ha estat vertaderament vostra, perquè els vostres ulls, la vostra mà i el vostre cap l'han pres conjuntament. A partir d'ara, quan agafeu l'espasa, recordeu que la vostra mà també pot pensar i decidir i que, de vegades, pot actuar pel seu compte, com si fos un soldat més que us defensa, sense que li ho hagueu ordenat —somrigué—. Aquesta és la veu de la intuïció.

Li agradava aquell nen. Era llest i despert. Seria un gran rei. Sentia ganes d'abraçar-lo, de portar-lo fins al seu pit i estrènyer-lo amb força, com el fill baró que mai no va tenir.

Encara somreia quan, de sobte, es va posar tens. El seu instint, habituat a tenir una part del cervell sempre alerta, li cridava que alguna cosa no anava com calia.

—Hem de tornar al castell —va dir, sense deixar d'escoltar el vent.

—Encara no hem caçat res —es queixà Jaume.

—Sí. I és estrany —respongué ell, mentre parava molta atenció als sons que li arribaven. O millor dit: als sons que no hi eren, perquè aquella absència era el que l'havia posat alerta—. L'ocell ha deixat de cantar —va fer en veu baixa, pensarós.

—És cert! —exclamà Jaume, sent conscient del detall.

Si més no, s'hauria d'haver vestit el gonió, la malla de ferro. Tanmateix, no duia cap defensa, ni per al cos ni per al cavall. L'arnès no té sentit quan vas de cacera, perquè impedeix molts moviments, però la malla és més lleugera i ofereix una mínima protecció en cas de certs perills. Un error que ara podia pagar prou car si no paraven compte.

—Anem cap als cavalls i no us separeu de mi —ordenà, sense apartar la mirada dels matolls que eren a l'altra banda del riu, i li va prendre l'arc i el tub amb les fletxes. Si algú rondava, aquell era el lloc ideal per vigilar-los i, si duia mals pensaments, el punt perfecte per fer blanc.

Caminaven lentament i Lluís obligava Jaume a amagar-se darrere del seu cos de gegant. Esperava el moment, perquè sabia que arribaria i també sabia que, pocs abans, un moviment delataria les intencions de qui els observava.

Només eren a cinc passes dels cavalls quan una branca es mogué. Lluís va empènyer Jaume cap els cavalls i ell es va ajupir tant com va poder.

La fletxa va passar a dos dits del seu cap. Llavors, amb una rapidesa esparveradora, va carregar l'arc i va disparar cap als matolls, va carregar una segona fletxa i va tornar a disparar a les palpentes, sense distingir el blanc. Un crit apagat li va fer entendre que havia encertat i un home va sortir esperitat cap als arbres que eren més enllà. Lluís es va aixecar i també va córrer darrere d'ell, però en creuar el riu va caure en un toll que no havia vist. Poc després el soroll de les petjades d'un cavall al galop s'allunyava d'aquelles contrades.

—M'has salvat la vida! —féu Jaume.

Però Lluís no se l'escoltava, sinó que el va empènyer cap als cavalls i l'ordenà pujar, mentre ell feia el mateix.

Van galopar fins arribar al castell i, quan Jaume ja era sa i estalvi, Lluís, sense deixar la sella, tornà a sortir i es dirigí de nou cap al riu.

Un sol home, va xiuxiuejar en veure les petjades. Havien tingut sort, perquè si haguessin estat més, ara ambdós serien morts. I es va maleir per haver-se confiat. Ell, que havia demostrat que la vigilància no era prou, havia comès un error terrible. Mai més no sortiria tot sol amb el rei. Però ara quedava una feina per fer.

Arribada la nit, les portes del castell s'obriren per deixar entrar el cavaller. Amb ell arrossegava un cavall i damunt de la sella, travessat, reposava el cos d'un home.

Jaume s'estava al costat de Joan Miravell, que mirava Lluís i esperava les seves explicacions.

—Només n'era un. No és cap babau i ha seguit el curs del riu per esborrar el seu rastre —va dir el d'Estemariu, i va descavalcar. Estava cansat.

—Però veig que l'has atrapat —va lloar Joan.

—No ho hauria pogut fer, si no l'haguessin aturat —contestà, i aixecà el cap de l'infortunat per mostrar el tall que li havia segat el coll.

—Qui ho pot haver fet? Algun lladre?

—No ho crec. Quan l'he trobat, estava estès al terra i ningú no l'havia despullat.

—Això vol dir que n'hi havia més d'un.

—Sí, però l'altre o els altres no tenien la mateixa missió. I suposo que, en veure'l ferit i en assabentar-se que havia fracassat, s'han estimat més desempallegar-se d'ell.

—Ha estat un greu error sortir tot sols —li recriminà Joan, i Lluís abaixà el cap.

—Has salvat la vida del rei —digué Jaume i allargà la mà.

Lluís d'Estemariu obrí els ulls de bat a bat, desconcertat, i no va saber reaccionar.

—Un rei mai no dóna la mà, si no és a un altre rei —s'avançà Miravell tot seriós—. Són els nobles que estenen la mà nua per demostrar que no volen emprar les seves armes i ho fan cara amunt per posar-la al servei del seu senyor.

—Estén la teva mà, Lluís, i jo te la prendré —somrigué Jaume.

—Un rei no pren mai una mà que no sigui la d'un altre rei —respongué Lluís, tot seguint el camí encetat per Miravell—. Acota el cap lleugerament i ja n'hi ha prou. Només entre reis es donen la mà, perquè són iguals en dignitat i refusar-la seria una ofensa tan greu que es podria prendre per una declaració de guerra. Però els reis no l'estenen cara amunt, sinó de costat, perquè ambdós són senyors i cap d'ells no està ni per sota ni per damunt de l'altre.

Llavors va plegar el genoll a terra i va estendre la mà, cara amunt. Jaume mirà Joan, després es tombà cap a Lluís, assentí amb el cap i es llençà als braços del cavaller.

—No li dono la mà —va fer, mentre estrenyia amb força el coll del cavaller—. Però abraço l'home més valent de tot el regne i de tota la cristiandat.

Quan es van separar, Lluís tenia llàgrimes als ulls.

7.- LES DUES DARRERES LLETRES

Ramon Berenguer acabava de complir onze anys. D'aquí poc Jaume en faria nou i aquesta era la data triada per enfrontar-los, l'un a l'altre, i determinar quin dels dos preceptors havia estat el més encertat. No en el terreny de la lectura i l'escriptura, on el germà Gualbert procurava que no hi hagués cap mena de rivalitat, sinó que mirava que ambdós assolissin el nivell adient i descobrissin per ells mateixos que la lectura és un repte personal, un acte íntim que s'ha d'assaborir i compartir sense pretendre guanyar ningú. En el domini de les armes, però, la situació és una altra.

El dia anterior el castell havia rebut una visita que no era el primer cop que arribava, només que aquesta vegada va ser sobtada i diferent perquè, al contrari d'allò que era habitual, no el va precedir cap carta ni cap missatger, sinó que Pere Auger, el noble que tenia cura de nodrir el comte de Provença, es va plantar a les portes de Montsó acompanyat de dos escuders i, endemés, portava totes les armes i duia penjada de la sella la cuirassa.

Mestre Guillem no hi era i Auger va parlar força estona amb Joan Miravell. Ningú no sabia què havien tractat, però aquella nit Ramon Berenguer abandonà la seva cambra per la finestra i s'enganxà a la paret de l'edifici dels dormitoris per arribar fins l'habitació de Jaume, tal com ja havia fet altres vegades tot exposant la seva vida, la qual cosa exasperava el seu instructor, que poc hi podia fer per evitar-ho. El comte sempre esperava que la nit fos ben entrada i ben fosca, quan els sentinelles que fan la ronda ja estan cansats i la seva atenció disminueix, i la seva agilitat li permetia bellugar-se com un llangardaix que s'arrapa a les escletxes del mur amb un silenci absolut.

—Jaume! —xiuxiuejà en la quietud de la nit.

El rei es despertà i es va llevar del llit per venir fins la finestra i ajudar-lo a entrar.

—No t'ha vist ningú?

—Són una colla de babaus —menyspreà Ramon els sentinelles.

—De què vas vestit? —demanà Jaume en veure la jupa mig estripada del comte.

—De camperol.

—Per què?

—No ens podrem enfrontar —va fer Ramon—. He vingut per acomiadar-me, perquè aquesta nit abandono el castell.

—On vas?

—Me'n torno a Provença. D'aquí una estona vindrà a buscar-me Pere Auger. Un vaixell m'espera a Salou, però no volia marxar sense dir-t'ho.

—I per què marxes?

—Avui Pere Auger ha parlat amb Joan i li ha dit que volen prendre'm el comtat i les terres, però el meu instructor no em pot deixar marxar sense el permís de mestre Guillem. Per això m'haig d'escapar —es va quedar callat un instant—. Haig de marxar —va fer amb tristor.

—Llavors, no ens podrem batre, tu i jo —va dir Jaume, i va amagar el rostre per tapar la llàgrima que amenaçava de saltar.

—No —negà Ramon amb forts cops de cap. Després somrigué divertit—. Però, tant és! Com ja havíem decidit que cap dels dos guanyaria… doncs… —recuperà el posat seriós—. Bé! Haig de marxar —encongí les espatlles per mostrar que li sabia greu, però que poc hi podia fer per corregir i esmenar una decisió que ell no havia pres, però que el destí li imposava.

Jaume l'abraçà i Ramon li va tornar l'abraçada, i ambdós ara sí que ploraren.

—Tu també hauràs de marxar aviat —li va dir el comte— Pere Auger diu que el regent Sanç vol atacar Aragó. També diu que l'única manera d'impedir-ho és que prenguis el tron.

—No puc. Encara no he acabat la meva instrucció.

—Jo tampoc, però ja veus, me n'haig d'anar —aixecà les celles i els palmells de les mans Ramon—. Els nostres pares són morts i nosaltres hem de prendre el seu lloc.

Va sospirar i es dirigí cap a la finestra per refer el mateix camí i tornar a la seva cambra. Li sabia greu separar-se del seu company. Vertader company i gran amic, malgrat que Joan Miravell havia intentat enfrontar-los i convertir-los en rivals, mentre que Lluís no parava de repetir a Jaume: no sou enemics, sinó que l'un és una prova per l'altre i, per tant, heu d'estar-vos agraïts.

Tanmateix, es veien de nit i jugaven plegats. A taula, quan no els vigilaven, bescanviaven confidències i era cert que havien decidit que ells no servirien per determinar quin dels dos cavallers era el millor instructor. Havien acordat que simularien un combat amb les espases de fusta i acabarien extenuats, però sense que hi hagués ni vencedor ni vençut.

Just quan Ramon Berenguer acabava de creuar l'ampit, Jaume l'aturà.

—Sempre et duré al meu cor —va fer.

—I jo també —respongué Ramon Berenguer i s'abraçaren un altre cop—. Si necessites homes, fes-m'ho saber i jo els triaré especialment per a tu i te'ls enviaré. Ets el meu rei i senyor. Déu us guardi de tot mal i us concedeixi la seva benedicció —emprà el tractament reial en la darrera frase i féu una reverència, abans d'encetar el camí de retorn.

Jaume s'eixugà les llàgrimes i adoptà un posat digne. Però no s'hi va poder estar i va córrer cap a la finestra per acomiadar-se un cop més del seu amic i company.

—Que Déu et guardi, noble comte de Provença —digué en veu baixa, i Ramon va fer que sí, amb el cap.

Poc després desapareixia per la finestra de la seva habitació.

L'endemà Joan Miravell, al contrari d'allò que Jaume havia imaginat, no estava enfadat. S'havia oposat a la partida del comte de Provença perquè era el seu deure, perquè aquella decisió no la podia prendre, però, curiosament, aquella nit no hi havia tanta guàrdia. A més, uns dies després, quan va arribar mestre Guillem i escoltà que Ramon Berenguer havia fugit, tampoc no va dir res.

Diferent va ser la reacció del regent, que no acceptava, de cap de les maneres que aquell marrec hagués contravingut els seus desigs i hagués fet cas de Pere Auger. El perill no era tan gran i, si ho fos, ell ja hauria defensat les seves terres, no parava de bramar.

—És que en aquest regne ningú no escolta la meva veu? —va cridar i va estavellar el puny damunt la taula, fent tremolar la fusta i espantant els seus servidors.

*** ***

Jaume va complir nou anys i l'endemà Lluís no se'l va endur al racó del corral, sinó que el conduí fins a la capella de Santa Maria i allà s'assegué en un dels bancs i li pregà que fes el mateix.

Sense mirar-lo, amb els ulls clavats a la imatge de la Verge, Lluís començà a parlar.

—Heu après a dominar la por, l'energia i les emocions. Hauríeu guanyat, sens dubte, però ara cal que aprengueu que el pensament ha de ser per damunt de les emocions —va dir—. Si pronuncieu la lletra e, sentireu que el cap us tremola i que les parets us retornen el seu so. El pensament és com la saba d'un arbre. Arrenca de les arrels i puja pel tronc per obrir-se cap a les branques i regar les fulles i les flors, que han d'esdevenir fruits. Si la saba troba impediments, no hi haurà fruits. Per això hem d'aprendre a pronunciar aquesta lletra, per entendre què significa no posar impediments.

—Eeeeee... —pronuncià el nen, amb els ulls clucs, sense esperar que Lluís li ho manés. Alguna cosa dins seu, ben dins, li deia que el temps s'exhauria i que cada passa, en aquells moments, era decisiva. A aquesta conclusió havia arribat la mateixa nit que Ramon Berenguer va marxar i des d'aquell mateix instant els seus cinc sentits estaven perpètuament alerta.

Sembla mentida que, quan les necessitats empenyen de valent, l'enteniment s'obre i copsa tot allò que cal. Només nou anys, però ja n'hi ha prou per desvetllar la capacitat de discernir i entendre tot allò que ens envolta.

—Eeeeee... —se li sumà la veu de Lluís—. És com un càntic que s'enlaira per damunt de la terra i ens apropa a Déu. Perquè el pensament i la intel·ligència ens diferencien dels animals i ens converteixen en fills de Déu —seguí parlant amb veu dolça—. Aquesta és la lletra més natural. No heu de forçar els llavis, no heu de moure un sol múscul, ni tan sols heu de fer l'esforç d'expulsar l'aire dels vostres pulmons. Surt tot sol i arrossega el so, mentre que el pensament actua amb total llibertat.

—Eeeeee… —seguia pronunciant el rei nen, però no es perdia ni una sola de les paraules de Lluís.

A partir d'aquell dia, Jaume, seguint les instruccions del cavaller, cada nit, abans de dormir i just després de resar les seves oracions, tancava els ulls i repetia, una per una, les quatre lletres i afegia la cinquena, sense saber-ne el seu significat ni la seva utilitat. Però, si més no, notava que ja no era el cos que tremolava, sinó que romania quiet per deixar que alguna cosa, enmig del cap, dins del seu cervell, comencés a vibrar.

I a partir d'aquell dia van deixar de visitar el corral, es van dirigir al pati d'armes, que havia estat territori de Ramon Berenguer i Joan Miravell, prengueren possessió d'ell, els nens no van pujar més al castell i els entrenaments s'intensificaren, fins a l'extrem que cada nit el pobre noi arribava al llit i dormia profundament fins l'endemà. Tanmateix, mai no s'oblidà d'omplir la cambra amb els sons de les vocals.

Un dia, quan va arribar al pati, després d'haver escoltat missa i d'haver esmorzat, va veure que els soldats estaven enfeinats en acabar un mur, tot apilant rocs damunt de rocs i seguint instruccions precises, que Lluís els donava.

Unes passes més enllà hi havia cinc pedres de la grandària d'un puny, al terra.

—Sabeu què és un fonèvol? —demanà Lluís, i el rei negà—. És una màquina de guerra formada per una biga doble. A un extrem hi ha una cullera on s'hi fica una pedra. Es tensa una corda i es deixa anar. Llavors, per l'acció d'un contrapès, la pedra surt disparada —explicà Lluís i, llavors, Jaume va recordar que n'havia vist un a Montpeller, quan era un marrec, i que l'havia sorprès de valent, i va fer que sí, amb el cap—. Doncs imagineu-vos que el vostre braç n'és un. Els de debò, evidentment, són més grans i poden llençar pedres o boles de foc o qualsevulla cosa que pugui ferir —li explicà Lluís—. Però com els murs també són més grans que aquest, ens imaginarem que representa la muralla d'un castell i que vós heu d'entrar i conquerir-lo, però només disposeu de cinc pedres per fer una escletxa prou gran com perquè no hagueu de saltar per damunt, sinó que pugueu entrar a peu pla —llavors assenyalà els homes que havien aixecat el mur—. Penseu que, si l'heu d'escalar, els soldats que hi ha al darrere us estomacaran. Mentre que si sou prou ràpid, no podran res contra vós, perquè abans d'atacar han de comptar fins a cinc, que és el temps que trigarien a reposar-se de l'ensurt.

Jaume es va mirar aquell mur i els soldats que l'esperaven amb vares fines que prou que li farien mal si l'atrapaven. Va xiular tot imaginant-se que els soldats no s'hi estarien, de clavar-li unes quantes fuetades, perquè Lluís, quan donava una ordre…

De manera que no s'ho va rumiar dos cops, va prendre la primera pedra i la llençà amb totes les seves forces contra el centre del mur, que no es mogué. Ni tan sols tremolà.

—Us en queden quatre —l'advertí Lluís—. I després haureu d'entrar-hi, com sigui.

Potser s'havia precipitat, va meditar. Por, marxa d'aquí!, va fer Jaume amb la veu interior. No havia de pensar en allò que passaria quan hi entrés. Força, vine a mi!, va prémer els llavis i els punys. I, llavors, es relaxà. Cap sentiment, cap emoció no l'havia de destorbar. Els murs sempre són més forts a la base i més tous a la part alta.

Va prendre una segona pedra i va apuntar dalt de tot de la paret. Aquest cop la pedra s'estavellà contra una de les roques i la bellugà fins gairebé fer-la caure. Somrigué satisfet.

Va prendre la tercera i va apuntar al mateix lloc. El roc va caure i encara va estar a punt d'arrossegar-ne un altre, que va trontollar.

Va prendre la quarta i alçà la mà, però, de sobte, s'aturà. Només li'n quedaven dues i, encara que encertés, hauria d'escalar i els soldats comptarien fins a cinc i l'estomacarien.

Cinc pedres. Només cinc. Per què?, es demanà, i va mirar el cavaller, que no feia cap gest, sinó que romania com l'espectador mut i silenciós.

Cinc pedres i cinc vocals. Hi ha alguna relació?, es preguntà.

Havia llençat la de la por, que sempre és un entrebanc, i res no havia aconseguit; havia llençat la de l'energia, que colpeja de valent, i havia bellugat un roc; havia llençat la de les emocions i el cop era més precís i més efectiu. Però, i ara? Lluís li havia ensenyat les tres primers vocals amb un arma a la mà, però la quarta la va fer dins de la capella, sense res a les mans. De manera que abaixà la mà i reflexionà.

La quarta és el pensament i, fins aleshores s'havia centrat en atacar. Només en atacar. Si Lluís li havia donat cinc pedres i li havia explicat quatre vocals, volia dir que aquella quarta era massa important com per llençar-la sense meditar.

Llavors, va contemplar el mur, roc per roc, sense deixar-se'n cap, fins que ho va veure. A la part dreta, al final de tot, un de més petit i punxegut aguantava tota l'estructura, però només per un punt. Si ell l'encertava, tots els altres caurien.

Respirà fons, aixecà la mà, apuntà amb molta cura i va esperar fins que una veu interior li cridà: ara!

Instants després, Jaume saltava pel damunt dels rocs que havien caigut i entrava victoriós al castell imaginari.

—Encara me'n sobra un! —cridà des de dalt d'un roc, amb els braços ben enlaire i els punys ben tancats.

—Doncs, guardeu-lo, perquè sempre heu de tenir un arma a la reserva —aplaudí Lluís.

*** ***

Uns mesos després Lluís s'estava amb el rei i li ensenyava a sostenir la llança quan mestre Guillem el va cridar. Va deixar Jaume que ja començava a mantenir-se dret amb la llança ben horitzontal, premuda entre el braç i l'aixella, encara que poc temps, i va seguir el soldat que havia anat a buscar-lo. Els progressos havien estat espectaculars, però encara quedava camí per fer.

Quan va entrar a la sala dels cavallers, que servia a mestre Guillem per rebre els visitants il·lustres, va veure Joan Miravell i Eixemèn Cornell. Ambdós feien un posat de circumstàncies i el seu superior romania dempeus i d'esquenes, tot mirant per la finestra.

—Seu —ordenà, i Lluís s'assegué al costat dels altres dos cavallers. Llavors, mestre Guillem es tombà i se'ls mirà, un per un—. El regent Sanç es dirigeix cap aquí. Ha sortit de Barcelona i pretén atacar Osca i fer-se amb Montaragó per prendre el regne d'Aragó.

—Amb què compta?

—Pere Ahonés l'espera a Lleida per aplegar-se-li, però ja ha partit amb Arnau Palanzí, Bernat de Benavent, Balasc Maça, Atorella i Eixemèn d'Urrea.

—No ho entenc. Ahonés no havia jurat fidelitat al rei? —demanà Lluís.

—El regent no va contra el rei, sinó contra l'abat de Montaragó. A més, Pere Ahonés és jove i ambiciós i no té prou terres. De manera que servirà el que li prometi la millor recompensa.

—Això vol dir que no és fidel a Sanç, sinó que se'l pot comprar. Busqueu un preu i negocieu —digué Lluís.

—Ara no és moment de negociar, sinó de prendre decisions ràpides i assenyades —intervingué Eixemèn.

—Que passaria si el rei es posés al front d'un grup de cavallers lleials? —preguntà mestre Guillem.

—Com qui? —preguntà Lluís.

—Guillem de Cervera ja ve de camí.

—I qui més?

—Jo mateix —féu Eixemèn.

—Només té nou anys —digué Joan.

—Està preparat? —preguntà mestre Guillem directament a Lluís.

—Això només Déu ho pot dir amb certesa —negà Lluís amb el cap—. És valent i agosarat, no li fa front res, però no té experiència i tot just hem començat amb la llança. Encara no pot entrar en combat.

—No hi participarà —respongué mestre Guillem—. El duran amb ells per legitimar la defensa, però no el deixaran lluitar. Els nostres informadors ens han dit que Sanç esperarà un xic més a l'oest, a Selgua. Diu que vol parlar amb el rei, però em temo que el vol agafar i mantenir-lo amb ell. Això encara li atorgaria més força davant del comte Ferran.

—I us voleu enfrontar al regent?

—No podem. Són massa homes i massa cavallers —negà Eixemèn—. Ens dirigirem a Osca. Si allà veuen arribar el rei, se li aplegaran i Sanç ho tindrà més magre.

—I que farà Ferran? No aprofitarà el moment per agafar el rei i fer-lo presoner? —inquirí Miravell—. És un error. Amb què compta el rei? Amb dos cavallers que se li han aplegat.

—Pere Ferrandes i Roderic Liçana també estan disposat a recolzar-lo, sempre que l'abat de Montaragó doni el seu vist i plau —insistí Eixemèn.

—És una bogeria —negà Miravell.

—Per això heu d'arribar a Osca. Si la ciutat el rep amb honor, Ferran no tindrà més remei que plegar-se.

—És delicat i arriscat, però, tal vegada, és l'única oportunitat que té el rei Jaume —afirmà Lluís.

—I tu, què faràs? —preguntà Joan.

—No pot acompanyar al rei —respongué Guillem, abans que Lluís badés boca—. Si Ferran el veu, no ajudarà Jaume. I jo tampoc el puc acompanyar, ni tu, bon Joan, ni cap dels nostres cavallers. Sóc el mestre dels templers d'Aragó i de Catalunya i, si em mantinc al marge, tots ells també es mantindran. Si prenc partit per algú, els templers es dividiran i encetarem una guerra interna com mai no ha existit cap altra.

—Demà tindrem aquí Guillem de Cervera, i que Déu ens ajudi —va fer Eixemèn.

Aquella nit Lluís anà a veure el rei a la seva cambra. Durant tota la tarda Jaume havia estat reunit amb mestre Guillem i havia entès que la predicció de Pere Auger, revelada per Ramon Berenguer, s'havia complert. Havia d'abandonar Montsó i pujar els graons que condueixen al tron. En cas contrari, Catalunya atacaria Aragó, el regne quedaria dividit un altre cop i tot es perdria.

Quan Lluís va entrar a la cambra del rei, Jaume encara estava vestit. Havia fet fora el germà Bernat, que no havia gosat protestar, perquè la veu del rei nen era ferma i decidida.

—Manca una lletra i, si més no, tindreu una base per enfrontar-vos a les dures proves que se us han reservat —va dir el cavaller.

—La i —féu Jaume.

—La i —afirmà Lluís amb el cap—. Ella representa l'espiritualitat i amb ella heu de comptar si voleu guanyar. Recordeu que la por és l'aigua i se l'ha de foragitar amb la lletra u. La por és als budells i deixa la llengua seca, perquè governa les aigües i no hi ha res més humit que la pròpia llengua. Llavors, quan la por s'apodera de nosaltres, el gust es torna amarg. Mai no reculeu en combat, perquè els vostres homes us estaran mirant i faran el que us vegin fer, però sapigueu que vostra és la decisió d'acceptar el repte i llançar-vos endavant. De manera que mediteu bé abans de donar l'ordre d'atacar. L'energia la trobareu en la lletra a, que governa la pell i el tacte, perquè és com la terra, que ho sosté tot i proporciona força a les plantes que nodreixen els animals i les persones —explicà, com a resum de tots els seus ensenyaments, en un desesperat intent per llegar-li els darrers consells—. La o domina les emocions, que són el foc que crema dins nostre. I les emocions tenen el seu sentit en el nas, perquè són com les olors. Primer molt fortes i, després, de mica en mica, s'esmorteeixen. Pel nas és per on respireu i la respiració és la primera cosa que s'altera quan hi ha emocions. Per això se l'ha de dominar amb la lletra o i deixar-la escapar lentament per apaivagar el desig que tot ho desgavella. Ja sabeu, després, que la ment us permetrà emprar l'energia de la manera més adient i que no heu de fer esforç per deixar que el pensament flueixi lliurement. Aquí és la lletra e, i es dirigeix cap als ulls, que són les finestres per les quals rebeu la informació que us ha de permetre descobrir i decidir. Finalment, ens queda la lletra i, la més alta, la més enlairada i que es dirigeix cap a l'oïda, perquè un cop sapigueu escoltar la vostra veu interior haureu assolit el grau de meditació —es va quedar callat un moment, i preguntà—: Enteneu allò que us vull dir?

—Crec que sí —va fer Jaume—. Hi ha cinc sentits: el gust, el tacte, l'olfacte, la vista i l'oïda. De la mateixa manera hi ha cinc graons que em conduiran al tron: la por, l'energia, les emocions, el pensament i l'esperit. Haig de pujar per cadascun d'ells i dominar el que representen. I cada graó correspon a un element diferent: l'aigua, la terra, el foc, la fusta i l'aire. Per això m'heu ensenyat cinc sons diferents, cinc vocals que dominen cada graó: la u, la a, la o, la e i la i.

—Mai no havia tingut un deixeble com vós —inclinà lleugerament el cap en una petita reverència—. Esteu preparat per ser un gran rei. Seguiu els consells de mestre Guillem i dirigiu-vos a Osca. Si allà venceu, Aragó i Catalunya seran vostres, tal com us correspon.

—Tu no m'hi acompanyaràs? —preguntà Jaume amb tristor.

—M'agradaria fer-ho, però el meu camí és un altre —respongué Lluís, també amb tristor.

—No ens tornarem a veure?

—Déu sempre deixa una porta oberta. Si ell ha decidit que ens hem de tornar a trobar, així serà.

Jaume, amb llàgrimes als ulls, abraçà Lluís d'Estemariu, l'home que li havia salvat la vida, el preceptor que li havia ensenyat a mantenir ben dreta l'espasa, a disparar la fletxa i a muntar a cavall. Però encara havia fet més: li havia ensenyat que un rei és rei perquè és capaç de pujar fins al tron.

Lluís també l'abraçà i, després, es retirà un parell de passes enrere, plegà un genoll a terra i allargà la mà, estesa i cap amunt. Jaume aixecà la barbeta i posà el cap ben dret. Llavors va inclinà lleugerament, per donar a entendre que acceptava la mà nua.

Tenia poc més de nou anys. I era el rei! Digne i orgullós, féu un gest amb la mà per ordenar Lluís que s'aixequés.

—M'has ensenyat moltes coses, m'has salvat la vida i t'estic profundament agraït —va dir, amb les mans a l'esquena—. Demana allò que vulguis i t'ho concediré.

—Sou un gran rei, noble i valent com mai no hi ha hagut altre, i el meu millor regal és servir-vos. Llàstima que no us puc ensenyar res més, perquè no hi ha temps. A partir d'ara us ho haureu de manegar tot sol. Escolteu els consells d'Eixemèn. És assenyat i sent gran afecte per vós —somrigué Lluís—. Jo només us faré una petició i desitjo que la respecteu, encara que no l'entengueu.

—Sigui el que sigui, ja t'he dit que tens la meva paraula —contestà el rei.

—No esmenteu mai el meu nom. Si expliqueu a algú allò que us he ensenyat, no li reveleu d'on ha sortit.

—Això és tot?

—No. Tampoc no m'heu de demanar mai que us expliqui res del meu passat —afegí Lluís.

—Per què?

—Ja us he dit que no hi ha raons ni explicacions, només una petició.

—I la meva gratitud? —demanà Jaume, ben estranyat—. Com sabran els altres tot allò que has fet per mi?

—La vostra gratitud és al vostre cor, i amb això ja en tinc prou —somrigué el cavaller—. Els altres no n'han de fer res.

—Serà com tu vols, perquè et dec la vida —afirmà el rei amb forts cops de cap. Es va dirigí cap al llit i va treure de sota una capça on ell guardava les seves pertinences. L'obrí, agafà la daga sarraïna amb la pedra vermella al punt i li hi va donar—. Si algun dia m'arriba a les mans aquest punyal, significarà que tu em necessites i jo vindré d'immediat.

Lluís va recuperar la daga de mans del rei. Ja havia complert la seva funció i era l'hora dels adéus.

8.- CAP A ON BUFA EL VENT?

Mestre Guillem, des de la muralla, contemplava les terres àrides del sud quan va arribar Joan Miravell, i es va tombar lleugerament per mirar el nouvingut.

—Potser fóra bo sortir en persecució de Lluís d'Estemariu —va dir el cavaller.

—He llençat un corder enmig dels llops —va respondre—. Que Déu em perdoni.

—Eixemèn tindrà cura d'ell.

—I qui tindrà cura d'Eixemèn, quan s'adoni del poder que li ha caigut a les mans? Jaume només té nou anys i el faran anar per on vulguin.

—Hi havia alguna altra opció?

—No ho sé —mogué el cap a dreta i esquerra, i va seguir mirant la plana—. Hem de salvar el regne i sacrifiquem un nen. Que Déu em perdoni —repetí.

Joan va guardar silenci. Prou sabia que les paraules de mestre Guillem eren el reflex d'una realitat innegable. Però, què hi podien fer?

—Què fem amb Lluís d'Estemariu? —preguntà de nou.

Mestre Guillem es va tombar. Havien de prendre una decisió. Una altra més. Havia dormit malament, s'havia llevat tres cops per resar i se sentia cansat.

—Sí, fóra bo sortí darrere d'ell —digué, finalment, i tornà a contemplar els soldats que s'estaven a la plana—. Creus que així el regent es calmarà?

—Si més no, els homes que hi ha deixat l'informaran dels nostres moviments —respongué Joan.

—Entesos. Tria sis escuders i dirigeix-te al sud. I que Eixemèn triï sis més i se'n vagi cap al nord.

—Lluís s'ha endut el millor dels nostres cavalls —digué Joan.

—És molt llest —somrigué Guillem—. Tan llest que, possiblement, no el trobaràs —i aixecà els ulls per clavar-los en els del cavaller.

Joan assentí lentament. Prou que s'havien entès.

Una estona després mestre Guillem va veure els genets que abandonaven el castell, baixaven el pronunciat pendent, es dividien en dos grups i desapareixien engolits per l'horitzó.

La nit anterior havia cridat Lluís i li havia dit:

—El rei és capaç de saltar i de córrer. Llàstima que no disposem de més temps, però no és culpa teva, sinó de les circumstàncies, i no puc negar que has fet tot allò que podies fer i també has fet honor a la teva paraula de cavaller —se l'havia quedat mirant—. Creus que hauria guanyat a Ramon Berenguer?

—Les apostes estaven molt igualades —li havia respost Lluís—. No hem d'oblidar que el comte de Provença tenia un bon mestre.

—Tot i així, jo hauria apostat per Jaume.

I ja no el va tornar a veure. Joan Miravell l'havia despertat quan s'alçaven les primeres llums de l'albada.

—Lluís d'Estemariu ha fugit —l'havia informat.

—Fa molt, d'això?

—No ho sé.

Llavors s'havia llevat i s'havia atansat a la finestra. Un polsim s'aixecava a l'horitzó.

—Avui tindrem vent —havia fet, tot i que no bufava ni una lleugera brisa.

—Penso que no —havia respost Joan—. Més aviat és vent que va cap al sud.

—S'haurà endut prou aigua i queviures?

—Suficient per arribar on vol anar —contestà Joan i, en veure que el seu superior se'l quedava mirant, afegí—: Suposo.

Quan Arnau de Palanzí, hores després, va arribar a les portes de Montsó, el sol ja era ferm. Volia parlar amb el rei, li va dir, a mestre Guillem. Duia un missatge del comte Sanç. Però no el va poder lliurar. Jaume no hi era.

—Va desaparèixer ahir al matí —l'havia informat mestre Guillem.

I després, quan havia preguntat pel d'Estemariu, i mestre Guillem li havia respost que tampoc no hi era, que també havia desaparegut, Arnau de Palanzí es va posar molt furiós. No s'ho podia empassar i va exigir regirar tot el castell.

—No confieu en la meva paraula de cavaller?

Evidentment, que no!

Finalment, després d'escorcollar fins l'últim racó, havia marxat força empipat, però havia deixat uns homes a la plana, perquè vigilessin el castell, qui entrava i qui sortia, i va enviar patrulles als quatre vents per descobrir cap a on havien anat, tant el rei com Lluís d'Estemariu.

—Mestre Guillem, no quedareu en bon lloc davant del regent —li havia comentat Joan, quan el cavaller Arnau va sortir.

—Tens raó —havia fet mestre Guillem—. Darrerament ho perdo tot. Deu de ser cosa de l'edat —i es dirigí a la capella. Havia de resar.

*** ***

La plana acollia les tendes dels cavallers i una lleugera broma les convertia en éssers fantasmagòrics. Feia fresca. Arnau de Palanzí va trobar el comte de Rosselló assegut davant d'una taula plena de viandes de tota mena i una gerra de vi. Estava en companyia d'Atorella, Pere Ahonés, Eixemèn d'Urrea, Bernat de Benavent i Balasc Maça i era l'hora de sopar.

—Has trigat molt a tornar —va fer el comte, aixecant els ulls per contemplar la figura gallarda del cavaller amb la seva armadura brillant—. Quina és la resposta?

—No hi ha resposta, perquè no hi ha rei —contestà Arnau i li lliurà la carta que Sanç havia escrit aquell mateix matí—. Al castell de Montsó només hi són mestre Guillem i els seus cavallers. El rei se n'ha anat en companyia de Guillem de Cervera.

—Cap a on?

—Mestre Guillem no ho sabia —va encongir les espatlles Arnau—. M'ha dit que ahir el rei va deixar el castell sense que ningú el veiés i es va aplegar als cavallers que l'esperaven al poble. Però he enviat homes per tots els camins i hi ha notícies de Berbegal. Per allà han passat els cavallers i duien l'estendard reial.

—Han defugit la batalla —mormolà el comte regent, tot pensarós—. I ara cap a on van? Cap a Osca? —afegí.

—Si aixequem el campament i sortim darrere d'ell, encara el podem atrapar —suggerí Atorella—. Segur que s'han aturat per descansar i que no ens esperen.

El comte Sanç es quedà en silenci. Quines havien de ser les següents passes?, meditava. Si Jaume es dirigia cap a Osca, Ferran l'agafaria presoner i llavors... Sí, bona pensada!, es gratà la galta. Ell esdevindria el seu defensor, el regent que el rescataria de mans de qui ambicionava el tron i no parava de fer-li retrets sobre les seves actuacions. Allò, ben mirat, era un vertader cop de sort, perquè ara disposaria d'un bon motiu per enfrontar-se a l'abat de Montaragó i d'una bona excusa per ser allà. Havia vingut per salvar el rei. Oi que sí?

—No hi ha pressa —negà Sanç, i prengué una copa de vi per brindar per la seva fortuna—. Deixem que arribi a Osca —féu una petita riallada. Després es posà seriós—. I què en sabem, de l'altre, de Lluís d'Estemariu? —preguntà.

—Tampoc no hi és. Aquest matí havia desaparegut...

—I ningú no sap cap a on ha anat —acabà la frase Bernat de Benavent—. Pel que es veu, tothom desapareix enmig de la boira i ningú no veu res de res —va fer esclafí la llengua.

—Tampoc no ens ha d'amoïnar —digué el regent—. Ja l'ataparem quan sigui el moment. Però, per si de cas, envia un missatger a Lleida i que surtin a buscar-lo per tots els camins. Cap al nord i cap al sud, que aquest diable és difícil de predir. I si el troben mort, tant és!

—I nosaltres, què hem de fer? —preguntà Pere Ahonés.

—Menjar de valent i descansar. Ens esperen dies força agitats i... encara més interessants —somrigué el comte i trià una cuixa de pollastre per fer-li un mos.

*** ***

El soldat va veure el polsim que s'aixecava a l'horitzó i poc després va poder distingir els cavalls que es dirigien cap a on era ell. Pel cap baix dos-cents homes, va comptar, i va donar l'alarma que s'estengué per totes les muralles de Montaragó i atrapà el despatx de l'abat.

—Qui són? —preguntà Ferran, mentre s'atansava a la finestra.

—Eixemèn Cornell i Guillem de Cervera —informà l'oficial— . Duen l'estendard reial, monsenyor —afegí.

—Jaume és amb ells? —féu, sorprès.

—Sí, nostre senyor el rei —confirmà l'oficial.

—Quines intencions porten? —preguntà el secretari, que havia entrat amb l'oficial.

—Ja ens les comunicaran —respongué Ferran, sense apartar la mirada de la plana.

L'host es va aturar a la falda del turó i un cavaller s'avançà, pujà el llarg camí que envoltava les muralles i s'aturà a la porta del castell, entre les dues torres. El camí, en el tram final era estret. A un costat la muralla i a l'altre el barranc. No duia armes, però sí l'arnès, encara que no duia el cap cobert amb l'elm, el casc de ferro.

—Nostre senyor el rei Jaume envia salutacions i desigs de llarga vida i salut al seu oncle, monsenyor Ferran, i prega de la seva hospitalitat que vulgui acollir-lo, a ell i als seus cavallers —va cridar el cavaller.

Dalt de la torre, l'abat escoltà les paraules i medità amb cura la seva resposta.

L'oficial no s'havia equivocat amb el recompte de les tropes. Dos-cents homes, pel cap baix. I ben armats. Una negativa significaria un setge. No era que el preocupés gaire, perquè aquella fortalesa era inexpugnable, però més valia emprar les armes de la diplomàcia. A més, Jaume era un nen que encara no havia complert ni els deu anys. Seria fàcil jugar amb ell.

—Digueu el rei Jaume, el meu estimat nebot, que l'església sempre acull els homes de bona voluntat i que serà un honor tenir-lo entre nosaltres —respongué, i ordenà—: Obriu les portes!

No havia emprat la mateixa fórmula que el cavaller i no havia dit «nostre senyor el rei», sinó tan sols «el rei Jaume, el meu estimat nebot». Calia guardar les distàncies.

El genet va marxar i les portes de Montaragó s'obriren per deixar entrar Jaume acompanyat de Guillem de Cervera i Eixemèn Cornell i cinquanta genets més que els seguien i que van haver d'entrar en fila, d'un en un, mentre la resta muntava les tendes.

Enmig del pati gran, envoltat per les construccions adossades a la muralla, l'esperava monsenyor Ferran, dret i majestuós, vestit amb un hàbit de rica tela, un capell que el protegia del sol i les mans creuades al pit i enfundades amb guants, que mostraven l'anell símbol de la seva posició.

Jaume aturà el seu cavall davant mateix de l'abat i deixà la sella al mateix temps que els seus cavallers. Duia un gonió de malla de ferro i un capmall que li anava gran. Era l'única peça que havien trobat per protegir el cos del rei si entraven en combat, donades les circumstàncies i la presa.

Ferran allargà la mà, cara avall, avançant l'anell, i el nen la prengué, però no va plegar el genoll ni el va besar, sinó que se'l va dur al front i acotà lleugerament el cap. Prou tenia en compte les paraules d'Eixemèn Cornell. «Si plegueu el genoll significa que esteu per sota seu. Si beseu l'anell reconeixeu que el seu poder és més gran que el vostre. Tot i així, us l'heu de dur al front en senyal de respecte».

L'abat inspirà lentament i profunda i premé els llavis. Enretirà la mà i mirà el nen que no venia disposat a ser el seu vassall, sinó el senyor de totes aquelles terres. Però, immediatament, va somriure.

—Sigueu benvinguts a la casa del Senyor. Segur que arribeu cansat i he ordenat que preparin menjar i beguda.

—Us agraïm la vostra hospitalitat i compartirem gustosament la taula amb vós —respongué Jaume.

L'abat es va tombar per començar a caminar cap a l'edifici principal, però Jaume no el seguí. Ferran s'aturà un xic desconcertat. Llavors va entendre la quietud del nen, va mirar Eixemèn, que romania en silenci i seriós, s'apartà i féu un gest per convidar el rei que passés davant d'ell. El monarca s'avançà fins ser a l'altura de Ferran i li tornà el gest per convidar-lo a caminar al seu costat.

Tenia uns bons consellers, sens dubte, va pensar Ferran. La iniciativa, evidentment, li havien dit que havia de ser seva i que era ell qui havia d'atorgar els honors, perquè ell era el rei.

L'abat va tornar a mirar Eixemèn i afirmà lentament amb el cap. Sí, el rei tenia bons consellers i se'ls escoltava. Pagava la pena saber de quin cantó bufa el vent.

*** ***

El cavall esbufegava quan va arribar davant mateix de la tenda del regent, que en sentit el soroll de les petjades i la veu de l'oficial que ordenava el genet que s'aturés, va sortir seguit de Pere Ahonés i Balasc Maça. El soldat descavalcà i plegà un genoll a terra. El comte Sanç féu un gest amb la mà per tal que s'aixequés.

—Monsenyor Ferran ha reconegut el rei, que ha entrat a Osca, on l'han acollit amb mostres d'alegria. Als carrers cridaven el seu nom i... —va dubtar.

—I què més? —l'inquirí el comte.

—També cridaven contra vós. Diuen que no heu fet res per ells i que no mereixeu ser el regent —va fer amb timidesa el soldat.

—El malparit de Ferran —mormolà entre dents Sanç.

—Roderic Liçana i Balasc d'Alagó han jurat fidelitat al rei, que ahir abandonà Osca al front de més de tres-cents homes.

—Ve cap aquí? —preguntà Pere Ahonés.

—No. Es dirigeix cap a Saragossa.

El comte Sanç es tombà i entrà a la tenda, visiblement preocupat. Aquell gir inesperat el deixava a l'escapça i sense cap mena de possibilitat de seguir endavant. Balasc Maça el seguí, i Pere Ahonés es va mirar el soldat.

—L'acompanya monsenyor Ferran? —preguntà.

—No. Monsenyor s'ha quedat a Montaragó, però li ha deixat trenta homes.

Trenta homes, medità Pere Ahonés. Ells sumaven quatre-cents, ben armats i disposats, però Jaume ja ultrapassava els tres-cents i aconseguiria més a Saragossa. Un error de càlcul per part del comte Sanç que canviava netament la situació. Només hi havia dues possibilitats: o lluitaven o el regent hauria de dimitir, perquè era evident que l'Aragó, tot sencer, s'afileraria al costat del rei. L'abat de Montaragó no era cap babau i havia sabut triar.

Potser era el moment de prendre decisions, si volia acabar al costat del vencedor, perquè ara el vent bufava amb més força des d'Aragó que no pas des de Catalunya. De manera que va entrar a la tenda i va escoltar en silenci els renecs del regent, que no parava de maleir l'abat de Montaragó. I així va continuar força estona. Ja era l'única cosa que podia fer. Renegar i maleir, malgrat que no era contra Ferran, que ho hauria de fer, sinó contra ell mateix.

—Havíem d'haver-lo empaitat quan ho va dir Atorella —va fer Pere Ahonés, quan el comte ja s'havia calmat. O millor dit, quan ja estava exhaust de tant cridar—. Ara no podem atacar. No hi ha motiu ni disposem de prou forces.

El comte Sanç va prémer els llavis amb ràbia. S'havia equivocat en tot i havia perdut una ocasió d'or. Va mirar Pere Ahonés. El coneixia. I tant que el coneixia! Ara marxaria amb una excusa i aniria a trobar el rei i es posaria al seu servei. I els altres, què farien? El seguirien a ell, al regent, o també canviarien de bàndol? Estúpida pregunta. Només calia mirar-los els ulls per saber-ne la resposta.

Què havia de fer? Ferran d'Aragó l'havia vençut. No li quedava altre camí que tornar a Lleida i esperar que les circumstàncies li fossin favorables, si és que algun cop ho havien estat de debò.

*** ***

Guillem de Mont-rodon rebé la notícia que el comte Sanç tornava a Lleida, però tornava acompanyat només per Atorella i Bernat de Benavent. La resta de cavallers s'havia dispersat i Pere Ahonés s'havia dirigit cap a Saragossa per repetir el jurament de fidelitat al rei.

—Això podria ser la seva fi —va dir, a Joan Miravell—. Si Jaume ha encetat el camí cap al tron, ja no li cal un regent.

Va abandonar la sala dels cavallers i sortí al pati per dirigir-se a la capella de Santa Maria. Havia de donar gràcies a la Verge i a Déu, perquè, per fi, Ferran havia entès que un regne se salva gràcies a un rei, que ell poc podia aspirar a obtenir el tron i que tot plegat s'havia aconseguit sense una sola lluita. Sense una sola lluita, sense que cap dels cavallers templers prengués partit per cap bàndol i sense que ell hagués de posar pau enlloc. Evidentment, havia de donar gràcies a Déu.

En el moment d'agenollar-se davant la imatge de la Verge, va somriure. No s'havia equivocat amb Lluís d'Estemariu. Havia complert la seva paraula i havia creat el basament damunt del qual es podia bastir l'escala que condueix al tron, i Jaume ara podria créixer. Per tant, el perdó estava justificat.

Tanmateix, quan ja portava una estona agenollat, una pregunta li vingué al cap. N'hi hauria prou per aconseguir que Jaume pogués mantenir-se ferm? O, tal vegada, calia un nou miracle?

9.- UNA REINA PER A UN REI

La donzella va prendre la diadema i la va posar damunt del cap de Blanca. L'esposa de Valles d'Antillon es va contemplar al mirall i tombà lleugerament el cap per retocar el floc de cabell castany que queia pel costat de l'orella en forma de tirabuixó. No acabava de fer-li el pes i allargà el coll prim i elegant, mentre estirava el floc, corbava la punta i el deixava anar diverses vegades, fins que adoptà la posició que ella buscava, tot just simulant un ganxo que li atrapava la galta i obligava els homes a dirigir la seva mirada cap a la barbeta, netament traçada i delicadament dibuixada, per acabar atrapats als seus llavis carnosos i sensuals. Després ja pujarien cap al nas i als ulls o, tal vegada, deixarien relliscar el seu interès per tot el coll, com si l'acaronessin, i es bressolarien en el plec que formaven aquells dos pits altius emmarcats pel brodat d'or que resseguia el seu vestit vermell, que s'estrenyia delicadament a la cintura i queia al llarg de tota la resta del cos, després d'accentuar els malucs.

Els homes mirarien amunt o avall, però sempre extasiats. Va pensar amb un somriure de complaença. Amb això ella ja en tenia prou per saber que els dominava. Satisfeta, s'aixecà de la cadira i la donzella, una noieta jove, s'apartà per deixar-la passar. Blanca es movia amb distinció i tothom deia que era una de les més formoses del regne. I ella ho sabia.

Abandonà l'habitació i es dirigí cap a la sala on l'esperaven les altres quatre dones.

Dempeus, davant de la finestra i tot contemplant els carrers d'Osca, que apareixien plens de gent de tota mena, Anna, l'esposa d'Eixemèn Cornell, amb els seus cinquanta anys ja complerts, baixa i rodoneta, amb aquella eterna rialla que li empetitia els ulls, però que atorgava una gràcia especial als seus pòmuls molsuts, parlava amb la seva cunyada Clara, germana del seu marit, més jove i prima, amb un vestit blau que li tapava fins i tot el coll i el cap cobert amb un capell i una mantellina que només deixava al descobert la cara.

Clara era soltera i havia triat el celibat, encara que havia refusat tancar-se darrera les portes d'un convent. Algú comentava que els homes l'espantaven, que no l'atreien o, fins i tot, que li provocaven cert rebuig. Les dones ho feien amb discrets comentaris, a mitja veu, però els homes, quan eren sols, no s'hi estaven d'acompanyar amb riallades les frases poc amables que li dedicaven i que feien referència a un comportament i a unes maneres que, en certes ocasions, semblaven més pròpies d'un mascle que d'una femella i que l'havien dut a cobrir-se d'una espessa capa d'espiritualitat i de purisme que frenava el tarannà expansiu de les seves amigues quan parlaven de temes íntims.

Enmig de la sala, assegudes a les cadires que servien per brodar i perquè les esposes dels principals es reunissin i debatessin sobre diversos afers, entre els que no hi mancava el bescanvi de notícies i la planificació de les decisions que afectaven a les unions de cases, s'estaven Lluïsa, l'esposa de Balasc d'Alagó, i Maria, vídua del baró de Lliçà, de qui conservava el títol i que la seva condició de dona sola no havia apagat el seu caràcter rialler i simpàtic. Havia donat dos fills al baró, un d'ells mort, i l'altre s'ocupava de les terres que posseïen al nord, prop dels Pirineus i que els proporcionaven fusta en quantitat que exportaven a Provença, el seu mercat principal, i que els oferia bons guanys.

Lluïsa tenia el nas gran, els ulls petits i els llavis prims. A més, quan somreia, mostrava la manca de bona part de la dentadura. I el seu cos no presentava cap forma definida, malgrat que els vestits intentaven arranjar la situació. Sense aconseguir-ho, evidentment. Amb aquella fila semblava mentida que algú la convidés a casa seva, però era l'esposa d'un noble que es movia a nivells ben pròxims al rei i amo d'una floreixen indústria tèxtil, i l'havien d'acceptar. Filla única, com era, el seu matrimoni havia proporcionat Balasc d'Alagó noves terres i més riquesa, detall que esdevenia un argument de pes per aconseguir que el seu escàs atractiu, per no dir inexistent, no representés cap impediment a l'hora d'abandonar la solteria i entrar en l'univers de les casades i, fins i tot, de les mares, perquè havia donat tres fills al seu marit, prodigi que ningú no s'explicava, perquè el pobre home fugia de casa amb el més petit dels pretextes.

Maria, per contra, era vídua, tot i que conservava prou encants per aspirar a abandonar un títol que el destí li havia atorgat immerescudament, perquè el baró de Lliçà, ja gran quan es va casar amb ella, va morir en un trist i desgraciat accident domèstic. Simplement va caure per les escales i es va trencar el coll. Tanmateix, malgrat que d'ocasions no li'n faltaven i més d'un cavaller la rondava, no s'acabava de decidir. Lligar-se de nou, quan la vida li oferia altres diversions i, a més, havia estat admesa en el reduït cercle de les esposes dels principals, no li feia el pes. D'ella deien que era intel·ligent i culta, que li agradava llegir i que gaudia d'una fèrtil imaginació que l'havia dut a escriure alguns poemes.

Les dues dones assegudes estaven capficades en els brodats quan Blanca va creuar la porta i les va saludar. Anna, des de la finestra, en sentir la presència de la mestressa de la casa, es tombà per mirar-se-la. No era gens estrany que aixequés l'admiració dels cavallers que desitjaven i veneraven en silenci la segona esposa de Valles d'Antillon, després de la mort sobtada de la primera, víctima d'una estranya malaltia que la va dur a la tomba en poc més d'una setmana i que havia enlairat no pocs comentaris, perquè la nova esposa prengué possessió del càrrec gairebé d'immediat. Males llengües apuntaven que, de fet, el llit ja l'havia conquerit en vida de la difunta.

Anna somrigué. Agradable i curiós costum aprés dels sarraïns, aquest d'adorar les dones i convertir-les en objecte de culte, malgrat que, a l'hora de prendre decisions, no s'estaven de deixar-les de banda. O, si més no, ho intentaven. Tanmateix, els pobres acabaven per capitular, perquè en afers domèstics, tot i la seva vàlua al camp de batalla, dins de quatre parets, i més quan hi ha un matalàs pel mig i llençols pel damunt, no hi tenen res a pelar. I ben mirat, els afers domèstics arriben ben lluny. Tan lluny com volen les dones. Tot és un problema de traçar la línia més cap aquí o més cap enllà, i com que la línia sempre és imaginària i mai no és física...

—Quin és el nom que més sona? —preguntava Lluïsa en l'instant que la segona esposa de Valles entrava.

—Elionor, la filla petita del rei Alfons de Castella, que Déu hagi perdonat —contestà Anna, des de la finestra—. Se li va escapar al meu marit, ahir al vespre. Bé! Se li va escapar... —somrigué divertida—. Alguna cosa hi vaig posar de la meva part.

—Elionor de Castella té la mateixa edat que el rei —va dir Blanca, un xic sorpresa. No havia pogut escoltar la conversa, però no calia. El matrimoni del rei era el tema principal des de feia dies—. Possiblement encara no és dona —comentà, i s'atansà a les cadires.

—Però prové d'un bon tronc. El seu pare Alfons de Castella va gaudir de força descendència, i ella té quatre germans —explicà Clara—. Si més no, és una garantia de fecunditat. A més, compliria amb tots els requisits que persegueixen els vostres nobles marits. La seva germana Blanca és reina de França, al costat de Lluís; l'altra, Urraca, seu al tron de Portugal; i la tercera, s'ha casat amb Alfons i regna a Lleó. També podia haver regnat a Castella, quan el seu germà Enric va morir, però ha estat intel·ligent i ara el seu fill Ferran ha ocupat el tron —va moure el cap a un costat i a l'altre—. No seria pas el primer cop que una dona confia en un home i després veu com els seus fills són apartats de la successió. Si tots els germans són assenyats, Elionor també ho serà i governarà sobre Aragó i Catalunya com cal.

—Però és molt tendra i si encara no està en disposició de donar-li fills… —insistí Blanca.

—Tant és! El rei tampoc no pot fer res, de moment. No ha complert els dotze anys i no li creix pèl a la barba —somrigué Maria, divertida—. Ni enlloc més, que no sigui el cap —rigué. Clara se la mirà escandalitzada i ella apagà el seu somriure—. Ho sé pel frare que l'ajuda a banyar-se —aclarí. Llavors alçà de nou la veu—: Despertaran al mateix temps i no oblidem que les dones madurem abans que els homes. De manera que ella estarà per damunt d'ell i, a més, ens convé agafar-la ben tendra. Així la podrem ajudar amb els nostres consells.

—De qui ha sorgit la idea? —preguntà Lluïsa.

—Del meu marit —respongué Anna—. Ha parlat amb monsenyor Ferran i l'abat està d'acord. Diu que és una bona aliança.

—I el comte Sanç, no hi diu res? —seguí preguntant Lluïsa.

La pobra sempre estava fora de joc. El seu marit ni li parlava i tot ho havia de saber per les amigues.

—Ni li ho han preguntat —respongué Anna, i bellugà el cap a dreta i esquerra. Pobra idiota!, va pensar—. El comte Sanç ja no és el regent. Va presentar la dimissió en tornar a Barcelona i ja no pren decisions —explicà, mentre s'apartava de la finestra i es dirigia a les cadires, per seure-hi—. Ara és el consell regent, que les pren. Fins i tot corren veus que possiblement Sanç abandonarà Barcelona i es retirarà al Rosselló.

—Hi ha altres rumors que no diuen el mateix —comentà Clara, que també s'assegué—. Segon expliquen, el comte ha intentat pactar amb una bona colla de nobles per tal que el recolzin i pugui recuperar el prestigi perdut. És un vell ambiciós i envejós que no para de conspirar, que se sent dolgut perquè Ferran d'Aragó li ha guanyat la partida, i que vol engrandir els seus dominis a qualsevol preu —va dir, mentre prenia el cistell per treure la tela i els fils amb el brodat que ja feia dies que havia encetat. Deixà la tela damunt la falda i tornà el cistell al terra—. Ja és segura Elionor? —demanà, i aixecà el brodat per estudiar com l'havia de continuar. No li agradava aquell entreteniment, però li era útil per formar part del cercle reduït on es movia tota la informació.

—Demà Balasc D'Alagó sortirà camí de Toledo per parlar amb el rei Alfons —explicà Anna.

—No me n'ha dit res —s'estranyà Lluïsa.

Les altres quatre dones ni se la van mirar. A elles no els estranyava gens ni mica. Era el costum.

—Anirà sol? —aixecà les celles Blanca.

—La meva cunyada Judith l'acompanyarà —somrigué Anna. Judith era l'esposa de Pere Cornell—. I parlarà amb la reina Berenguera per tractar dels detalls de la boda.

—Això ja està millor —afirmà Blanca amb el cap, i es concentrà en l'agulla per passar-la a través de la tela amb molta cura. Va estirar el fil i es va mirar el resultat—. Parlant d'engrandir dominis, com va el compromís de la vostra neboda Magdalena amb Pere Ahonés? —Blanca emprava amb Anna el tractament de vós, degut a la diferència d'edat entre ambdues dones, i havia parlat sense aixecar els ulls del brodat, com si allò no tingués la més petita importància.

—El rei ha donat el seu consentiment —respongué Anna—. Ja saps que el meu marit és el seu principal conseller —ella no emprava el tractament de vós. Havia conegut Blanca quan era una nena i no calia—. Si res no s'espatlla, tindrem boda a la primavera.

—Un bon partit, Pere Ahonés —somrigué Blanca, i mirà la seva amiga amb una rialla de complicitat, només alçant els ulls, sense moure el cap—. És ambiciós i intel·ligent i ha sabut descobrir a temps quin és el camí correcte. Al costat del comte Sanç ho hauria perdut tot.

—Sí, ha triat amb seny —corroborà Clara.

—Diuen que sap com tractar el rei —va seguir en el mateix to Blanca. Havia abaixat de nou la mirada i encetà una altra puntada d'agulla.

—El rei Jaume li té gran estima i consideració —digué Anna.

—Heu tingut molta sort.

—Sí, ho haig de confessar.

—Ai! Tant de bo tothom tingués la mateixa sort —féu Blanca, i premé els llavis, mentre encetava una nova puntada.

—Per què ho dius? —demanà Lluïsa—. Tu no et pots queixar.

—Pensava en el meu cosí, el jove Andreu —respongué Blanca, i deixà caure el brodat damunt de la falda—. Treballa molt i no se n'acaba de sortir. Ha intentat obtenir una concessió per establir comerç amb els sarraïns de Peníscola, però Guillem de Montcada la hi nega. Aquest comte no veu més enllà del seu nas. El comerç aporta riquesa —reprengué el brodat—. Si el rei l'ajudés… —va fer amb la mirada baixa.

—Has dit que el seu nom és Andreu? —preguntà Anna.

—Andreu Pineda —mirà Blanca la seva amiga—. Fill del meu oncle Gabriel —afegí.

—En parlaré amb Eixemèn —somrigué Anna.

—De debò faríeu això per mi?

—Les amigues bé ens hem d'ajudar i, si un babau no hi veu més enllà del seu nas, els consellers del rei són força més intel·ligents.

—Sí, és bo que el rei tingui bons consellers. Bo per al regne i bo per a tothom —li tornà el somrís, i seguí brodant.

*** ***

Maria de Lliçà estava ajupida davant de Jaume. Ella era l'encarregada del guarda-roba del rei i cada matí escollia el vestit que havia de dur el seu senyor, el deixava damunt la cadira i esperava que el monjo que l'ajudava a vestir-se la cridés. Naturalment no era present mentre el rei estava despullat, tot i que encara no havia entrat en la pubertat. Això sí que no!, havia cridat Ferran d'Aragó, quan les nobles el van anar a trobar i li van explicar que no podien deixar en mans d'un monjo la responsabilitat de vestir el rei. Què pensaria tothom, si el pobre es presentava al consell o rebia les visites amb aquella fila que feia, deguda al mal gust d'un home que no sabia ni combinar els colors. I Ferran va acceptar que Maria, vídua i proposada per Eixemèn i recolzada pel seu nebot Pere i per Valles d'Antillon, es fes càrrec de tan delicada empresa.

—Triarà la roba, però no entrarà fins que el rei estigui vestit —va sentencià.

De manera que Maria esperava pacientment fins que la porta de la cambra reial s'obria. Llavors entrava i donava els darrers retocs. Aquest càrrec, obtingut perquè Eixemèn havia estat gran amic del baró de Lliçà, li permetia parlar amb el monjo que el vestia i el banyava un cop al mes. Ho feia per indicar-li els perfums que havia d'emprar, però aprofitava l'avinentesa i, amb la seva exquisida habilitat i els seu tarannà simpàtic i agradable, se n'assabentava del creixement i dels progressos del rei en tots els aspectes físics, perquè el germà Pere, de suaus maneres (tal vegada massa suaus per a un home), gaudia abastament amb la seva companyia i el bescanvi de confidències. Sentir-se acceptat entre dones el feia feliç i poc estava al cas dels comentaris punyents que li dedicaven quan no hi era present. Les esposes dels nobles es feien un bon fart de riure tot recordant que aquell monjo havia après a deixar escapar tímides rialles, com elles, i a tapar-se la boca quan comunicava algun detall que podia fer enrogir la concurrència. Tanmateix, Maria sabia seguir-li el corrent i l'animava, tot convertint-se en la seva còmplice.

La baronessa s'havia ajupit per acabar de retocar les mitges del seu senyor i quan va aixecar la mirada va descobrir que l'interès de Jaume s'havia quedat enganxat en el seu escot. No massa pronunciat, perquè era vídua, però la posició obria la tela i des del punt d'on mirava el rei, enlairat, podia esguardar molt més del que li era permès habitualment.

Maria va copsar l'espurna als ulls del jove rei, però no va dir res, sinó que va abaixar el cap i es va mirar aquelles dues masses de carn que s'engrandien amb cada respiració per causa de la posició, i que, a partir d'aquell moment, encara va forçar un xic més, tot redreçant l'esquena, mentre deixava escapar un somriure de complaença dels seus llavis. El rei començava a despertar i allò, per a una dona, era motiu d'orgull. Sobretot si n'era ella, la causa.

De manera que va enllestir la feina, però ben a poc a poc i, en alçar-se, afegí una reverència per tal que els ulls de Jaume seguissin pendents del seu pit i s'ho prengué amb calma, perquè prou sabia que el rei se sentiria cohibit si l'enxampava.

—És perfecte —digué, finalment. Però no havia mirat el vestit del rei, sinó aquelles ninetes que ja eren a les portes de la pubertat, desitjoses i encurioides, i no havia pronunciat cap paraula fins que va decidir que ja n'hi havia tingut prou.

Jaume es va sobtar en escoltar la veu de Maria de Lliçà i, fins i tot, va enrogir i va clavar els ulls a les seves les sabates, per mirar de dissimular.

Eixemèn Cornell, també present, poc hi havia estat al cas. El seu cervell tenia altres preocupacions i, tan bon punt el rei ja estava preparat per sortir i acompanyar-lo a la sala del tron, va ordenar obrir les portes.

—A qui rebré avui? —va demanar Jaume.

—El més urgent de tot és el cas de Pelegrí d'Atrocill.

—El gendre de Llop d'Albero —féu Jaume. No pas pregunta, sinó afirmació.

Tal com li havia aconsellat el prudent Eixemèn, procurava memoritzar tots els noms i tots els parentius dels nobles, tant els de la cort com els de fora. Així sempre sabia de qui li parlaven i el tracte que els havia d'atorgar.

Van caminar tot el passadís del palau fins la petita porta que donava al saló. El rei sempre entrava pel darrere. D'aquesta manera no havia de passar per davant de tots els nobles i comerciants que havien demanat audiència i no havia de suportar els laments dels que s'esperaven a l'antecambra, passejant amunt i avall, neguitosos, fins que no eren cridats.

Dins del saló els esperaven Pere Ahonés i Valles d'Antillon.

—Bé! Crideu Pelegrí d'Atrocill —va ordenar Jaume.

—Potser fóra millor enllestir els altres afers —digué Eixemèn amb el to suau que sempre emprava quan havia de fer un suggeriment—. El cas de Pelegrí d'Atrocill és massa important com per tractar-lo en primer lloc.

—Entesos —va afirmar Jaume amb el cap—. No crideu encara Pelegrí d'Atrocill. Que passin els altres.

Durant mig matí va estar escoltant les queixes, els precs i les peticions de tots els que havien esperat amb impaciència per poder parlar amb ell. Un notari prenia nota de totes les peticions i Jaume, després d'escoltar qui tenia al davant, s'inclinava lleugerament cap a la dreta i rebia el consell d'Eixemèn. Llavors, responia. Mai no ho feia sense conèixer el parer del seu conseller, perquè era prou conscient que la seva edat encara no li permetia entendre moltes coses i poc podia donar consell o atorgar una resposta si la seva experiència era tan limitada. Aquest assenyat costum li havia proporcionat el reconeixement per part de tothom, però també era cert que els nobles aprovaven amb constants lloances aquest tarannà del rei perquè els permetia decidir i regir els destins del regne, ensems que Eixemèn esdevenia la porta d'entrada al saló del tron i que no pocs nobles i comerciants li enviaven presents, que el conseller acceptava de bon grat, i que tots els assumptes, abans d'arribar al rei, havien estat debatuts i aprovats pel consell de regència, format per nobles, alguns d'ells escollits per l'abat Ferran d'Aragó. Encara que no tots els que l'oncle del rei hauria desitjat i que li permetria gaudir d'una majoria confortable.

Finalment, quan tots els que s'esperaven a l'antesala van desaparèixer, la porta s'obrí i aparegué Pelegrí d'Atrocill, un home jove i ben plantat, vestit amb bones teles, moreno i fort, que es va avançar i va plegar el seu genoll davant del rei.

—Com està el vostre oncle, el nostre estimat amic Llop d'Albero? —va preguntar Jaume, amb el to exquisit que li havien ensenyat.

—Senyor, d'ell us vull parlar —abaixà el cap Pelegrí.

—Alceu-vos i parleu. Us ho prego.

—Roderic de Liçana ha atacat Albero i ha pres el castell i, amb ell, el meu estimat oncle, que manté presoner —explicà Pelegrí.

—Com ha estat això? —s'estranyà Jaume—. No hi ha hagut ofensa ni desafiament? —demanà.

—Vós coneixeu el meu oncle i prou sabeu que és l'home més noble d'aquest món. Mai no ha volgut mal a ningú i, quan ha lluitat, sempre ha estat per una causa justa. Ell us va deixar homes quan vau abandonar Montsó —recordà Pelegrí.

—Què en sabeu vós, Eixemen? —es tombà Jaume cap al conseller.

—He parlat amb Pere Ferrandes d'Açagra i ell tampoc ho entén.

—Hauríeu d'escriure al senyor de Liçana i fer-li veure el seu error —suggerí Valles d'Antillon.

—Doncs ara mateix escriuré al senyor de Liçana i li ordenaré que deixi lliure el vostre oncle i que li retorni les seves terres i el seu castell —respongué Jaume—. Cap noble ha de lluitar amb els seus parents i amics i cap lluita queda justificada sense que el rei l'hagi disposada —afegí, repetint paraules que ja havia escoltat de boca d'Eixemèn.

Pelegrí va fer una reverència i es retirà, mentre Eixemèn es mirava el rei i somreia per fer-li veure que la resposta era valenta i assenyada i que corresponia a un rei adult. I és clar que sí! Era la mateixa decisió que ja havia pres el consell.

Aquella tarda, abans que el sol s'adormís darrere de la plana, un missatger va abandonar Osca amb una carta dirigida a Roderic Liçana.

I quatre dies després el missatger retornava amb una altra que no complaïa ningú. Roderic Liçana havia pres el castell i havia deixat Pere Gomes per tal que el defensés i, sota cap circumstància, retornaria les possessions a un home que no havia estat capaç de guardar-les. Aquesta va ser-ne la resposta.

Dos dies després, reunits a la sala del tron, Eixemèn Cornell, el seu germà Pere, Guillem de Cervera, Valles d'Antillon i Pere Ahonés discutien sobre l'abast de la insolent resposta de Roderic Liçana, mentre Jaume els escoltava i procurava entendre cadascuna de les raons i de les paraules.

—És una provocació que no podem tolerar —deia Valles d'Antillon.

Feia estona que parlaven i parlaven i Pere Ahonés es va aixecar de la cadira i prengué la paraula.

—Darrere de tot aquest afer veig la mà del comte Sanç —va dir. Fins aquell instant ningú no havia esmentat el nom, malgrat que més d'un hi pensava.

—Què voleu dir, Ahonés? —va demanar Jaume, que acabava d'entrar, i tothom va callar i el va mirar.

—És evident que, si el regent no hagués promès el seu ajut, Roderic Liçana no hauria gosat atacar Albero ni desafiar el rei.

—Què en penseu vós, Eixemèn? —es tombà Jaume cap al seu primer conseller.

—No en tenim proves, però molt em temo que alguna cosa hi tingui a veure el comte de Rosselló —respongué, després de rumiar-s'ho—. Malgrat que ha dimitit i sembla que es vol retirar, no me'n refio d'ell.

—Si Aragó es desmembra, bé podrà dir que no teniu prou força per governar i, llavors, demanarà el tron —explicà Guillem de Cervera.

—Què deu pensar el meu oncle Ferran? —medità Jaume.

—La situació és delicada i l'abat de Montaragó segurament romandrà quiet, tot esperant la vostra reacció —digué Valles d'Antillon—. Si no us moveu, i de pressa, altres nobles poden pensar que no teniu prou caràcter i Ferran d'Aragó prendrà les decisions per vós.

—Això és el que espera el vostre oncle —insistí Pere Ahonés—. Apartat vós del tron i amb un regent dimitit que ha perdut tot el prestigi, si vós no reaccioneu, només ha d'alçar la veu i tots els ulls es giraran cap a ell. Hem d'atacar.

—Disposem d'algun fonèvol? —preguntà el rei.

Eixemèn se'l mirà, i la resta també. A què treia cap aquella pregunta?

—Em sembla que sí, senyor —respongué Pere Ahonés, fent memòria—. Aquí mateix, a Osca, en tenim un, si mal no recordo.

—Doncs Albero tornarà a mans del seu senyor —s'aixecà Jaume tot orgullós i caminà cap a la porta, però abans de creuar-la s'aturà i ordenà—: Prepareu-ho tot, perquè sortirem de seguida.

*** ***

No podia ser. De cap de les maneres! El comte de Rosselló li ho va fer repetir tres cops. Que li ho expliqués amb detall, no parava de bramar. I l'oficial va repetir la mateixa història amb idèntiques paraules, tal com l'havia escoltat de llavis dels soldats.

—Ningú no s'ho esperava i es va plantar davant de les muralles d'Albero amb un fonèvol, i ell, personalment, va disparar contra la muralla —explicà l'oficial—. El rei Jaume ordenava carregar les pedres i no s'aturava ni un instant. Durant tota la tarda i el matí següent una pluja de rocs va malmetre les muralles i moltes cases de l'interior. L'endemà es van rendir, van lliurar el castell i van alliberar Llop d'Albero. No havien pogut prendre prou provisions i tampoc gaudien de bones defenses ni de gaire homes.

—És impossible! Si només té dotze anys! —cridà Sanç.

—Diuen que, no content amb la destrossa que feia el fonèvol, encara encoratjava els seus arquers perquè no deixessin d'omplir el cel de fletxes i que tan gran ha estat el seu coratge que, si Joan Ferrandis no obre les portes i es rendeix, els mateixos soldats l'haurien penjat de la torre més alta del castell —seguí explicant l'oficial—. I ara va camí de Liçana.

—Molt intel·ligents —xiuxiuejà Sanç—. Volen crear una llegenda amb un nen de dotze anys, però allà es trobaran amb Roderic Liçana i amb Pere Gomes —afirmà el comte amb forts cops de cap—. I no serà el mateix —acabà negant, també amb el cap.

*** ***

Roderic Liçana ordenà que totes les provisions que poguessin agafar les duguessin al castell i Pere Gomes, el cap de les forces, establí les defenses. Les notícies havien corregut més que no pas els cavalls de Jaume i dels seus seguidors. Albero havia caigut en només dos dies i Llop era lliure i venia amb el rei cap allà.

Poc després van veure que la pols s'alçava a l'horitzó. Ja arribaven i devien de ser un bon plec, perquè ocupaven bona part de la plana.

—Tenim aigua i queviures i podem resistir tant com vulguem —va dir Pere Gomes.

—Ja se'n cansaran —somrigué Roderic Liçana—. És un problema de temps.

Un mes després les pedres seguien caient al mateix punt de la muralla amb una persistència esgotadora i els defensors no podien aturar ni tapar el forat que ja s'havia començat a fer, mentre que Pere Gomes s'ho mirava amb preocupació. No tenia cap dubte que l'atac era imminent i que per allà intentarien entrar, un cop poguessin passar, i allà els enxamparien.

Però, al contrari d'allò que s'imaginaven, el fonèvol no es va aturar, sinó que seguí castigant els murs dia rere dia, engrandint el pas, fins al punt que hi haurien pogut entrar quatre cavallers, l'un al costat de l'altre, ben afilerats i muntats a cavall.

—Què esperen? —es desesperà Gomes—. Que no quedi pedra damunt de pedra?

—No ho sé —respongué Liçana—. Però això no m'agrada.

Quan ja es complia el segon mes, un dia, a mitja tarda, Jaume va abandonar el seu lloc al costat del fonèvol i se n'anà cap a la tenda reial.

—On és el rei? —preguntà Guillem de Cervera, en no veure'l. Mai no marxava abans que el sol s'amagués.

—A la seva tenda —contestà un escuder.

—És bo que reposi de tant en tant —somrigué Guillem de Cervera—. S'ha pres molt a la valenta el seu paper de rei, després de l'èxit d'Albero.

—No sé d'on treu les forces, però fins i tot dormiria aquí, si no l'obliguéssim a descansar.

Poc després va arribar Pere Ahonés. Feia un posat estrany.

—Has vist un fantasma? —li demanà Guillem, mentre el fonèvol no parava de llençar pedres cap al mateix punt.

—El rei Jaume ens ha fet fora de la seva tenda. A tots plegats —respongué Ahonés.

—Bé ha de dormir, encara que només sigui una estona.

—No dorm.

—I què hi fa, doncs?

—Canta.

Guillem de Cervera se'l va mirar desconcertat.

—Què canta? —demanà.

—Aaaaaaa… ooooooo… iiiiiiii… —féu Ahonés amb cara de babau.

Potser l'esgotament començava a fer estralls dins del cap d'aquell nen que els havia sorprès amb una energia inexhaurible que desplegava pertot arreu, medità el de Cervera.

—No us atureu! —ordenà els soldats, que també s'havien quedat d'una peça—. Au, va! Carregueu el Fonèvol!

I no van fer cap més comentari, tot i que els dos cavallers es llençaven mirades de tant en tant.

Just a darrera hora de la tarda, quan s'encetava el vespre, Jaume aparegué de nou i ordenà preparar els homes. Llavors seguí llençant pedres i més pedres, com cada dia, amb una obstinació desesperant per als habitants de Liçana.

—Unes quantes més i atacarem —va dir.

145

—Senyor —el va aturar Pere Ahonés, que també hi era en companyia de Pelegrí d'Atrocill i d'Eixemèn Cornell—. D'aquí poc no hi haurà llum. No podem atacar.

—No hi haurà llum per a nosaltres ni per a ells —respongué el jove rei amb un somriure. Tenia una mirada estranya—. I puc assegurar-te que no s'ho esperen. Quan doni l'ordre, vull que totes les fogueres i totes les torxes del campament s'apaguin. Llavors, tots els homes han d'atacar.

Deixà escapar la pedra i ordenà que hi fiquessin una altra més.

—Bé! Jugarem una estona —va dir Eixemèn—. Digues que es preparin —somrigué—. Hem d'obeir el nostre rei.

Mentre Pelegrí d'Atrocill es dirigia al campament i escampava la consigna, Jaume va seguir llençant pedres.

Els cavallers van vestir l'arnès, els escuders van prendre les llances i els arquers van carregar les fletxes i tothom va ocupar el seu lloc d'atac, sense entendre gaire el que passava. Atacar de nit, a fosques, era una bajanada. Ningú no ho faria mai.

En el precís instant que tot era a punt, quan el fonèvol deixava escapar la pedra, Jaume va donar l'ordre d'avançar i ell mateix sortí cames ajudeu-me, espasa en mà, mentre l'aire s'omplia del so de la lletra a.

—Que és boig? —cridà Guillem de Cervera—. Atureu el rei!

Com els soldats dubtaven, Guillem esperonà el seu cavall i seguí Jaume. Llavors, Eixemèn Cornell va aixecar l'espasa ben alta i cridà:

—Per Sant Jordi!

I tots els cavallers i els soldats van sortir al darrere i es dirigirem com a folls cap al castell.

El de Cervera va arribar a l'altura del rei, el va agafar pel gonió i el va pujar al cavall.

—Però què fas? Deixa'm anar! —ordenà Jaume.

—Protegeixo el meu senyor —respongué Guillem i l'afermà, mentre aturava el cavall.

La resta de cavallers van passar pel seu costat i els escuders, en veure que la porta del castell s'obria, es dirigiren cap allà.

Pere Gomes en la foscor, només podia escoltar els crits que s'aproximaven, però no hi veia res i tampoc entenia res. El campament enemic havia desaparegut engolit per la nit. De manera que havia sortit vestit amb l'arnès i a cavall, seguit dels escuders. Si ara atacaven la muralla, ell els envoltaria, perquè era segur que entrarien pel forat, on els esperava Roderic Liçana, i entre ambdós els enxamparien.

Tanmateix, els seus càlculs esdevingueren incorrectes i una munió d'escuders del rei van arribar a ell amb tanta empenta que van fer caure muntura i genet, i arrabassaren tots els arquers i escuders que els esperaven.

Mentre, els cavallers que manava Pere Ahonés aconseguiren traspassar el mur pel forat que havia fet el fonèvol i no van trobar gaire resistència.

—Per què m'has aturat? —preguntà Jaume, plantat davant Guillem de Cervera, tot mirant-se les llums del castell i escoltant els crits dels seus homes.

—Un rei no ha de lluitar davant dels seus cavallers, sinó dirigir-los —respongué Guillem.

—I com els puc encoratjar?

—El vostre crit ha esdevingut el seu coratge; la lleialtat cap a vós, el seu esperit; i el vostre exemple amb el fonèvol, sense defallir en cap moment, la llum que els ha guiat —replicà el cavaller—. Però vós, el seu rei, heu de seguir viu, perquè sense vós, ells no són res —va explicar.

Jaume anava a protestar, però la mirada del cavaller el va aturar. Tenia raó. I va callar. Tanmateix, li hauria agradat ser allà dalt, entre els seus homes, amb l'espasa a la mà i cridant com els sentia a ells, mentre saltava per damunt de les pedres, tal com havia fet a Montsó amb el mur que Lluís d'Estemariu va fer aixecar.

Arribava la matinada, entre el fum que s'enlairava de les cases, el castell era seu, però Roderic Liçana havia desaparegut.

—Ha fugit, senyor. Hem interrogat els soldats i diuen que, anit, quan es va veure perdut, es va confondre enmig de tot l'enrenou, va prendre un cavall i va fugir —informà Pere Ahonés.

—Doncs, busqueu-lo.

Van enviar patrulles cap als quatre vents i l'endemà van arribar notícies que Roderic Liçana es dirigia cap al sud. L'havien vist uns camperols que treballaven a unes vinyes.

—Segurament va camí d'Albarrassí per demanar asil a Pere Ferrandes d'Açagra —digué Atrocill.

—Aixequeu el campament. El seguirem —ordenà Jaume.

—Ja és massa lluny i no el podrem atrapar —digué Pere Ahonés.

—Doncs atacarem Albarrassí.

—Albarrassí és molt lluny i no pertany a la corona i Pere Ferrandes no és vassall. A més, si hem d'atacar, poca cosa farem amb un fonèvol, perquè les seves muralles són immenses —intervingué Eixemèn Cornell—. Cal tornar a Osca i pensar amb calma i amb seny quina ha de ser la nostra reacció.

—Entesos —assentí Jaume—. Tornem a casa i escriurem una carta a Pere Ferrandes. Després, ja decidirem.

10.- UNA NOVA LLIÇÓ

L'església del monestir de Sant Pere el Vell era plena de gom a gom. Pere Ahonés esperava davant l'altar quan el rei va entrar al temple i caminà entre les ducs files de bancs. Els nobles i homes rics situats a la dreta i les seves esposes i altres dones, ubicades a l'esquerra. Tothom s'havia tombat cap a ell en senyal de respecte.

Amb els seus dotze anys Jaume caminava amb seguretat i es movia amb elegància, sobretot després d'haver tornat com a vencedor d'Albero i de Liçana i haver rebut l'homenatge de tot un poble que estava orgullós del seu rei.

Arribà a la cadira de la dreta de l'altar, el lloc enlairat que li estava reservat, i va inclinar lleugerament el cap per saludar el nuvi i atorgar el seu permís perquè els assistents poguessin seure. Després féu el mateix amb el seu oncle Ferran d'Aragó, que s'estava dempeus a l'altre costat i, finalment, inclinà un xic més el cap tot dirigint-lo cap a la creu que presidia l'altar. Cadascú amb la seva autoritat i un honor diferent per a cada qualitat. Així li havien explicat que s'havia de fer, i així ho feia.

Immediatament va aparèixer Pere Cornell, que duia penjada del braç la seva filla Magdalena, amb un vestit blanc de rica tela adornada amb brodats d'or i un lliri que duia com si bressolés un infant. Un vel transparent, també blanc, arribat expressament de Granada, cobria el rostre de la noia, que mantenia el cap baix i caminava lentament i cerimoniosa.

En l'instant d'entrar al temple, els comentaris d'admiració s'enlairaren i l'oficiant, el bisbe Vidal d'Osca, va aixecar les mans enfundades en guants vermells, en consonància amb la resta de les vestidures, i va pregar silenci. La seva sola presència omplia tot l'altar, però el que més destacava eren les joies que lluïa als dits. Anells d'or amb grans pedres precioses que havia triat especialment per l'ocasió, tot afegint-los al símbol de la seva posició en el sí de l'església.

—Benvinguts a la Casa del Senyor —digué amb una veu greu i pausada que infonia respecte, i es va fer el silenci. Ja n'hi havia prou per saber que aquest és territori sagrat i s'ha de respectar.

Anna, l'esposa d'Eixemèn Cornell, va deixar escapar una llàgrima, mentre el seu marit dirigia una mirada al seu germà i feia un petit cop de cap, lent i mesurat. La seva cunyada havia mort feia més de dos anys. Anna havia pres el seu lloc de mare, però no l'havia deixat quan Judith es va casar amb Pere Cornell, i se sentia orgullosa perquè aquella era una bona unió per a la família. No pas en va, Pere Ahonés s'havia distingit durant el setge de Liçana, el rei li havia concedit honors i glòria i Llop d'Albero havia estat molt generós amb els presents que havia regalat a la nova parella. Unes terres riques i fèrtils, poblades per camperols que treballaven de valent i pagaven puntualment i religiosa els tributs deguts al seu senyor.

Tots els nobles d'Aragó, els més principals, eren allà i el rei beneïa aquell matrimoni amb la seva presència. Ningú no dubtava que el pas següent seria la boda del mateix Jaume, després que Balasc i Judith havien retornat de Castella amb el vist i plau de la reina Berenguera, vertadera artífex de les decisions íntimes de palau.

—És tímida i decorosa —havia explicat Judith a les altres dones—. Tota l'estona, mentre jo parlava amb la reina Berenguera, ha romàs en silenci. Sembla assenyada i obedient. No crec que tinguem gaire problemes.

Acabada la cerimònia, el banquet va ser esplèndid i no hi va mancar res. Porcs senglars, perdius, conills, pollastres, grues i avitardes regades amb els millors vins procedents dels monestirs i delicadament tractats i fermentats pels monjos, fruita de tota mena, collida també als horts i als camps que els mateixos monjos agombolaven, i pastissos i llaminadures confeccionats per les hàbils mans dels pastissers d'Eixemèn, sota les estrictes ordres d'Anna, però pagats pel seu germà Pere. Tot ben acurat i ben preparat.

—Hem de fixar la data de la vostra boda —va aprofitar Eixemèn per parlar amb Jaume, durant el banquet.

—Com és Elionor de Castella? —preguntà el rei.

—Bonica com un pom de flors, immaculada com la rosada de la primavera, generosa com els camps de conreu i lleugera com el vent de la matinada —somrigué el conseller.

—I és forta? —demanà Jaume.

Eixemèn es quedà un instant en silenci. Què volia dir amb allò de si era forta?

—És sana, el seus ulls són nets i la seva pell té el tacte de la poma —contestà.

—Vós l'heu vista?

—No, però tant Balasc d'Alagó com la meva cunyada Judith coincideixen en totes aquestes qualitats —somrigué Eixemèn. Quines preguntes de fer!, exclamà sense dir paraula.

—Sort que em nomeneu la vostra cunyada, perquè Balasc, en vist de la seva esposa, dubto que tingui bon gust —li tornà el somriure Jaume.

Caram, amb el nen rei! Aquell dia estava força inspirat.

—L'esposa de Balasc té grans qualitats —apuntà el conseller.

—Potser sí, però també és lletja com un pecat —respongué el rei amb tota sinceritat—. I badoca —afegí amb un somriure—. No sé què li veieu, perquè el que és jo…

—Senyor, si em permeteu un consell, mai no empreu la paraula lletja per referir-vos a una dona —abaixà la veu Eixemèn.

—Per què? —s'estranyà Jaume—. Ho és de debò —insistí, tot assenyalant amb la barbeta la dona que ocupava un lloc en una taula llarga, allunyada d'ell. Més que veritat, era una evidència irrefutable i, per més que volgués, no hi havia manera que trobar-li qualitats agradables.

—És la pitjor ofensa que podeu inferir les dones i mai no la perdonen. Elles han nascut per agradar-nos i donar-nos fills — explicà Eixemèn—. Busqueu sempre en elles la virtut més amagada i enlaireu-la subtilment. Llavors, totes se us rendiran i us serviran.

—Té raó el bon Eixemèn —intervingué a la conversa Ferran d'Aragó—. Fixa't que sempre riu. L'alegria és una bona qualitat.

L'abat de Montaragó era dels únics que no tractava de vós el rei. Aquest havia estat una concessió que Jaume va tenir la inspiració de concedir al seu oncle, en la trobada que havia tingut lloc tot just després d'abandonar Montsó i que havia aconseguit que Ferran li agafés simpatia, perquè li va ser força agradable aquella espontaneïtat, quan el noi li va dir que ell era el seu oncle i home de gran experiència, a qui el seu pare tenia gran afecte i consideració i que no podia permetre que la gent pensés que ell no li professava la mateixa estima.

—Mirat així... —va fer Jaume, no gaire convençut—. Llàstima que tot allò que li sobra d'alegria, li manca de dents —rigué divertit.

—La caritat cristiana també és una virtut —insistí Ferran amb una rialla.

—Una virtut que, de vegades, costa molt d'aplicar —li tornà el somrís Jaume.

—Totes les virtuts requereixen esforç. En cas contrari, no ho serien. Cada dia lluito per aconseguir que la temprança formi part de mi, i no sempre ho aconsegueixo —rigué Ferran, va prendre una cuixa de pollastre i la tornà a deixar.

Eixemèn se'l va mirar. Estaven delicioses i allò hauria estat un sacrifici en qualsevulla altra ocasió, però l'abat ja se n'havia cruspit quatre, a més del tros de senglar, tres perdius, la fruita i els dos pastissos, i tot regat per cinc gots de vi. De manera que no era el millor exemple que podia haver triat, però no va fer cap comentari.

El convit va durar fins entrada la nit i quan el rei s'aixecà per retirar-se, tots els nobles s'alçaren.

—Seguiu la festa i que Déu beneeixi aquesta casa i tots els seus estadants —va fer Jaume. Després es dirigí cap a la taula on s'estava l'esposa de Balasc d'Alagó i digué—: Senyora, és un plaer escoltar les vostres rialles, perquè la vostra desbordant alegria omple de joia qualsevol racó —i marxà.

Segons va explicar Anna, l'endemà, entre riallades, la d'Alagó va trigar força estona a reaccionar. S'havia quedat amb la boca tan oberta que des de l'altre extrem de la sala se li podien comptar les poques dents que conservava, i van haver d'obligar-la a seure, perquè no era capaç de moure's per ella mateixa. I no menys interessant va ser el comentari de Blanca:

—Quan sigui tot un home, tindrem un rei perillós per a les dones —havia fet l'esposa de Valles d'Antillon, amb un deix d'admiració.

I Eixemèn tampoc s'hi va poder estar de dir-li, al rei:

—Us felicito, senyor. Heu guanyat una devota servidora que morirà per vós, si cal. Ningú no ho hauria fet millor.

*** ***

La resposta de Pere Ferrandes d'Açagra, amo i senyor d'Albarrassí, no va complaure al consell, que esperava, si més no, una satisfacció monetària per part de Roderic Liçana, perquè Llop d'Albero formava part del cercle dels amics i, per tant, se la mereixia.

—El rei ha d'atacar Albarrassí —va fer Llop d'Albero.

—No t'amoïnis, que el consell ja ho ha decidit —somrigué Pere Ahonés.

De manera que el rei també va decidir, a instàncies d'Eixemèn que els havien de donar una bona lliçó, la notícia s'escampà com el vent i l'almanjanec va quedar enllestit cap a primavera i, tan bon punt l'havien provat, l'exèrcit es posà en moviment.

Al front anaven Eixemèn Cornell, Pere Cornell i Guillem de Cervera, i els seguien Pere Ahonés, Valles d'Antillon, Pelegrí d'Atrocill, Guillem de Puyo i altres nobles de Lleida, de Saragossa, de Daroca i de Terol que també s'hi havien sumat, perquè Albarrassí era un pastís força llaminer.

Una setmana després s'aturaven davant les muralles d'Albarrassí, aquella immensa paret que resseguia la muntanya i que tenia més de tres llegües de llarg, la major fortalesa que mai no s'havia vist, construïda pels sarraïns i engrandida per Pere Ruiz d'Açagra, senyor d'Estella, després que el rei Llop li atorgués, i que l'havia fet seva, tot refusant sotmetre's a cap altre rei.

Parats damunt la torre de l'Andador, Pere Ferrandes i Roderic Liçana contemplaven les tendes que s'alçaven. N'hi havia molts, d'homes. Tot i així, no els seria gens fàcil entrar-hi, n'estaven convençuts, però en veure els fonèvols i l'almanjanec i en recordar el que havia passat amb Albero i amb Liçana, Roderic mostrà signes de preocupació. Tanmateix, Pere Ferrandes el tranquil·litzà. Ells també disposaven de prou queviures i força homes com per aguantar un setge llarg i malgrat que el rei Jaume, amb dotze anys, ja començava a ser una llegenda, perquè les notícies s'escampaven i cada cop prenien més força, també comptaven amb altres armes.

Pere Ferrandes, tan bon punt havia sabut que el rei no havia acceptat la seva resposta (millor dit, el consell. Que ningú no el podia enganyar) i que venia, va prendre decisions.

—Creus que ens seran fidels? —preguntà Roderic.

—No pas perquè siguin parents meus, perquè la sang és dilueix amb facilitat quan hi ha interessos pel mig, però el preu que he pagat i, sobretot, allò que els he promès, faran miracles. A més, Sanç ens recolza i a ell també l'interessa una derrota del rei —somrigué Pere Ferrandes—. Pel moment ja sabem amb què compten. Jaume és un infant i no en sap, de traïcions i d'enganys. És una lliçó que aprendrà a bon preu i que a nosaltres ens pot reportar bons beneficis. I pel que fa als altres babaus, poc s'ho esperen.

Arribada la nit, una ombra va sortir del campament de Jaume i s'esmunyí enmig de la foscor camí de la fortalesa. Ningú no el va veure i es va dirigir cap a un punt concret de la muralla, lluny del campament de Jaume.

L'oficial que guardava la porta sud va veure arribar el cavaller i va fer que el deixessin entrar. Havia rebut instruccions precises i també envià un soldat per tal que desvetllés Pere Ferrandes, que va ordenar de seguida que el conduïssin fins a ell.

—Estimat cosí Joan —va abraçar l'home que acabava d'arribar i el va conduir fins a la sala de reunions, on li oferí menjar i beguda—. Quines noves em portes? —va fer, un cop el convidat s'havia assegut a taula.

—Encararan l'almanjanec cap a la torre de l'Andador, un fonèvol atacarà la porta sud, l'altre el dirigiran cap al mig de la muralla i no pararan de llençar pedres ni de dia ni de nit fins que els tres punts estiguin oberts. Llavors atacaran —informà Joan.

—Amb qui puc comptar?

—Banyols, Berenguer i Pagès són al nostre costat. Faran allò que els demanis.

—Doncs endarreriu l'atac tant com pugueu. Així tindré temps per establir un pla —digué Pere Ferrandes.

Després Joan li va fer un esbós de la distribució de totes les forces del rei i de qui comandaria cada grup, i Ferrandes li va indicar els canvis que havia d'aconseguir i on havia de situar els homes que li retien fidelitat. Per causa dels diners, naturalment.

Unes setmanes després, també una nit, la mateixa ombra va refer el camí, però aquest cop es dirigí cap a un punt de la muralla que no rebia l'impacte de les pedres i on l'esperava una corda per la qual va trepar.

—No podrem aguantar gaire més, perquè Pere Ahonés comença a sospitar que certs dies els fonèvols no encerten tant com altres —explicà Joan.

Aquella nit tenia dos interlocutors. Roderic Liçana se'ls havia afegit.

—Si destruïm l'almanjanec i els fonèvols es quedaran sense res —digué Pere Ferrandes.

—No serà fàcil controlar les tres màquines —replicà Joan—. Abans, potser sí, però ara és Guillem de Cervera qui es fa càrrec de distribuir la gent, i no és cap babau.

—Encara que només perdin l'almanjanec, ja n'hi haurà prou, perquè podrem refer la torre —intervingué Roderic.

—Informa'ns de qui hi ha cada nit al peu de l'almanjanec. Aquesta és la teva missió. I procura que els homes que hi estiguin, ens siguin lleials —ordenà Ferrandes.

Joan va acceptar l'encàrrec i va marxar de nou, tot deixant-se caure per la muralla. Es va amagar entre les roques i va tornar al campament de Jaume per parlar amb els seus companys.

Dies després, una tarda, una fletxa va creuar per damunt de les fortificacions i es va clavar enmig del pati. Duia una nota lligada amb un cordill. L'oficial la va recollir i la portà directament a Pere Ferrandes.

—Demà serà el dia —somrigué el seu cap, després de llegir-la, i la passà a Roderic, que també la llegí— Ho hem de preparar tot.

Pelegrí d'Atrocill va prendre el relleu de Jaume, que no havia parat de llençar pedres amb l'almanjanec. El sol queia per l'horitzó i Guillem de Puyo se li aplegà.

—Seguiu apuntant dalt de tot, que ja comença a caure —digué Jaume, i assenyalà el punt més alt de la torre, on les pedres s'amuntegaven i havien començat a fer caure els merlets, deixant sense protecció els arqués. Si tot seguia igual, poc podrien emprar aquell lloc per dominar els accessos a la porta i només podrien defensar-se des de la muralla.

Jaume va marxar cap a la tenda i els soldats van ser rellevats per altres que s'ocuparen de portar pedres i carregar la cullera.

—Què et sembla? Entrarem aviat? —féu Pelegrí.

—Ja tenim preparats els carros amb les escales i hem construït torres de fusta que vestirem amb pells. Des de dalt de la torre poden disparar fletxes amb foc i encertar entre les pells, però des de la muralla ho tindran més magre —respongué Guillem de Puyo—. No crec que triguem gaire a creuar aquestes portes.

Durant força estona els soldats van seguir carregant les pedres, fins que es van esgotar i només podien disparar les que arribaven amb el carro.

—Cada cop les hem d'anar a buscar més lluny —contestà un escuder quan Guillem de Puyo es queixà de la lentitud.

—Hauríem de fer venir més homes i que portessin un altre carro —suggerí Pelegrí.

—No és cap mala pensada —corroborà Guillem de Puyo i ordenà un soldat que s'arribés fins al campament.

El soldat va marxar i el carro també. No disposaven de més projectils.

Guillem es va seure en una roca que hi havia allà, a la vora i contemplà les estrelles del cel.

De sobte, es van adonar que s'havien quedat sols.

—On són els peons? —va preguntar Pelegrí.

I va ser la darrera pregunta que faria a la seva vida, perquè el mall va caure damunt del seu cap, les punxes li van traspassar el gonió, es van clavar al seu cervell i allà va quedar estès i mort.

Guillem de Puyo va veure l'ombra que s'abalançava cap a ell i va intentar treure l'espasa, però tampoc no va poder. Tres homes el van fer caure i el mantingueren afermat i estirat al terra, cara amunt. La darrera imatge que va veure, va ser la cara de ràbia de l'home que sostenia amb les dues mans l'espasa que poc després li entrà per sota el nas i li escapçà tota la boca, deixant-lo clavat, mentre sagnava pertot arreu i s'ofegava en un desesperat intent per respirar.

—Foc! —s'escoltà la veu del sentinella i tot el campament es posà dempeus.

Jaume abandonà la tenda i es trobà amb Eixemèn, espasa en mà, que mirava cap al turó on havien parat l'almanjanec, que ara semblava una teia encesa de dalt a baix. Un grup de soldats corria amb galledes d'aigua, però poc hi van poder fer i, quan les primeres llums de l'albada van il·luminar el paisatge, no quedaven res més que cendres i dos cadàvers.

Dos dies més tard, Jaume, al front d'un exèrcit minvat, després que els cavallers Banyols, Berenguer, Pagès i Pelfort marxessin, retornà a Osca.

—No podem atacar, perquè han refet la torre —li havia dit Eixemèn.

—Encara que no haguessin refet la torre de l'Andador, poc podríem atacar, si no sabem qui és amb nosaltres i qui és amb ells —havia fet Pere Ahonés, amb ràbia, tot mirant-se la resta de cavallers que envoltaven el rei.

—La traïció és una lliçó que encara no m'havien ensenyat —va dir Jaume, i Eixemèn ordenà que ho preparessin tot per marxar.

Amarga lliçó que el va acompanyar durant tot el trajecte de retorn i que el va sumir en un desconsol tan gran que poc hi van poder fer els seus lleials servidors, encara que intentaven animar-lo. De fet, no s'ha perdut res, li deien. Albarrassí no pertany a la corona i temps hi hauria per tornar i ajustar comptes.

Tanmateix, el rei Jaume, als seus gairebé tretze anys, havia après que cal alguna cosa més que la força per poder guanyar i que un home sol no pot lluitar contra l'engany. Les dues victòries anteriors li havien proporcionat prestigi i el respecte de tothom, a més de seguretat, però ara, aquella derrota dins de casa, perquè era evident que l'havia guanyat la traïció, representava un cop molt fort i Eixemèn, gran i amb experiència, va veure de seguida que el comte Sanç no s'estaria de reclamar, no tan sols la regència, sinó el regne sencer.

Llavors el rei va recordar les paraules de Lluís d'Estemariu. «Els graons que condueixen al tron són alts i difícils d'escalar. Procureu pujar lentament i amb els peus ben afermats, perquè quan més alt arribeu, de més alt caureu». El problema és que no li havia dit quants n'hi havia. I evidentment, la traïció n'era un d'ells i, potser, dels més alts.

—L'hem de casar el més aviat possible —va dir Eixemèn al consell, només arribar a Osca.

Eixemèn tenia clar que Ferran sentia simpatia per Jaume, però també tenia clar que l'abat de Montaragó no perdria el temps, a menys que se li avancessin i busquessin nous aliats. Si la boda se celebrava, Castella i Lleó els recolzarien i ningú no podria prendre'ls-hi allò que amb tanta cura havien bastit.

—Sí. L'hem de casar o perdem tot allò que hem aconseguit —el recolzà Valles d'Antillon.

La decisió va ser unànime i Eixemèn va parlar amb Jaume i li va dibuixar el quadre amb tanta precisió que el jove rei s'espantà i va dir que sí, que ho preparés tot i que no perdessin el temps.

11.- UN BORRISSOL

Àgreda, van triar, ben emmurallada i protegida. I l'església de Nostra Senyora de la Penya esdevingué l'escenari que acollí Ferran, rei de Castella, envoltat pels seus cavallers, a qui acompanyava la seva esposa Beatriu de Suàvia, Alfons, rei de Lleó, i la seva esposa Berenguera.

Jaume va arribar seguit per tots els nobles d'Aragó, entre ells el seu oncle l'abat de Montaragó que va tornar a veure en aquella boda la mà de la majoria del consell sobre el que no tenia cap poder, però que va acceptar perquè Sanç encara podia mossegar, i aquesta unió seria el darrer cop per apartar-lo definitivament de tota decisió i de tot intent per aconseguir allò que mai no li havia pertangut.

Guillem de Montcada amb molts més nobles procedents de terres catalanes va arribar en representació de la corona de Catalunya, ara agermanada amb el regne que va ser d'Alfons d'Aragó, el primer rei que va governar sobre les dues terres. Però Sanç no va venir.

Àgreda, símbol del tractat entre Ferran II de Lleó i Alfons d'Aragó i Catalunya, que també va significar la boda de l'avi de Jaume amb Sanxa, la germana del rei de Lleó, sense la qual el nen rei no hauria obtingut la senyoria de Montpeller, afegint la tercera terra a les dues primeres i engrandint un regne que, des d'anys i panys, no estenia les seves terres ni recuperava cap territori en mans dels sarraïns, que havia hagut de superar una greu crisi econòmica i que ara, per fi, començava a aixecar el cap.

I allà ens van reunir quatre regnes, Aragó, Catalunya, Castella i Lleó, per atorgar les seves benediccions a una unió que esdevenia la garantia de la continuïtat de Jaume, vencedor d'Albero i de Liçana i derrotat a Albarrassí per culpa d'una traïció que es va saldar amb dues tombes on reposaven Pelegrí d'Atrocill i Guillem de Puyo, dos nobles cavallers.

Elionor va entrar a l'església del braç de Ferran de Castella. Era tendra i delicada, tal com havia dit Eixemèn, i Jaume la va veure arribar des de l'altar, dempeus i quiet, tal com manaven els cànons de l'època.

Sota el vel que cobria el seu rostre s'endevinava una pell blanca i neta. Caminava amb el cap baix i una espurna de vergonya amagava darrere de la tela transparent. Era prima i menuda, el primer esclat d'una dona, sense massa formes, confusió entre un cos infantil i adult, malgrat que el vestit procurava engrandir allò que la natura encara no havia acabat de concedir. Aquella delicada criatura representava el contrapunt perfecte de la dona grassa que la seguia a certa distància i que restava pendent del més petit dels detalls. La seva ama, Urraca, la dona que havia tingut cura d'ella des que va néixer i que seguiria al seu servei fins que no fos dona.

El rei va acceptar Elionor amb paraules que no havia triat i, en acabar el seu petit discurs, minúscul discurs, gairebé només un sí esquinçat, va prendre l'espasa, que reposava damunt l'altar i que havia estat beneïda pel bisbe, i se la cenyí a la cintura en senyal que ja era rei de ple dret, perquè ja tenia reina. En aquell precís instant, totes les veus presents s'enlairaren per cridar el nom del seu senyor.

Durant el banquet, Jaume va parlar força estona amb Ferran de Castella. Havien decidit, finalment, que emprarien el llatí per entendre's, perquè, tot i que el rei de Castella feia esforços i aconseguia pronunciar algunes paraules en català, Jaume havia de repetir massa cops les seves respostes. I ell també s'hi va esforçar, la qual cosa, tot i ser deu anys més jove que Ferran, li va fer guanyar l'estima del rei de Castella i encetà una amistat que havia de continuar per sempre més.

A Ferran li agradava aquell noi. Tenia coratge i força i era molt assenyat per la seva edat, qualitats que ell apreciava de valent. Si no es malmetia i no seguia les passes del seu pare, Jaume seria un bon rei. Aquesta és la conclusió que va treure de tota una vetllada de conversa. I la seva satisfacció, per haver concedit la mà de la seva tieta, germana de la seva mare, encara que molt més jove que ell, a un monarca que prometia, es va incrementar i gairebé va prendre el lloc al desig d'establir nous pactes i noves relacions, malgrat que ja existien llaços de parentiu força estrets. No podia oblidar que l'avi de Jaume, Alfons, s'havia casat amb Sanxa, filla del rei de Castella i germana del rei de Lleó, per la qual cosa Jaume i Elionor eren cosins propers i, tal vegada, haurien d'haver demanat una dispensa al pontífex de Roma, però que ningú va recordar.

Per contra, Jaume no va dirigir ni una sola paraula a la seva esposa, asseguda al costat d'ell, entre la seva persona i el rei Ferran, amb el vel aixecat i la mirada avergonyida per ser el centre d'atenció de totes les dones i de bona part dels homes. Berenguera, a l'altre costat, li va fer alguns comentaris, i dues converses s'entrecreuaren i obligaren els reis a fer contorsions, tot llençant les esquenes enrere per poder parlar, mentre elles s'ajupien cap endavant.

Aquella nit, després de convit, la parella reial abandonà la sala per prendre possessió de les habitacions que els havien preparat. Les donzelles es van retirar discretament quan Elionor ja era al llit, les dames van lloar la seva bellesa i la reina Berenguera en companyia d'Urraca es quedà dins quan Jaume va entrar vestit amb la camisola i amb cara d'espantat. L'acompanyava el seu conseller Eixemèn.

Llavors, el rei, en presència de les dues dones i d'Eixemèn, seguint les indicacions que li havia fet el conseller, va avançar fins al llit, es va estirar al costat de la reina i es va quedar mirant el sostre.

La nova reina estava dins dels llençols, amb l'esquena recolzada als grans coixins que les donzelles havien disposat al capçal del llit. L'havien rentada i l'havien pentinada curosament, raspallant cinquanta cops el seu cabell.

Quanta estona s'hi havia d'estar?, es demanà Jaume, perquè ningú no li ho havia explicat. Tal vegada havia de dir alguna cosa?

Fins aquell moment sempre havia sabut què havia de fer, però, ara… Sempre entre monjos i cavallers que l'entrenaven, aquella situació era nova i desconeguda. Es va quedar amb els ulls fixos al sostre, tot contemplant la volta decorada per les pintures d'una escena de caça. Aquell dormitori no era una cambra reial, sinó que havia estat arreglada per l'ocasió. Després abaixà la mirada i la posà damunt del tapís que penjava a l'esquerra de l'habitació i que representava uns nobles que parlaven amb un rei. Enric de Castella, li havien dit que era, el rei que gairebé no va poder governar.

El temps va anar passant lentament i tothom esperava. Què esperaven? I es va mirar Elionor, que romania amb els ulls clavats al llençol. Ella tampoc no en sabia res. Has d'esperar, li havia

Berenguera. Tan sols li havia dit això, refiada que Jaume vindria alliçonat. Els seus ulls també van passejar-se per tota l'estança i tornaren damunt dels llençols blancs que la cobrien. Sentia la presència de Jaume al seu costat, tot i que no el mirava directament. Tan sols ho havia fet a l'església, un sol cop, quan ell havia pronunciat el sí, i durant tot el banquet havia menjat amb el cap baix. I, potser, havia menjat massa per causa de l'emoció i dels nervis, perquè no sabia cap a on mirar i el plat era allò que tenia més a la vora i no li feia sentir vergonya.

Una sola mirada directa i moltes de cua d'ull, durant tot el temps, des que havien sortit de l'església fins que va entrar al dormitori reial.

Seràs reina d'Aragó i de Catalunya, li havia dit la seva germana gran Berenguera. Això era tot, i ja era reina.

L'endemà, a primera hora, sortirien camí d'Osca. Però, i aquella nit? Què havia d'esperar?

Jaume, finalment, va gosar tombar-se i se la va mirar. Semblava simpàtica i era maca.

—Teniu son? —va preguntar, tot emprant el tractament de vós. Era la filla d'un rei i tampoc li havien explicat com havia de tractar-la.

Esperava una resposta, però es va haver de conformar amb un cop de cap, ràpid i sec, i uns ulls que seguien clavats als llençols. El que no sabia és que ella no l'havia entès, perquè no en sabia, de català, però com la seva germana li havia dit que havia de fer allò que li digués el seu senyor, havia mogut el cap amunt i avall.

—Jo també —somrigué Jaume.

Berenguera començava a impacientar-se i va mirar Eixemèn, que va encongí les espatlles i deixà escapar un somrís. Ara s'adonava que no li havia dit al rei allò que tothom esperava d'ell. De manera que dirigí els seus ulls cap a Jaume i va fer un gest amb les celles per cridar la seva atenció.

Jaume va copsar la crida. Ara la mà del conseller feia un altre gest, dissimulat. Que es fiqués sota els llençols...? Ah! Era això el que esperaven d'ell. I ho va fer, però Eixemèn encara no estava satisfet, perquè allargava els llavis d'una forma estranya i el jove rei mirava d'esbrinar el seu missatge.

Si algú hagués entrat en aquell moment, s'hauria fet un fart de riure. Berenguera dreta com una espelma, Urraca amb els llavis premuts, Eixemèn neguitós i fent gests amb la boca, Elionor amb la mirada enganxada al llençol i Jaume amb cara de babau.

Un petó! Per fi ho havia descobert!

El jove es tombà lleugerament i va fer un petó a la galta d'Elionor.

Un sospir va sortir de la boca de Berenguera, al qual se li sumà un altre de més profund, aquest d'alleugeriment, per part del conseller, mentre Urraca somreia plàcidament i es dirigia cap al llit per arreglar la roba d'Elionor.

—Senyor... —va fer Berenguera.

Jaume se la va mirar. I ara què volia?

I Berenguera es tombà cap a Eixemèn i obrí els ulls de bat a bat. Però el conseller va posar cara d'idiota.

—La reina encara no és dona —xiuxiuejà Berenguera amb uns lleugers cops de cap a un cantó i a l'altre i un to que no deixava lloc al dubte.

—Ah! —reaccionà el conseller i també s'avançà per ajudar al rei a sortir del llit—. Heu d'anar a la vostra cambra, senyor —va dir.

—És tot el que havia de fer? —preguntà Jaume, quan ja havien abandonat l'habitació.

—Pel moment, sí —respongué Eixemèn.

—I més endavant?

—Ja... ja... ja ho sabreu —titubejà Eixemèn.

Maleït protocol!, pensava per dins. Li havia de tocar a ell, precisament a ell, aquell paper! I és clar! Jaume era orfe. Però bé podien haver triat una dona, que d'aquestes coses en saben més.

*** ***

Havia passat gairebé un any des de la boda reial i Maria de Lliçà va entrar corrents a la sala. Havia corregut tot el passadís, després de pujar l'escala en un sospir, i arribava amb les galtes enceses per causa de l'esforç, però és que la notícia pagava la pena.

Encara no s'havia refet, i les altres dones se la miraven amb sorpresa, quan va dir:

—La reina ja és dona.

Anna es va aixecar de la cadira, mentre el brodat queia al terra, es va endur les mans a la boca i va mirar les altres amb els ulls brillants.

—Per fi! —va fer amb alegria.

—Per segona vegada —afegí Maria.

—I la bruixa aquella no ha dit res?

—Ja la coneixes prou! —va fer Maria.

I tant que la coneixien de valent! Des que Urraca havia arribat, res no anava a l'hora. Segons el costum l'ama es quedaria al seu costat fins que fos dona. Llavors tornaria a Castella, perquè la seva pupil·la ja havia assolit l'estadi en el qual ha de començar a ser ella mateixa. Però, mentre, aquella bruixa les barrava el pas i prenia totes les decisions, perquè la reina no és que fos tímida i decorosa, sinó que era una bleda.

En tot aquell temps no havia après la seva llengua, no es feia amb ningú més que amb la seva ama i les serventes, i es passava el dia jugant, rient i brodant. Per més que ho havien intentat, no hi havia manera de fer fora Urraca, sempre present, sempre aconsellant-la, sempre desbaratant els seus plans. I ara aquella malparida callava un fet que podia significar la fi del seu poder.

—Bé! Ja la podem fer fora —rigué Anna.

—No encara —negà Maria—. A Castella és l'home que l'ha de fer dona.

—No la visita el rei? —preguntà Blanca.

—Això pregunto jo —s'hi afegí Judith, l'esposa de Pere Cornell— Què fa el rei? No la visita?

—No —respongué Maria—. Es veuen de tant en tant, parlen, però...

Ni Clara ni Lluïsa eren presents i, per tant, podien esplaiar-se obertament.

—De manera que la reina encara és verge... —medità Anna. Havia passat de l'alegria a la preocupació.

—Molt em temo que com el dia que la van parir —contestà Maria—. Això és el que he deduït de les converses amb les serventes. No la visita i els llençols mai no estan tacats. Excepte... I molt m'ensumo que, si depèn d'Urraca, va per llarg. Aquesta mala puta li ha agafat gust a això de ser la que remena les cireres.

—Verge Santa! —exclamà Blanca—. Tanta cacera, tant cavalcar i tant d'exercici no són bons. Pere Ahonés i Guillem de Cervera se l'emporten quasi cada dia per aquests móns del Senyor i, és clar!, quan arriba la nit, ja no deu tenir esma per a res. Altres coses hauria de cavalcar el rei! —va fer, i abaixà els ulls, com si hagués dit la major de les inconveniències.

—A veure si el frare aquest... Com es diu? —intervingué Anna.

—Pere —féu Maria.

—Això mateix, Pere. A veure si ens ha malmès el rei, perquè és més del nostre costat que no pas de l'altre —acabà la frase, mig espantada. I les altres dones també es mostraren preocupades.

—Vols dir que...? —demanà Judith.

—Fes comptes! —exclamà Anna aixecant les celles—. Maria ens ha explicat que ja se li aixeca. Prou que ho has copsat, oi que sí? —preguntà mirant l'encarregada del guarda-roba del rei.

—L'he tastat mentre li arreglava la roba i puc dir que va ben servit —apamà—. Hi ha coses que quan les has tingudes un cop a la mà, no s'obliden per més que siguis vídua.

—Dons, hem de fer alguna cosa —digué Judith.

*** ***

Eixemèn va negar amb el cap repetides vegades i la seva esposa Anna se'l va mirar bocabadada.

—Així ningú no li ha explicat res, al rei? —va demanar incrèdula.

—Monsenyor Ferran ho ha prohibit. Diu que la natura ja farà el seu curs, però que, de cap de les maneres, no vol que el rei Jaume pugui seguir les passes del seu pare.

—Prou sabem que el rei Pere anava tot el dia amb... a la mà —va fer Anna un gest que no va acabar—. Però d'aquí a no explicar al rei com ha de fer un hereu...

—Monsenyor no vol ni sentir a parlar —tornà a negar el seu marit—. Ha donat ordre que el rei faci molt d'exercici per tal que es mantingui sa i ferm, amb l'esperit net i l'ànima pura.

—I què espera? Que la reina quedi embarassada de l'Esperit Sant?

—Anna! —es va espantar Eixemèn. Allò era una blasfèmia.

—Una cosa és que governeu el regne i que el mantingueu distret, però una altra de ben diferent és que ens feu la guitza a nosaltres. Si tu no parles amb ell, ho hauré de fer jo.

—T'ho prohibeixo. I vigila que cap de les teves amigues prengui cap decisió —l'amenaçà, i marxà.

La conversa s'havia acabat, però no pas el pensament d'Anna. Era evident que els homes són una colla de babaus i que, en aquell afer, com en tants altres, les dones haurien d'arranjar la situació. Com farien fora Urraca, sinó?

Tanmateix, no va significar una empresa senzilla. El rei no era mai sol. Ni de nit, perquè el germà Pere l'ajudava a despullar-se, li recordava que havia de resar les seves oracions i dormia a la cambra del costat. I a la porta, dos soldats. Allò era pitjor que ser a un monestir. I és clar que el rei no visitava la reina!

—Si no ho podem explicar amb paraules, haurem de triar un altre sistema —apuntà Judith amb decisió en una de les reunions a casa de Blanca, que s'havia convertit en el segon consell de regència, el govern a l'ombra que prenia decisions en situacions d'emergència. I aquella, evidentment, ho era de debò.

—I com ho farem? —preguntà Blanca.

—Parlem amb la reina —suggerí Maria.

—El comte Ferran ha dit que no podem parlar —digué Anna.

—Amb el rei, no pas amb la reina —replicà Maria.

—No sé, no sé. Això no m'agrada —medità Anna, però acabà acceptant. Alguna cosa havien de fer.

Tampoc no va ser fàcil, però ho van aconseguir. Mentre Blanca, Clara i Judith entretenien Urraca, Anna va prendre Elionor pel seu compte. Així ho havien decidit, perquè l'esposa d'Eixemèn era la més experimentada de les dones dels nobles.

Després de poca estona Anna va descobrir amb horror que Elionor era una tendra flor, que tot just acabava de despuntar i que no en sabia res de res, de la vida.

Llavors va triar amb molta cura les paraules més suaus i més poètiques que va trobar, però la gran sorpresa va ser que aquella poncella de tretze anys, en escoltar el que havia de fer per tal que el seu marit diposités la llavor dins d'ella, es va esgarrifar fins al punt que va abandonar la cambra entre llàgrimes. I, naturalment, Urraca la seguí per consolar-la.

—Ha dit que si hagués sabut que el rei li havia d'obrir les carns i ficar-li dins allò que serveix per pixar, poc s'hauria casat, perquè això és una marranada —va explicar a les altres, quan se li van atansar.

—I què es pensa que em vaig trobar jo el dia que el baró de Lliçà em va aixecar la camisola i m'obrí les cames? —exclamà Maria—. Prou que tremolava com una fulla! I el mal que em va fer aquell animal amb aquell cigalot que no entrava ni ara ni mai! Estava segura que em rebentaria. Se'm va llençar al damunt com si fos un matalàs i un xic més i m'ofega.

—Buscàvem una solució i tenim un altre problema —va fer Clara, que havia escoltat les paraules de Maria amb una expressió de fàstic. Allò de pixar no li havia fet el pes. I pel que feia al cigalot...

Quan Ferran s'assabentà del que havia passat, cridà Eixemèn i el va esbroncar, i el conseller va arribar a casa seva i esbroncà la seva muller, i Anna esbroncà les altres.

—Ja us ho deia, que no m'agradava —va fer, i va marxar empipada.

—Doncs no ens queda altre camí que el rei —digué Maria.

—Saps que no podem parlar amb ell —replicà Clara i també s'aixecà i marxà.

Ja només quedaven Blanca i Maria. I un gran problema, evidentment.

—No podem parlar amb el rei, però no oblidem que té ulls per mirar i cervell per entendre i aprendre —comentà Blanca.

—Exacte! —somrigué Maria—. I no parlarem, però ell sabrà, de totes totes, el que cal fer amb una dona per aconseguir d'ella tot el que vol. I també coneixerà tot el que una dona espera d'ell.

—Com? —preguntà Blanca. Però més que una pregunta era un punt de reflexió.

—El rei ha de tastar una femella. Així de senzill.

—Sí, però mai no està sol.

—A les nits dorm sol.

—I el germà Pere? S'està a la cambra del costat i no hi ha manera de fer-lo fora. Monsenyor Ferran confia en ell i aquest malparit no s'aparta del rei per a res. No hi comptes amb ell? —demanà Blanca.

—Amb ell, més que amb ningú —somrigué Maria.

*** ***

Un dia el rei va començar a sentir picors per tot el cos i la seva pell es cobrí d'un borrissol que l'obligava a gratar-se tota l'estona. Tant es gratava que van venir els metges per examinar-lo.

Unes setmanes després, desorientats, sense saber quin era aquell mal que afectava el rei, van seguir el consell de Maria i van cridar Ib-Nasid, un metge mudèjar de gran prestigi que vivia a Osca.

Ib-Nasid va examinar amb atenció l'esquena i el pit de Jaume per mirar d'esbrinar la causa de tan curiós fenomen. S'hi va estar força estona, sota l'atempta mirada del germà Pere, d'Eixemèn i dos metges més. Maria esperava fora. Ni en aquelles circumstàncies li era permesa l'entrada quan el rei estava despullat, encara que no fos de pèl a pèl. Mare de Déu! Fins a quin extrem arribava el purisme del germà Pere!

—N'he vist d'altres, de casos com aquest —va dir finalment el metge mudèjar—. No és greu, però és força empipador, perquè es pot estendre als que l'envolten.

—Hi ha tractament? —demanà Eixemèn.

—Una alimentació rica en figues i un ungüent eliminaran aquest borrissol en una setmana.

—Bé! Porteu-lo i els metges li ho aplicarà.

—No és tan senzill —somrigué Ib-Nasid—. Cal aplicar-lo ensems que es fa un massatge per tal que la pell el xucli. A més, fa molta pudor.

—Doncs, explica'm com ho haig de fer, i ho faré —s'avançà un dels metges.

—És un pèl delicat. Tan delicat que ni jo mateix goso aplicar-lo directament, sinó que confio en altres mans, perquè un petit error faria que vós mateix agaféssiu el mal —explicà Ib-Nasid, i el metge es posà tens i féu una passa enrere—. Per això no us ho recomano —somrigué—. I, sobretot, durant aquesta setmana, el rei ha de dormir sol, no heu de permetre que la llum del sol entri a l'habitació fins que no s'hagi banyat, cosa que farà cada dia i es canviarà de roba, de dalt a baix, i quan li apliquin l'ungüent la llum serà tènue. Només una llàntia.

—Puc banyar-me tot sol —digué Jaume, que fins aleshores havia romàs callat.

—No —negà Ib-Nasid—. Zoraima us ajudarà.

—Una dona! —cridà el germà Pere, esverat.

—No us amoïneu —féu Ib-Nasid—. Zoraima està consagrada a Al·là des que va néixer. A més, és una dona gran i poca cosa pot fer —somrigué per tranquil·litzar el frare—. Té tants anys que bé podria ser la vostra àvia.

El monjo va remugar, però Eixemèn el va fer callar. O l'aplicava ell o acceptava Zoraima, li va dir. I el germà Pere, després de contemplar el borrissol a la pell del rei i veure amb quin desfici es gratava, va decidir que una dona vella no podia fer-li cap mal.

De manera que l'endemà, a mitja tarda, una dona vestida amb una túnica negra que li arribava als peus, el cap cobert i el rostre amagat darrere d'un vel fosc que impedia veure-li les faccions, va entrar a palau en companyia de la baronessa de Lliçà i del metge.

La reina Elionor, la seva ama Urraca, Eixemèn, el germà Pere i els dos metges les esperaven al peu de l'escala i se la van mirar amb interès. Semblava una ànima en pena, tota fosca.

Tot d'un plegat, Urraca es va avançar sense demanar permís a ningú i va descobrir amb decisió la cara de la nouvinguda.

Mare de Déu! Era lletja com un pecat, vella i arrugada, i es va espantar i es va ofendre davant d'aquell ultratge, tot cobrint-se d'immediat.

—Però, què féu? —va fer Ib-Nasid, esgarrifat, mentre Maria abraçava Zoraima.

—Ho sento de debò —es va sentir cohibida Urraca—. No ho volia fer —es va disculpar, i Elionor se la va mirar amb duresa.

—No m'estranya que l'hagin consagrat al seu déu —va comentar el germà Pere en veu baixa, a Eixemèn, i deixà anar una petita rialla que ofegà de seguida i substituí per una tos forçada.

Tots, excepte Maria i Urraca, van ser-hi presents quan Zoraima començava a escampar l'ungüent pel cos del jove rei i li amassava les carns, però poca cosa van veure, perquè l'estança era mig en penombres. La reina havia decidit que Jaume era el seu marit i que hi entraria.

Allò feia una flaire insuportable que va obligar Jaume a tapar-se el nas, al germà Pere a fer una passa enrere, els metges a dirigir-se mirades l'un a l'altre i Elionor a abandonar la cambra.

—És horrorós —va fer quan tancava la porta.

Urraca la va abraçar, mentre Maria amagava un somriure.

Dins de l'habitació, el metge mudèjar donava les instruccions.

—Cal que el mantingueu tota una nit —va dir Ib-Nasid quan Zoraima acabà—. Demà al matí vindrà per banyar-lo.

—Jo també hi seré present. Ho has entès? —féu el germà Pere, dirigint-se a Zoraima.

La vella va acotar el cap, sense badar boca.

—És muda? —va demanar Eixemèn.

—No pot parlar amb homes —explicà Ib-Nasid—. Està consagrada a Al·là.

A primera hora, quan el sol despuntava, la dona va tornar en companyia de Maria i va entrar a l'habitació del rei, on havien disposat un cubell ple d'aigua tèbia.

Maria no va entrar-hi, perquè havien de despullar el rei. Tanmateix Elionor, refeta i fent el cor fort, hi va entrar, i els dos metges, que també havien vingut i volien ser-hi presents, la van acompanyar. El germà Pere va fer un gest amb el cap. Potser Elionor es trobaria amb una sorpresa.

—Quina nit! —va fer Jaume quan van entrar—. Però em sento millor. Ja no em pica tant.

Jaume es va treure la camisola i va aparèixer allò que tant temia el frare. Un noi jove que es lleva de dormir i que encara no ha alleugerit els líquids, normalment aixeca alguna cosa més que el cap. I els ulls de la reina es van obrir de bat a bat, ensems que la seva boca també s'obria en contemplar aquell monstre que, segons li havia dit Anna, algun dia li obriria les carns i se li ficaria ben endins. Però no va dir res, sinó que continuà extasiada en la contemplació de l'espectacle que se li oferia als ulls.

Tanmateix, no va durar gaire. Jaume encara no s'havia submergit a l'aigua per deixar que la vella el rentés de cap a peus, que Elionor va abandonar la cambra, va passar per davant de Maria amb cara d'espantada i va desaparèixer sense badar boca, mentre Urraca corria darrere d'ella.

A la baronessa de Lliçà no li va caler cap paraula per descobrir que aquest cop no era la pudor que la feia fugir, sinó allò que havia vist per primera vegada. Bé!, va pensar, algun cop havia de ser el primer. I, potser, Elionor, després d'una estona s'hi acostumaria i ja no ho trobaria ni tan gran ni tan perillós. Verge Santa! Quina figaflor que els havien encolomat els reis de Castella i de Lleó! Tot l'espantava, tot l'esgarrifava, tot li feia front. Potser canviaria quan descobrís que allò que li feia tanta por, ben emprat, també li podia atorgar plaer, perquè, de vegades, les més primmirades són les que després més s'afarten.

Dins l'habitació, el germà Pere no va perdre detall, però no va veure res d'especial. La vella el rentava amb un pany que humitejava en un líquid rosa, i no se li adormia la mà enlloc ni s'hi abonava més en un punt que en un altre. A més, l'ungüent ja no feia pudor, va pensar. Però, de sobte, l'aigua adquirí un color marró i el record d'aquella olor penetrant i fastigosa es tornà a enlairar. Un dels metges va haver de recolzar-se a la paret. No hi havia qui ho aguantés.

Finalitzada l'operació, el germà Pere va vestir Jaume amb la roba que havia triat Maria i aquesta, seguint el costum, va entrar per fer-hi els darrers retocs.

Arribat el vespre, es repetí la mateixa situació, però la reina ja no es va presentar. Encara devia estar paint la sorpresa. El germà Pere no va poder suportar gaire estona, sinó que, fart d'aquelles ferums, va decidir que la vella no representava cap perill i que bé podia deixar-la tota sola. De manera que també abandonà l'estança, deixant dintre els dos metges que van haver de suportar aquell suplici.

El tercer dia, el germà Pere va saludar Maria, obrí la porta de la cambra del rei i deixà entrar Zoraima. Ell es quedà amb la baronessa, fora. La reina tampoc no havia vingut i els dos metges s'havien excusat. Com que el rei millorava…

De tant en tant, Pere obria lleugerament la porta, just per veure-hi ell, i espiava, però poc hi entrava. I cada cop que obria la porta, els dos soldats de guàrdia arrufaven el nas i bufaven. Quina pudor!

El quart dia ni es va mirar la vella. Tan sols li va obrir la porta per a què hi entrés i ja no va espiar ni es va interessar per saber què hi feia. Prou que ho sabia i, a més, Maria tenia infinites coses per explicar-li. Tantes que el temps va volar i quan la vella va sortir, el monjo se la va mirar i va fer:

—Ja heu acabat?

Zoraima va parlar en veu baixa amb Maria.

—Diu que per avui sí.

—I millora el rei?

—Sí! —va escoltar la veu de Jaume, a través de la porta entreoberta—. Ja gairebé no em pica res i ja estic fart d'aquesta pudor.

—La reina s'ha interessat per vós aquest matí —va dir des de fora el germà Pere, només ficant-hi el cap. Sense atansar-se massa, però, perquè aquella flaire el marejava—. D'aquí un parell de dies, tot s'haurà acabat. Recordeu que heu de resar les vostres oracions —i tancà la porta.

Jaume va veure el germà Pere que apagava totes les llànties, excepte una. D'aquí poc arribaria Zoraima i s'hauria de sotmetre a la tortura que ja feia gairebé una setmana que durava. Del massatge no hi tenia res a dir, com no fossin lloances. Aquella vella coneixia bé l'ofici i el deixava estès i content, fins a l'extrem que dormia plàcidament tota la nit i s'oblidava de la pudor d'aquella potinga amb la qual li empastifava tot el cos, que, també ho havia de dir, desapareixia una estona després. Tanmateix, les picors havien desaparegut i el borrissol ja començava a ser un record.

—Us trobeu millor? —va demanar el frare.

—Amb ganes d'acabar —va respondre el rei—. Sort que vaig a caçar amb Ahonés i que durant el dia no haig d'aguantar aquesta flaire que ja em sembla que s'ha enganxat a les parets.

—Quan estigueu bé del tot, ordenaré netejar tota la cambra i perfumar-la.

Es van sentir uns cops i un soldat va treure el cap per la porta.

—La vella ja ha arribat —va fer i es va enretirar per deixar-la entrar.

La dona va deixar el pot damunt la tauleta que hi havia al costat del llit, tal com feia cada vespre, i abans no l'hagués destapat, el germà Pere va fugir i desaparegué.

Jaume es va treure la camisola i es va estirar al llit, bocaterrosa, completament nu. Va alçar les mans per damunt del cap i va tancar els ulls. Instants després, va sentir el contacte de les mans. De manera que va deixar fer la dona i es va relaxar completament quan els dits van arribar a les cames i van seguir fins als peus.

Finalitzada l'operació, Jaume es va tombar panxa enlaire. La llum era tènue i només podia veure l'ombra fosca de la túnica. Ni parlaven, perquè tot i que ho havia intentat el segon dia, aquella dona no responia.

Les mans van començar pel coll i van baixar cap al pit. Després la panxa i, finalment, van atrapar el pubis i començaren a acaronar el sexe del jove, però aquest cop s'hi van estar més estona del que era habitual.

—És el meu nas o és que avui no fa pudor? —va preguntar Jaume, sorprès, obrint els ulls de patac.

No. No feia pudor. Ben al contrari, diria que flotava un perfum a l'ambient. Es va incorporar lleugerament. Notava una certa excitació, perquè el massatge era diferent de les altres nits. Més sensual, molt més sensual. I va veure com el seu membre creixia a la mà d'aquella dona, que li enretirava la pell que el cobria amb delicats moviments que li encenien un foc intern que l'omplia de plaer. Va intentar dir alguna cosa, però l'altra mà de la dona li tapà la boca i una veu dolça li xiuxiuejà:

—No us mogueu i deixeu-me fer.

Va agafar aquella mà i va sentir que la pell era fina i que desprenia olor de violetes. I la veu, no pertanyia a cap vella.

Es va incorporar i la dona es retirà una passa per ajupir-se, prendre la vora de la túnica i aixecar-la lentament.

Sota la penombra de la llàntia, Jaume va veure aparèixer les cames, les cuixes, els malucs, els pits rodons, ferms i ben plantats i el rostre d'una jove que res tenia a veure amb Zoraima.

—Qui ets? —va fer mig espantat.

—L'esperit de l'amor —xiuxiuejà ella, i pujà damunt del llit com una gata mandrosa i començà a besar-li els peus, a mossegar-li amb tendror els dits i a llepar-li les cames, mentre pujava lentament, deixava enrere els genolls i seguia amunt per les cuixes.

—Oooh! —va fer Jaume. Allò era increïble i el penis se li havia endurit tant que gairebé li feia mal—. Ooooh! —repetí, mentre queia enrere.

Es va tornar a incorporar quan va sentir que la punta de la llengua d'aquella aparició cercava una altra punta que s'avançava amb força i li feia arquejar tot el cos.

Es va aixecar d'una embranzida, va prendre aquell cap perquè no es bellugués d'allà i va encetar un moviment que no sabia d'on venia, però que cada cop era més fort i l'obligava a penetrar aquella boca.

De sobte, la dona s'alliberà i pujà cap a ell per mossegar-li els llavis, mentre li agafava el membre i l'introduïa en un lloc calent i humit. Aquí, el món li va caure al damunt, atrapà amb força les dues masses de carn que eren les natges d'ella i la premé contra ell amb l'energia de tot el seu cos, fins que va pensar que l'ànima se li escapava per la punta del penis.

Instants després respirava extasiat, un suau ensopiment l'envaí mentre escoltava tendres paraules i la son l'atrapà.

La primera cosa que va mirar van ser les mans d'aquella dona que el banyava. Tornaven a estar arrugades i tornaven a ser velles. I anit?, es demanava.

—Aquesta nit he tingut un somni —va fer, mirant d'escorcollar el rostre que s'amagava darrere del vel fosc—. Creus que avui el tornaré a tenir? —preguntà.

Les mans de la vella es van aturar un instant i el seu cap va fer un lleuger moviment, amunt i avall.

Llavors, Jaume somrigué i va estirar els braços pel damunt del cap, mentre llençava un perllongat badall. Simplement, se sentia bé i va recordar les darreres paraules que havia escoltat la nit anterior.

—No ho heu d'explicar mai a ningú, perquè els somnis agradables només es repeteixen quan són un secret.

*** ***

La pregunta havia estat directa i la resposta també ho havia de ser. De manera que la noia va afluixar el cordó que tancava el seu vestit i va treure fora un pit que mostrà a les dones que s'estaven assegudes a les cadires.

—Així és cert, que està mal mamat —digué Blanca amb forts moviments afirmatius amb el cap.

El mugró era fosc i gran i al seu voltant es veien clarament les marques.

—No se n'ha deixat ni una, de dent —comentà Maria, mentre examinava amb detall el pit jove i altiu de la noia.

—Xuclava amb tanta força que em feia mal i quan he volgut enretirar-me, m'ha mossegat.

—I t'ha agradat? —preguntà Blanca.

—Uf! —va tombar el cap lleugerament a un costat.

—No m'estic referint a la mossegada. Això ja m'imagino que no —somrigué Blanca—. La resta. Ja m'entens —aclarí.

—Puc assegurar-vos que el rei ja sap com ha de tocar una dona —li tornà la rialla.

Blanca es va aixecar de la cadira, prengué les monedes i les hi va donar, a la noia. Aquesta va tornar el pit al seu lloc i es cordà de nou el vestit.

—Desapareix i que ningú no et vegi mai més —ordenà.

La noia féu una reverència i marxà.

—Ib-Nasid és un gran metge. I sap triar bé les seves col·laboradores —digué Maria.

—I també cobra bé pels seus serveis —respongué Blanca—. Però no ens podem queixar. Tenia raó: l'ungüent i la dieta de figues han fet miracles.

—Sobretot les figues, perquè amb una de bona n'hi ha hagut prou —féu Maria, i ambdues esclataren a riure.

La porta s'obrí i aparegueren Lluïsa i Clara.

—Què és allò que us fa tanta gràcia? —preguntà Lluïsa.

Però no va rebre cap resposta, sinó que Blanca i Maria seguiren rient, mentre les altres dues se les miraven sense entendre-hi res.

Dos dies després, al matí, una donzella de la reina va anar fins a les habitacions del rei. Maria acabà de retocar el vestit del seu senyor i, en sortir, va veure la donzella i es va dirigir cap a ella.

—Ja està, senyora —va dir la donzella amb una reverència.

—Segur? —demanà Maria.

—Ahir el rei visità la reina i aquest matí els llençols estaven tacats i com la reina va ser dona fa tot just una setmana...

—I aquest matí, quan vesties la reina, no has vist res d'especial?

—Feia cara de fàstic i tota l'estona es fregava el pit. El tenia ben vermell.

Maria somrigué, agafà un diner de plata i li va donar.

Sí. Ja estava. I, evidentment, el rei estava mal mamat.

Va girar cua i va marxar ben contenta per donar la notícia. Llavors va veure Eixemèn que havia vingut a buscar Jaume.

—Inútils —xiuxiuejà entre dents, quan passava pel seu costat.

El conseller es va aturar pensarós.

—M'heu dit alguna cosa? —va demanar.

—Un pensament en veu alta —respongué Maria i va seguir caminant, mentre movia el cap a un costat i a l'altre i feia esclafir la llengua.

Una setmana després la notícia arribà a orelles de l'abat de Montaragó, que va cridar Eixemèn i li va dir:

—Veus com la natura és sabia i no calia explicar-li res?

Eixemèn va acotar el cap, ben sumís.

—Sí, monsenyor. Vós teníeu raó i nosaltres estàvem equivocats. La natura és un miracle de Déu —va respondre.

La crisi s'havia acabat, perquè dies després Urraca, amb llàgrimes als ulls, va sortir camí de Castella i totes les dones dels nobles van deixar escapar un somriure de satisfacció.

Per fi Elionor ja era dona de debò!

12.- ELS MÓNS PETITS

La primavera següent es va produir un fet inesperat i curiós. Pere Ferrandes va enviar un missatge al rei Jaume, des d'Albarrassí. En ell li comunicava el seu desig de visitar-lo i demanar-li el perdó per a Roderic Liçana, que havia estat enganyat pel comte Sanç, ja retirat al Rosselló.

—Què en penseu, vós? —va preguntar Jaume a Eixemèn.

El conseller va prendre la carta i simulà llegir-la amb molta cura. Tanmateix ja en coneixia el contingut i, evidentment, ja havia estat debatut en el sí del consell.

—Sembla sincera —va dir, en acabar la lectura.

—Llavors, què haig de fer?

—El temps tanca les ferides, malgrat que sempre queda el record. Però el record ha de ser font d'experiència i mai un fre —respongué Eixemèn—. Llop d'Albero és un home prudent i generós. A Albarrassí van quedar Pelegrí d'Atrocill i Guillem de Puyo, però crec que sabrà perdonar —i és clar que sí! El consell ja havia parlat amb ell—. Per altra banda, Catalunya us ha promès fidelitat i només resta el retorn de Roderic Liçana per tal que tot l'Aragó també us hagi jurat la mateixa lleialtat. Hauríeu de convocar unes corts i signar un tractat de pau i treva entre tots els nobles.

Jaume es va quedar en silenci. Com sempre, el consell d'Eixemèn li semblava assenyat. Des de feia mesos no hi havia hagut cap problema, Sanç havia desaparegut d'escena i el seu oncle Ferran guardava silenci i s'estava a Montaragó. El perdó de Roderic de Liçana i un tractat de pau i treva significarien l'inici d'una nova etapa.

—Serà a Montsó —va dir, finalment—. Tinc ganes de tornar a veure mestre Guillem i comprovar si el cul de Joan Miravell segueix tan tou com quan el vaig deixar —somrigué divertit—. Prepareu-lo tot i envieu una carta a Pere Ferrandes. Digueu-li que accepto veure'l i que Roderic Liçana serà perdonat.

—Així es farà, senyor.

—Ordeneu també que em preparin un cavall.

—Sortireu a cavalcar de nou? —alçà les celles Eixemèn.

—Sí, però abans faré una visita a la reina.

Jaume s'aixecà de la cadira i es dirigí cap a la porta, mentre el conseller li dedicava una reverència i un somriure.

Pobra reina! Des que el rei havia tastat femella es fregava amb molta freqüència els pits i, ara, ell ja en sabia el significat. Anna li ho havia explicat i tota Osca anava plena de quan el rei parlava amb la reina, perquè un altre fet curiós s'hi afegia. Cada cop que Jaume cavalcava Elionor, no en tenia prou i havia de calmar-se muntant un vertader cavall. Llavors sortia esperitat i recorria la plana fins que se sentia esgotat, la qual cosa tenia força preocupades les esposes dels nobles.

—I dius que la reina no...? —preguntà Blanca a Maria.

Estaven soles i, malgrat el temps transcorregut, no havien explicat res de res a les seves companyes. Encara hauria arribat tot a orelles de l'abat, perquè Anna parlava massa amb el seu marit, i Eixemèn era un bocamoll, i llavors... No volien ni imaginar-se com s'hauria posat l'abat de Montaragó, convençut com estava que la natura havia seguit el seu curs i que Jaume només mirava la seva esposa, quan totes havien copsat que els ulls del rei sovint es perdien en un escot massa pronunciat i que, fins i tot, enrogia quan notava que algú o alguna l'havia descobert.

—No. Només s'estira i el deixa fer —contestà la baronessa de Lliçà.

—Com ho saps?

—M'ho ha dit ella mateixa. Es queixa que el rei la visita amb molta freqüència i que allò no li agrada perquè li molesta que sempre li estigui obrint les carns. Segons la reina, mai no en té prou —va explicar Maria—. Tan de bo la deixés prenyada d'una vegada! D'aquesta manera, quan hagués de parir, se li obririen de debò i, potser, deixaria de sentir-se tan molesta.

—Ens la van ben encolomar! —exclamà Blanca.

—Però és la reina i hem de carregar amb ella.

—No m'ho explico —medità Blanca—. Aquella meuca ens va assegurar que el rei havia après com ha de tocar una dona.

—Potser ens va enganyar —apuntà Maria.

—Doncs vam pagar per res —respongué Blanca.

—No ho diguis, això —somrigué Maria— Si més no, vam aconseguir el nostre objectiu, i la reina ja és nostra —somrigué Maria.

Blanca afirmà amb el cap. Però seguia pensant que a ella no l'enganya ningú i que tot servei ha d'estar en consonància amb el preu.

*** ***

Tot Montsó anava en dansa. Pertot arreu es veien frares i soldats que bellugaven safates de menjar, cadires i escombres amb les quals netejaven el pati, mentre tancaven els porcs, els conills i les gallines al corral.

La sala dels cavallers estava preparada i Joan Miravell va cridar mestre Guillem per tal que donés el seu vist i plau. Havien disposat el tron a un costat i la resta de cadires formant un semicercle, al voltant. També havien netejat les armes que hi havia penjades a la paret i havien canviat les torxes i repassat les llànties per tal que no hi faltés ni oli ni metxa.

El germà Bernat havia estat l'encarregat d'aconseguir que totes les viandes fossin a punt per quan arribessin els nobles. El rei, naturalment, entraria el darrer, moment que els frares tindrien les safates preparades i les gerres a punt.

Mestre Guillem va controlar fins al darrer detall i ordenà algunes correccions. Finalment, quan es va sentir satisfet, es dirigí a la muralla i esperà pacientment.

El primer d'arribar va ser, com sempre, qui venia de més lluny. Guillem de Montcada, muntat en un cavall negre ben guarnit amb l'arnès, lluïa els colors de l'escut brodats a cada costat de la sella. El seu aspecte era imponent, amb la barba negra que acabava d'emmarcar el seu rostre, l'única part del cos que quedava exposada a la llum del sol. Arribava assedegat i va descavalcar amb els seus acompanyants davant de mestre Guillem, que havia baixat per rebre'l a la porta de la torre de l'Homenatge.

—Déu us guardi, a vós i als vostres acompanyants —saludà el superior dels templers.

—Ara ens guarda, perquè és amb vós —respongué el de Montcada, i inclinà lleugerament el cap.

—Heu fet bon viatge?

—Sí, gràcies. Aquestes terres són hospitalàries. Ha arribat algú més? —preguntà, mentre es treia el guant.

—Sou el primer.

—Llavors podré rentar-me i alliberar-me de l'arnès.

Mentre Joan Miravell acompanyava Guillem de Montcada a les habitacions que havien disposat per als cavallers, el mestre dels templers va veure arribar Nuno Sanxes acompanyat de Pere Cornell. I poc després aparegueren, gairebé l'un darrere de l'altre, Pons de Torroella, Ató de Foces, Artal de Lluna i Bernat Santa Eugènia.

De mica en mica, aquell pati s'omplí de cavalls que eren duts a les cavallerisses pels escuders i tractats amb la mateixa devoció que farien amb el seu amo, mentre un monjo s'afanyava per recollir les restes que aquells animals deixaven escapar sense tenir en compte ni la data ni la qualitat dels visitants ni l'acte que tindria lloc entre aquells murs. Els pobres no entenien de qüestions de protocol ni d'educació i alleugerien el ventre on millor els anava. I, de mica en mica, la plana s'omplí d'escuders i acompanyants, als quals no els estava permesa l'entrada al castell.

Cinquanta cavallers havien arribat quan van entrar Pere Ferrandes i Roderic Liçana. Llop d'Albero els va veure i premé els llavis i tancà els punys, però no va dir res. Havia donat la seva paraula al rei i la compliria com a bon cavaller. També havia rebut dos mil morabatins en compensació per les pèrdues ocasionades, quantitat que va considerar suficient per poder atorgar el seu perdó. Tot s'ha de dir.

Tothom esperava davant de la sala dels cavallers, excepte els nouvinguts, que s'estaven a la porta de Montsó, sense entrar-hi, perquè Pere Ferrandes no pertanyia als homes del rei i Roderic Liçana encara no havia estat perdonat.

Cap a voltants del migdia, l'oficial que feia guàrdia a la torre de l'Homenatge va veure pujar pel camí una munió de soldats que duien l'estendard reial. Baixà al pati i avisà mestre Guillem.

—El rei ja és a prop —comunicà als presents, i tots sortiren per rebre'l.

En dues files ben ordenades van entrar els escuders i es van situar en dues línies que delimitaven el camí pel qual passaria el rei, que arribava acompanyat d'Eixemèn, de Pere Ahonés, de Balasc d'Alagó i de Valles d'Antillon, que van descavalcar abans que el seu senyor. Ningú, excepte ell, tenia el dret d'entrar amb els seus escuders. Llavors, quan tothom ja era al terra i quedava clar que el rei era per damunt de tots ells, Jaume deixà la sella i es dirigí a la porta per convidar a entrar Pere Ferrandes i Roderic Liçana.

—Sigueu benvinguts a la nostra terra —féu.

—Us agraeixo la vostra hospitalitat i espero que sigui per la pau —respongué Pere Ferrandes amb una forta inclinació de cap, a la que el rei va correspondre amb una de petita.

—Senyor! —s'avançà Roderic Liçana i plegà un genoll al terra, mentre estenia la seva mà cara amunt i acotava el cap.

—L'ofensa més gran ha estat per a Llop d'Albero. Allà va perdre parents i amics, que també ho eren nostres —digué el rei, tot seguin els consells que li havia donat Eixemèn. Es tombà cap a Llop—. Què hi teniu a dir, vós? —preguntà.

—Ja hi ha hagut massa sang, massa lluita i massa rancúnia. Prou d'enemics entre nosaltres —respongué el d'Albero.

El jove rei va somriure i, davant de la sorpresa general, avançà unes passes, prengué per les espatlles Roderic i el va aixecar. Llavors se l'endugué fins a Llop d'Albero i els posà, l'un davant de l'altre.

—Prou d'enemics entre nosaltres —repetí les darreres paraules d'Albero.

Llop abraçà Roderic i tots els cavallers van cridar:

—Prou d'enemics entre nosaltres!

Llavors es dirigí cap a mestre Guillem i Joan Miravell. El superior dels templers havia envellit i Miravell també lluïa més arrugues al front.

—Ha passat molt de temps —digué Jaume.

—I em sento feliç perquè aquest temps us ha permès créixer de valent —somrigué mestre Guillem.

—Creieu que ara tinc el cul prou dur per ser cavaller? —preguntà a Joan Miravell.

—Ja sóc massa gran per poder-ho comprovar —respongué el cavaller—. Però en tinc prou de veure que porteu l'espasa i munteu com un expert —s'agenollà i estengué la mà cara amunt, nua.

Jaume va acotar lleugerament el cap, va ordenar que s'alcés, es tombà i va entrar a la sala dels cavallers. Llavors tots els nobles el seguiren.

Guillem de Montcada havia observat l'escena amb una barreja de sorpresa i preocupació i va prendre Eixemèn a part.

—No calia tanta efusió ni tanta familiaritat —va comentar—. Ni havia prou amb un cop de cap, tal com ha fet amb Joan Miravell.

—Ha estat idea d'ell, això d'agafar Liçana per les espatlles. No pas meva —respongué Eixemèn.

—Les iniciatives personals són perilloses —somrigué Guillem—. Vós ja ho sabeu. O, si més no, ho hauríeu de saber.

—Només ha estat un detall —va treure importància Eixemèn, al fet.

—Potser la vostra edat ja no us permet copsar la vertadera importància dels detalls? —se'l mirà el de Montcada, i aixecà una cella—. El problema, tingueu-ho present, mai no són els detalls, sinó que quan apareix el primer, poden seguir-ne més —xiuxiuejà—. El rei ha de regnar, però governar... —somrigué sense acabar la frase, i s'apartà.

*** ***

Tot havia anat millor del que esperava i mestre Guillem se sentia satisfet amb el seu paper d'amfitrió. Tothom havia lloat el seu gust exquisit en triar els vins i les viandes, però allò que no li feia el pes era que els nobles no havien acabat de pair que Jaume comencés a prendre decisions i a atorgar favors que no estaven previstos.

Per a tothom, fins i tot per a l'interessat, va representar una vertadera sorpresa que Jaume decidís atorgar les terres de Tahust a Pere Ahonés. Evidentment, el consell no en sabia res, però cap dels seus membres no va protestar, sinó que ho van celebrar. S'encetava una nova etapa, comentaven. Tanmateix, més d'un no estava del tot convençut que aquest nou rumb també signifiqués que el rei començava a seure's de debò al tron i prenia decisions al marge de qui durant els darrers anys havia regit els destins d'aquelles terres.

L'últim dels cavallers va marxar de matinada. El rei tornaria sol a Osca, havia dit Jaume. Eixemèn i Pere Ahonés van insistir per quedar-s'hi i acompanyar-lo, però el rei es mantingué inflexible. Havia demostrat que podia governar la seva vida per ell mateix i volia parlar amb mestre Guillem i recordar temps passats. De manera que van haver de marxar sols, encara que no gaire contents.

Aquell matí Jaume va passejar pel castell i va baixar a la cripta, on va seure entre les tombes. Aquell lloc li portava bons records.

—Voleu espantar els morts? —escoltà la veu del superior dels templers.

Jaume es tombà i somrigué. Portava una estona allà i, segurament, mestre Guillem també.

—Aquella nit, quan em vaig escapar de la cambra, em vau seguir. Oi que sí? —demanà.

—Estàvem molt preocupats per vós i Lluís d'Estemariu ens volia tranquil·litzar.

—Què en sabeu, d'ell? —fins aquell moment no havia esmenat el nom, malgrat que només veure el castell, des de la plana, hi havia pensat.

—Res —contestà mestre Guillem—. Va marxar l'endemà que vós i ja no he tingut cap més notícia. És un home lliure i dispensat de vots. Pot fer allò que desitgi.

—Un gran home —afirmà Jaume.

—Sí —confirmà mestre Guillem—. Un gran home —repetí.

—Per què va abandonar els templers?

—Hi ha una part nostra que només ens pertany a nosaltres i a Déu, on ningú no hi pot entrar sense permís. Si ell no us ho va dir, poc ho puc fer jo —respongué mestre Guillem.

—Això mateix em va dir ell, amb altres paraules. I em va demanar que mai no li preguntés pel seu passat ni que mai més no pronunciés el seu nom ni revelés qui m'havia ensenyat tot el que he après —Jaume tancà les parpelles i respirà fons, com si desitgés empassar-se fins i tot els esperits de les tombes—. Tanmateix, hi ha una pregunta que em ronda pel cap des que vaig marxar i que mai no he gosat fer —va obrir els ulls, va tombar el cap i mirà mestre Guillem—. El dia que va arribar... Ho recordeu? —el superior dels templers va fer que sí, amb el cap—. Digueu: venia com a presoner o com a pelegrí?

—Venia amb una missió per complir —respongué Guillem. Guardà un instant de silenci—. I la va complir —afegí.

—El tornarem a veure?

—Els designis del Senyor són inescrutables —encongí les espatlles mestre Guillem—. Només Ell ho sap.

—És evident que poc trauré de vós —rigué Jaume, i es posà dempeus.

—Sento molt no poder-vos ser d'utilitat —inclinà el cap mestre Guillem.

—Serà aquell secret que tothom s'endurà a la tomba i que jo mai no coneixeré —medità el jove rei—. Tal vegada és el càstig per algun pecat que tampoc no conec.

—Voldria…

—No —negà Jaume—. No us ho retrec. Vaig donar la meva paraula i l'haig de mantenir.

Va pujar al petit pati i mestre Guillem el seguí fins ser davant del corral. Ja no hi havia ni el pal ni el ninot de fusta i palla ni cap dels estris que havien muntat per al seu entrenament. I, ara, fins i tot, aquell lloc li semblava tan petit que es preguntava com era possible que poguessin fer alguna cosa, allà? No devia de tenir més de deu passes de llarg i quinze d'ample. Passes d'ara i no de llavors, naturalment, perquè Jaume havia fet una estirada i ja era tan alt com Guillem de Mont-rodon.

—Què me'n dieu de la pau que han signat tots els cavallers? —demanà.

—Un gran pas endavant.

—Eixemèn és un bon conseller.

—Sí, però ja és molt gran i aviat l'haureu de substituir.

—He concedit a Pere Ahonés les terres de Tahust perquè és valent i intel·ligent, però no l'acabo de veure com a primer conseller.

Mestre Guillem va somriure. Tenia davant seu un noi de catorze anys que havia arribat a aquell castell, vuit anys enrere, amb cara d'espantat i que ara parlava com un adult.

—Heu d'anar amb compte, senyor, perquè el que vós veieu, tothom ho veu —respongué—. Roderic Liçana ha obtingut el perdó, però, si l'ha demanat, no crec que sigui tan sols perquè el delia, sinó perquè també ha copsat quina és la situació. D'altra banda, Guillem de Montcada, Artal de Lluna, Nuno Sanxes, Bernat Santa Eugènia o qualsevol dels principals, desitja obtenir el favor del rei. Heu signat una treva i pel moment hi ha pau, però aneu amb compte i trieu bé, perquè l'enveja és molt mala consellera i font de conflictes. Si doneu més a un que no pas a un altre aixecareu rancúnies i prou sabeu que les lleialtats van més en funció dels beneficis que no pas de l'estima.

—Voleu ser vós, el meu conseller?

—El dia que naixem s'obre davant nostre un petit món, que es redueix només a allò que ens envolta —va dir mestre Guillem, amb els ulls tancats—. Després, conforme creixem, el món sembla créixer amb nosaltres i els pares ja tenen parents, amics i companys, de la mateixa manera que el nostre entorn ja no és tan sols el bressol, sinó que descobrim que hi ha una casa sencera i uns camps. Arribem a adults i el món s'expandeix fins a l'infinit, viatgem, coneixem altra gent, descobrim el cel i les estrelles i sabem que hi ha més terra a l'altre costat de l'aigua. Però arriba un instant en el qual el món comença a reduir-se de nou i cada cop viatgem menys. Perdem la memòria i no recordem fets que en altre temps ens semblaven importants. I, de mica en mica ens tanquem, les nostres passes són curtes i el nostre entorn més petit. Llavors vol dir que ha arribat l'hora de retornar al bressol i preparar-nos per a una nova vida, un nou naixement, lluny d'aquí —obrí els ulls i mirà el rei—. És el més gran oferiment que mai no m'han fet. Sobretot perquè ve de vós —respirà fons i negà, amb el cap—. Però ho haig de rebutjar, perquè sóc més gran que el propi Eixemèn. Us serviria menys temps que ell —somrigué.

Jaume afirmà lentament, movent el cap amunt i avall. Mestre Guillem hauria estat un gran conseller, però tenia raó.

—Si Lluís d'Estemariu era lliure, per què em va abandonar? —preguntà Jaume, canviant de conversa.

—Per tal que poguéssiu seguir el vostre camí.

—Ni tan sols aquesta resposta, em podeu atorgar?

Mestre Guillem va dubtar. Segons quina explicació li donés, obriria portes que més valia que continuessin tancades.

—Encara que ens ho sembli, mai ningú no pren cap decisió sense que existeixi una raó, que pot ser bona o dolenta, de pes o trivial, però que indubtablement existeix —va dir—. Si vós em prometeu que no preguntareu ningú més, us diré que Lluís d'Estemariu no podia acompanyar-vos pel vostre bé.

—Deu de ser un costum dels templers, això de demanar sempre que el rei no pregunti —deixà escapar una tímida rialla Jaume—. Entesos. Tens la meva paraula.

—Si el vostre oncle Ferran us hagués vist arribar en companyia d'ell, no us hauria recolzat.

—Per què?

—Ja heu demanat massa —somrigué mestre Guillem.

*** ***

Els escuders en van posar en marxa a primera hora de la tarda, després de dinar, quan el rei va donar l'ordre. Jaume, en arribar a la plana, va tombar el cap i va contemplar les muralles de Montsó. Si més no, ja sabia que existia una ofensa entre Ferran d'Aragó i Lluís d'Estemariu. I amb això, pel moment, s'hi hauria de conformar.

Mestre Guillem, des de la muralla, va veure com Jaume s'aturava un instant i després esperonava el cavall i desapareixia camí d'Osca. Li havia donat alguna resposta. No totes les que coneixia, però. Perquè la pregunta principal, el perquè, ell també la desconeixia i, possiblement, mai no la sabria. Lluís d'Estemariu havia desaparegut, malgrat que tenia notícies que l'havien vist camí de Foix. Tanmateix, d'això ja feia un parell d'anys. Des d'aleshores no n'havia sabut res més.

Es va enretirar lentament. Per ell també arribava l'hora de prendre decisions. Com havia dit, al rei, ja era gran i feia dies que pensava que el millor seria marxar cap a Poblet i esperar tranquil·lament que Déu el cridés al seu costat. El seu món començava reduir-se.

13.- L'ASTOR

Lleida es va guarnir per rebre el rei i el bisbe Berenguer d'Erill, durant uns dies, va oblidar els treballs de la seva nova catedral i també participà dels actes, tot esperant-lo davant l'escala de la mesquita arrencada a Al·là i consagrada a Déu

El seguici reial va entrar per la porta del Lleó enmig dels crits fervorosos de la gent que omplia els carrers i no s'aturà fins al palau del bisbe, on Arnau de Sanaüja, senyor de les Borges Blanques, s'estava dempeus al costat del prelat, de Guillem de Cervera, del consol, dels batlles, dels notaris i d'homes rics. I un altre personatge també l'esperava. Nuno Sanxes, que visitava aquelles terres, s'hi havia afegit.

Un cop va descavalcar, Jaume escoltà les salutacions dels prohoms de la vila, el discurs del bisbe i el colofó final d'Arnau de Sanaüja. Després contestà amb paraules ben destriades i dirigí una salutació al poble, que va respondre amb víctors cap al seu rei.

Finalment entrà a palau per rebre els honors que li eren deguts, mentre el poble seguia aclamant-lo.

Als seus quinze anys, el rei havia fet una bona estirada i el seu cap pujava pel damunt dels que l'envoltaven, oferint a la gent la imatge d'un gran rei, malgrat la seva extrema joventut i el seu cos prim i potser massa estirat.

Eixemèn ja era molt gran i s'havia retirat feia tot just un mes. De manera que l'acompanyaven Pere Ahonés, Pere Cornell, Valles d'Antillon, Ató de Forces i Artal de Lluna. Però encara ningú no havia ocupat el lloc d'Eixemèn, perquè discutien entre ells, no acabaven de posar-se d'acord i no podien proposar un nom que fos a gust i a conveniència de tothom.

Durant tot el matí Jaume va escoltar paraules de benvinguda i va rebre homenatges i peticions dels homes rics de la ciutat, que volien aprofitar l'avinentesa per obtenir nous permisos per comerciar. Lleida, una de les ciutats més riques i amb més empenta de tot el regne, amb un comerç molt estès i una producció tèxtil que era l'enveja de tothom, acollia el seu senyor amb esperança per poder mantenir i engrandir les fonts que li proporcionaven un nivell de vida prou interessant. Tanmateix, tenia vedades les rutes del mar, perquè els sarraïns de València i de Ses Illes dominaven les aigües. Per això els ulls dels homes rics s'havien dirigit cap al nord i els seus carros havien pujat fins a les terres de més enllà dels Pirineus, cap al Rosselló i cap a Provença, tot aprofitant la pau que ja s'allargava uns mesos, però que ara estava amenaçada perquè Guillem de Montcada, acompanyat de Pere Ferrandes i de tres-cents cavallers, s'havia plantat a les portes de la ciutat templera de Vallcarca.

Jaume s'havia assabentat de la notícia en arribar a Binéfar, però ningú no havia estat capaç d'explicar-li amb claredat què havia passat. L'afer, deien, era entre el senyor de Montcada i Nuno Sanxes. Alguns apuntaven que per causa d'unes terres, altres parlaven d'ofenses mútues i encara hi havia que s'inclinava més per qüestions econòmiques que miraven de fer-se amb el mercat de fusta de la zona d'Olot. De manera que, en arribar a Lleida i trobar un dels protagonistes d'aquella situació, va decidir que era una bona ocasió per esbrinar-ne les vertaderes raons.

Ja entrada la tarda i després d'haver rebut els homes rics de la ciutat i de les rodalies, va demanar quedar-se amb Nuno Sanxes. Amb ell s'estaven Pere Cornell i Pere Ahonés. Llavors li va preguntar pel que havia escoltat el dia anterior i Sanxes va mirar Cornell i va dubtar.

—Senyor, vós sabeu l'estima que sempre he tingut pel senescal Guillem de Montcada —va dir, finalment, assegut a la cadira que havien disposat davant del rei—. Una estima que sempre he manifestat i que mai no he trencat. Però ell em va demanar un astor que empro per caçar, pel qual tinc una especial predilecció. Així li vaig dir i ell es va ofendre, fins al punt que ara pretén atacar-me.

—Us baralleu per un astor? —preguntà Jaume, sorprès. Ahonés i Cornell no van respondre quan el rei els mirà. S'hauria esperat qualsevulla altra raó, però un ocell rapinyaire...? Semblava més una disputa entre criatures que no pas un assumpte que podia posar en perill l'estabilitat del regne—. Si tant el desitja, regaleu-li. Jo us en donaré un altre —va fer amb un posat d'evidència.

—No puc, perquè l'astor és mort i ell no ho vol acceptar.

—I què hi puc fer? No puc permetre que els meus nobles es barallin entre ells per una bajanada.

Cornell es va avançar.

—Parleu amb ell i feu-li veure que un home de la seva qualitat no pot sentir-se ofès per un detall tan insignificant, perquè, si en aquestes coses no és capaç de transigir, com podrà donar consell a qui li ho demani? —suggerí.

Jaume es tombà cap a Ahonés, que seguia guardant silenci, i Nuno Sanxes llençà un esguard de pocs amics a Cornell, que li va tornar acompanyat d'una petita reverència i un somriure.

—Parlaré amb ell —va fer Jaume, després de reflexionar.

Nuno Sanxes s'aixecà de la cadira, acotà el cap i marxà. Com reaccionaria Guillem de Montcada? Si hagués explicat al rei la vertadera raó, que li havien arribat veus que Guillem de Montcada era un dels noms que més sonava per substituir Eixemèn com a conseller principal, també hauria d'haver confessat que l'enveja pregonada per mestre Guillem havia arrelat al seu cor. D'aquí havia nascut la disputa que esdevingué ofensa i, finalment, lluita. Ambdós perseguien el favor del rei, massa jove encara i havent perdut el concurs d'Eixemèn, i Nuno, que no s'esperava que Jaume estigués al cas d'allò que passava, havia triat cuita-corrents un picabaralla per convertir-la en l'absurda raó d'aquella disbauxa. I Pere Cornell havia incitat el rei a parlar amb el seu enemic. Maleït!, pensava Nuno Sanxes. I maleït Pere Ahonés, que no l'havia ajudat, sinó que havia guardat silenci i l'havia deixat a l'escapça.

Un astor! ¿Com podia Guillem de Montcada, ell!, senescal, cap de govern i cap de l'exèrcit reial, pertanyent a una de les més noble i enlairades famílies del regne, home prudent i assenyat, encetar una guerra per un ocell que ja era mort?, es demanava Jaume. Allò era absurd!

—Nuno Sanxes és un malparit —digué Guillem de Montcada, quan Jaume el va reprendre com a un nen malcriat.

Ell tampoc podia explicar la vertadera raó de l'enfrontament, perquè llavors sortirien massa coses a la llum i hauria de parlar de totes les conxorxes que miraven d'envoltar el rei d'una teranyina que l'ofegaria i deixaria en mans dels nobles totes les decisions de govern. De manera que va acceptar que aquell ocell era l'origen de tot el mal.

—Retireu els vostres cavallers —li ordenà el rei.

I Guillem de Montcada, amb tot l'odi del món cap a Nuno Sanxes, es retirà de Vallcarca, però, sense dir res més, va ordenar que les seves tropes es dirigissin cap al Rosselló.

El rei va marxar de Lleida deixant un record agradable. Els comerciants havien obtingut nous i substanciosos favors i el recordarien com a un rei que vetllava pels seus súbdits, perquè havia fet més concessions de les que havia aprovat el consell.

Poc després d'arribar a Osca, cregut que tot s'havia arreglat, Nuno Sanxes també hi anà per entrevistar-se amb Pere Ahonés i el comte Ferran, que, després d'escoltar els seus planys, van reunir el consell i van prendre la decisió de parlar amb el rei.

—Guillem de Montcada ha pres Alveri a Ramon de Castell-Rosselló —va comunicar Ahonés al rei.

Què era allò? De sobte, tothom s'havia begut l'enteniment, perquè ningú no entenia res del que estava passant. Guillem de Montcada li havia donat paraula que deixaria Vallcarca i, contravenint la paraula donada, s'havia dirigit a Perpinyà per enfrontar-se a Jaspert de Barberà.

A partir d'aquí, la pau que havien signat els nobles de Catalunya i Aragó esdevingué paper mullat i els bàndols tradicionals es van trencar. Pere Cornell es va aplegar al de Montcada, i li seguiren Roderic Liçana, Valles d'Antillon, Bernat Santa Eugènia i altres més, mentre que el comte Sanç, encara que ja retirat, s'alçà de nou i prengué les armes al costat de Nuno Sanxes, que rebia l'ajut de Pere Ahonés,Ató de Forces i el mateix Ferran d'Aragó.

Els dies següents Jaume va parlar amb una bona colla dels seus consellers, però ningú no aportava cap explicació a uns fets que semblaven lluny de tot seny i, el pobre, no sabia ni per on anava. Hauria volgut demanar el parer d'Eixemèn, perquè els seus consellers li oferien visions tan contradictòries que li era impossible esbrinar la veritat, però l'antic home de confiança estava força malalt i deien que havia perdut el senderi. I tampoc podia consultar amb mestre Guillem, també retirat a Poblet i allunyat per complet de les intrigues dels nobles. De manera que seguí les consignes del seu oncle Ferran i atacà Cervelló, que prengué en tretze dies, per, després, dirigir-se a Montcada i assetjar-la.

Què havia succeït?, no parava de demanar-se. En un tres i no res, tot el regne s'havia capgirat i el rei lluitava contra el seu propi senescal. Per què? I va recordar les paraules de Lluís d'Estemariu: «Si parleu amb un ferrer us dirà que sempre és més senzill torçar un ferro que no pas redreçar-lo».

Dos mesos va durar aquell setge i el fantasma d'Albarrassí s'alçà de nou, perquè Montcada era inexpugnable, i Jaume va començar a mirar-se els seus aliats amb recança. Aquest cop no cometria el mateix error, va decidir. Aixecà el setge i se'n tornà cap a Osca. Havia de reflexionar, perquè no pots posar-hi remei si no coneixes de debò el problema.

Tanmateix, el seu retorn va significar l'encoratjament de Guillem de Montcada, que atacà Terrassa i la prengué, arribà a l'Arboç i també el prengué, entrà a l'Aragó i s'assegué a Tahust, sense que Pere Ahonés pogués fer res per impedir-ho. Si més no, aquestes eren les notícies que li arribaren al rei.

Sants del cel! Allò no tenia ni cap ni peus. Noves procedents de Montsó l'assabentaven que Pere Ahonés s'havia aliat amb Guillem de Montcada. Però si tot just feia dies que eren enemics!

Llavors va ser quan Pere Ferrandes el va venir a veure.

—Senyor, heu de fugir d'aquí —li va dir—. Osca no és segura i el vostre oncle Ferran recolza Guillem de Montcada. Veniu amb mi.

Que Ferran recolzava el seu enemic? Verge Santa! Tot era confús i les lleialtats canviaven amb una rapidesa esparveradora.

—No fa ni tres setmanes que eres amb el de Montcada i ara vens a mi. Per què? —preguntà Jaume.

—Guillem de Montcada em va demanar ajut per defensar-se de Nuno Sanxes, però al final he entès que allò que persegueix només és el poder —explicà Pere Ferrandes.

—Jo confio en ell, senyor —va fer Nuno Sanxes, també present—. I té raó. Osca ja no és segura, ni per a vós ni per a la vostra esposa, la reina. Hem d'anar cap a Saragossa.

—Tampoc és segura —digué Pere Ferrandes—. Millor és seguir cap a l'oest, refugiar-nos al castell d'Alagó i fer-nos forts mentre negociem.

*** ***

Des de la muralla d'Alagó, Jaume va contemplar les forces que s'estaven a la plana. Era el primer cop que ell estava dins i l'enemic fora. Tant havia canviat tot?

Elionor s'estava a les seves estances, envoltada per les donzelles. El viatge l'havia cansat fins a l'extrem que no les abandonava ni per menjar. I el rei vivia en una nebulosa estranya, mentre Nuno Sanxes i Pere Ferrandes establien un pla de defensa. I així transcorregueren unes setmanes durant les quals els dos cavallers abandonaven el castell i s'arribaven fins al campament enemic i parlaven i parlaven.

—És perillós que hi aneu vós —li deien—. Guillem de Montcada aprofitaria per fer-vos presoner.

—Avancen les negociacions? —demanava ell.

—Són difícils i avancen lentament.

I així transcorregueren els dies sense altra novetat que les converses seguien.

Finalment, una nit, Nuno va despertar el rei.

—El vostre oncle Ferran, Guillem de Montcada i Pere Ahonés volen entrar al castell per parlar amb vós —li va comunicar.

Jaume es va llevar de seguida.

—Només entraran ells i ningú més —va fer mentre es vestia.

Però en arribar al pati va veure les portes obertes i als tres cavallers acompanyats de més de dos-cents escuders. Llavors es tombà cap a Pere Ferrandes, interrogant, que no deia res. Ni Nuno Sanxes tampoc.

En un esclat de llum ho va veure clar. Maleïts! L'havien traït! Per què?, es demanà.

I la resposta no trigà gaire a arribar. Reunits a la sala de la torre, tothom li manifestava la seva lleialtat i procurava explicar-li que tot era pel seu bé i pel bé del regne, però Jaume es va adonar que aquells mesos i mesos, sense cap mena d'explicació coherent, a fosques, havien servit els nobles per negociar entre ells el repartiment de totes les parcel·les de poder. I ara tot havia conclòs, els acords estaven signats a esquenes seves i li oferien una presó d'or a Saragossa. Altres prendrien decisions per ell, perquè era massa jove i encara no entenia els afers d'estat.

No va protestar, però. Perquè no podia, perquè se sentia tan enganyat, tan empetitit, tan sol, tan traït i tan abandonat que ni tan sols va badar boca quan els nobles, amb una hipocresia que feia venir basques, li van jurar fidelitat. El rei sempre serà el rei, li van dir. Sí, el rei sempre serà el rei titella!, va exclamar ell en silenci, i va recordar l'advertència de mestre Guillem.

—Pareu compte amb l'enveja. No concediu ningú més que a l'altre.

Però ell, refiat que la pau s'havia signat i que el seu prestigi feia oblidar que només tenia quinze anys, es va adormir, va atorgar favors i ara es llevava amb el record, l'amarg record, d'un terrible malson. Els nobles havien manat durant una bona colla d'anys i no permetrien que ell prengués el lloc que per dret li corresponia.

*** ***

Saragossa obrí les portes per deixar entrar el rei, però les aclamacions no van ser tan grans com les de Lleida. Jaume ja no era tan important. Era un presoner, sens dubte, perquè li van aconsellar (prohibir!) abandonar la ciutat. Per la seva seguretat, repetien. I la sola oportunitat que li quedava, escriure al seu amic el rei Ferran de Castella, tampoc era al seu abast, perquè totes les cartes eren passades pel consell regent que decidia la conveniència de cada comunicat. «Hem de vetllar per la pau del regne», li responien quan protestava.

Pocs dies després d'arribar a Saragossa, Jaume va recordar els ensenyaments de Lluís d'Estamariu. La finestra de l'habitació que havien assignat als reis no era gaire alta i no hi havia guàrdia al darrere. Va examinar la paret. Amb un pèl d'habilitat podria atrapar la muralla per despenjar-se fins al riu. El problema era Elionor. Però amb una corda… Una corda? Va regirar l'habitació de cap a peus. Les cortines i els llençols, fins i tot la mateixa roba, servirien.

Arribada la nit, la va despertar.

—Hem de fugir —va xiuxiuejar.

—No podem —li contestà Elionor—. Els soldats són a la porta.

—Ho farem per la finestra —i la va arrossegar per ensenyar-li el camí.

Elionor va mirar l'altura i es va esgarrifar. No podria fer-ho, gairebé va cridar.

—No ho has de fer —li explicà ell—. Agafaré aquesta taula de fusta, la lligaré i tu t'hi asseuràs. Llavors et despenjaré i després baixaré jo.

—No puc. Tinc por —va fer ella.

—No n'has de tenir —la va agafar per les aixelles i la va aixecar com si fos una ploma—. Veus? Puc sostenir el teu pes, encara que t'hagis engreixat.

—No! —negà amb forts cops de cap—. Estic embarassada —va dir.

—Embarassada? —es va quedar bocabadat—. No me n'havies dit res.

—Com volies que t'ho digués, si no hi ets mai —es queixà ella.

—Qui més ho sap?

—Les meves donzelles.

Les donzelles... i, per tant, les esposes dels nobles i el consell i tothom! I és clar que no es preocupaven de posar gaire guàrdies! El tenien ben enganxat.

—Tindré molta cura i et baixaré a poc a poc —va dir.

—No! —repetí ella—. No vull. No ens han fet cap mal i segueixes sent el rei.

—I quina mena de rei sóc? Un rei presoner, un rei titella que no pot ni passejar pels carrers —respongué ell.

Però, per més que va mirar de raonar, res no en va treure. Ferran de Castella era un gran home, però Elionor... mai no havia passat de ser una figa-flor. Em fas mal, no vull, ara no, això és pecat... Tot eren negatives quan eren al llit. Per això cada cop la visitava menys. I de poc li havia servit tot el que li va ensenyar aquella dona que substituí Zoraima durant dues nits. Per més que ho havia intentat, Elionor no es movia ni un pèl ni reaccionava ni gemegava ni el tocava. Més aviat era un suplici tenir-lo a la vora i haver de cedir a les seves peticions.

Ara sí que estava ben presoner, perquè no podia abandonar la seva esposa que duia un fill seu a la panxa. Abans que rei era cavaller, li havien ensenyat a Montsó. I un cavaller mai no retrocedeix, li havia dit Lluís d'Estemariu.

Un fill!, es va apartar de la finestra i s'assegué al llit. I què li diria quan fos gran? Que també seria un rei titella, perquè la seva mare era una figa-flor?

Abatut i derrotat, es va ficar sota els llençols. No pagava la pena seguir lluitant tot sol. Un astor, un simple ocell, malgrat que fos de rapinya, l'havia derrotat.

*** ***

Totes, absolutament totes les peticions, les va acceptar. I va assistir a la repartició d'Aragó entre el seu oncle Ferran, Guillem de Montcada, Pere Ahonés, Nuno Sanxes i altres, que feien i desfeien a la seva conveniència. Ho va fer tot sense badar boca, amb el cap baix, el cervell ple de negres pensaments i la memòria farcida d'amargs records.

Cada dia passejava pels passadissos de palau. Ni tan sols podia sortir al carrer, com no fos acompanyat pels soldats. I va escoltar mil vegades la mateixa cantarella:

—És per la vostra seguretat, senyor. Ara sereu pare i us hem de protegir, de la mateixa manera que vós heu de mirar pel vostre fill.

Només en una ocasió va gosar enfrontar-se a Pere Ahonés. Va ser el dia que es va assabentar que aquell home, a qui havia distingit atorgant-li Tahust, no havia lluitat amb Guillem de Montcada, sinó que havia pactat amb ell i amb Ferran la repartició d'Aragó.

No se'n va poder estar, perquè la ràbia davant l'engany, la manca de noblesa de qui li havia jurat lleialtat com a cavaller i la hipocresia constant amb paraules amables acompanyades de somriures, desbordaven amb escreix la capacitat del got de la paciència.

—El vau poder aturar i no ho vau fer —li va dir, mirant-lo als ulls.

—Pel vostre bé, senyor —encara va contestar Pere Ahonés—. Aquella lluita absurda s'havia d'acabar i havíem de salvar el regne. Ara hi ha pau i vós seguiu governant.

—Encara que passin cent anys, tard o d'hora pagareu tots els vostres deutes —va fer, i va marxar cap a la seva habitació, l'únic lloc on podia recloure's sense haver d'aguantar la visió dels traïdors.

14.- EL PREU DE LA LLIBERTAT

Saragossa va rebre amb alegria l'arribada de l'hereu del rei Jaume, esdevingut pare amb només setze anys, i les festes es perllongaren durant dies. Fins i tot a l'Aljaferia, el barri musulmà que acollia les restes d'un període ja gairebé oblidat, la festa va ser sonada i els carrers s'ompliren de crits i de balls. El nen sa i fort, era ros com el seu pare i despert, comentaven les dones i homes de la vila. Tanmateix, Jaume seguia trist i es mirava l'infant amb pena. Què li esdevindria, quan fos gran?

Les matrones i els metges que van atendre la reina deien, en veu baixa, que aquella dona era una histèrica. La van haver de fermar durant el part, perquè xisclava com un conill i no parava de repetir que aquell nen l'estriparia i la mataria, que era impossible que pogués sortir per on la natura havia previst. I va maleir el rei fins que li van treure aquella cosa de dins.

Unes setmanes després, quan ja estava refeta, va jurar que el rei no tornaria a posseir-la mai més, que amb un hereu ja n'hi havia prou i que ella ja havia complert. De manera que es va tancar a les seves dependències. Poc sabia la pobra que Jaume havia perdut totes les il·lusions i que ni tan sols pensava tocar-la, sinó que els seus pensaments estaven tot el dia ocupats en obscures idees que dibuixaven un futur ple d'incerteses i gens afalagador. Estava en mans dels nobles i havia esdevingut una joguina que responia que sí, amb el cap, i que no prenia cap decisió.

La criatura va ser batejada a l'església de Santa Maria, el temple romànic que havien construït quan van fer fora els sarraïns, i va rebre el nom d'Alfons en record de l'avi de Jaume. Però el rei, tot i que va acceptar les felicitacions i les mostres d'adhesió, seguia immers en el seu univers de tristor.

Dos dies després, Guillem de Montcada, que havia vingut per assistir a l'acte, però que havia perllongat la seva estada, va convocar una reunió del consell regent i va demanar que se li paguessin els serveis prestats. Evidentment, al rei li van explicar que era una compensació per les pèrdues ocasionades per una guerra que ell no havia encetat, però que era de justícia que la corona li pagués vint mil morabatins d'or. Era evident que la noblesa, després d'anys i panys de no obtenir guanys addicionals, perquè els conquestes es van aturar amb el rei Pere i ningú no les havia continuat, d'algun lloc havia de treure els ingressos i… quin millor i més a mà que la corona?

—Les arques del tron patiran un bon cop —s'aixecà Ahonés—. Però si és de justícia, bé s'haurà de pagar —somrigué—. Tanmateix, el rei necessita ingressos. Per tant, també serà de justícia que el consell aprovi una campanya contra Peníscola que pugui refer l'economia.

—I qui comandarà aquesta expedició? —preguntà Valles d'Antillon.

—Jo, naturalment —respongué Pere Ahonés.

—I qui es quedarà amb les terres que conquereixis? —demanà Ferrandes.

—La llei m'atorga el dret d'escollir.

Llavors s'encetà una violenta discussió. Pere Ahonés tenia en penyora, des de feia anys, des que Pere I li va atorgar, Bolea i Loarre, havia aconseguit les terres de Tahust i encara havia engrandit les seves riqueses després de pactar amb Guillem de Montcada. És que mai no en tenia prou? Fins on atrapava la seva ambició?, cridaren els altres nobles. I cap d'ells no volia restar al marge d'una empresa que els reportaria bons guanys. De manera que les acusacions s'encreuaren i les veus s'alçaren en demanda de beneficis per a tothom, fins que Pere Cornell digué:

—Que sigui el rei, qui es posi al front.

—T'has begut l'enteniment? —el mirà Guillem de Montcada, sorprès. Ell, senescal i cap de l'exèrcit reial, no ho podia permetre—. El tenim atrapat i li vols donar un exèrcit. Contra qui creus que anirà?

Durant tots aquells mesos havien tingut molta cura de deixar al marge de tota decisió un rei que, un any enrere, va començar a prendre iniciatives que posaven en perill el poder assolit pels nobles i, de cap de les maneres, podien perdre de vista aquest punt.

—No he dit que vulgui donar-li un exèrcit, sinó que ell anirà al front, però nosaltres serem al darrere. Com sempre —aclarí Pere Cornell amb un somriure.

—No és cap mala pensada —lloà Valles d'Antillon—. D'aquesta manera, tot allò que conquerim, després ens ho repartirem o ens ho jugarem, perquè la llei diu que el rei podrà triar, però com no triarà... —rigué divertit.

Guillem de Montcada s'ho va rumiar. Tal vegada tenien raó i era la millor solució. I va recolzar la proposta, malgrat que a Pere Ahonés no li fes el pes.

—Entesos. Que l'atzar estableixi les prebendes —va dir, finalment.

Dit i fet, els nobles prepararen una força i la dotaren d'armes, mentre quedaven d'acord que enviarien queviures quan arribessin a Tortosa. I tot va quedar enllestit, pactat i signat.

*** ***

Desastre seria un qualificatiu massa generós en vist de com van anar les coses. L'exèrcit va plantar el setge davant del castell musulmà de Peníscola, penjat damunt del mar, amo i senyor del petit turó que s'enlairava a partir de la platja i romania com el vigilant perpetu que observa les aigües, mut testimoni de la baralla que tenia lloc cada dia a les tendes dels nobles que acompanyaven Jaume, que no era més que un pobre presoner amb el títol reial que es mirava, un per un, tots els nobles i escoltava en silenci les veus que cridaven, perquè tothom volien manar, tothom demanava ser el primer d'entrar i portaven dies i dies davant d'aquelles muralles sense fer una sola passa, mentre Abu Said al-Rahman, el governador d'aquelles terres i defensor del castell els observava des de la torre principal.

«Quan la lluita és a casa, poc han de témer els enemics», pensava Abu Said. I havia enviat missatges a València, per mar.

Tres setmanes havien passat i Jaume va veure com una part dels cavallers se'n tornaven cap a Catalunya i Aragó, sense respectar ni la seva persona ni el rang. Pere Ahonés havia estat el primer de marxar, enfadat perquè li havien robat la iniciativa. Tanmateix, Jaume no va voler abandonar el setge. Com havia dit Lluís d'Estemariu, un cavaller no fuig ni sent vergonya. Per tant, seguiria allà i, si calia, moriria, però mai més no retrocediria. Era la darrera espurna d'orgull que li quedava i no la volia perdre. Ja havia reculat a Albarrassí i a Montcada i no ho faria per tercera vegada. Així ho va decidir.

I aquí es produí un fet prodigiós.

Els nobles van anar marxant i cap d'ells ni tan sols va pensar en endur-se el rei, sinó que el van deixar arraconat com si fos un farcell ple de roba vella i estripada. I és clar! Com que ni tan sols badava boca... ningú no es va recordar d'ell.

Passades unes setmanes, un matí, va arribar un missatge d'Abu Said al-Rahman. Volia parlar amb ell.

L'endemà un grup de sarraïns abandonà les muralles i va arribar fins a la tenda que Jaume havia ordenat plantar enmig de la platja, en terreny neutral. El rei d'Aragó i de Catalunya es va endur amb ell al-Sabú, un intèrpret que els acompanyava.

Abu Said al-Rahman era un home alt i ben plantat, vestia una túnica blanca, el cap cobert amb un mantell que estava coronat i cenyit per una diadema daurada. El va saludar amb uns modals exquisits, propis d'un poble que gaudia de bona cultura, i Jaume el convidà a seure i a beure vi, oferiment que el governador d'aquelles terres declinà, però va acceptar un got d'aigua. Els seguidors d'Al·là no en prenien, de vi, costum que li era desconegut al rei d'Aragó i de Catalunya. I un altre detall, que tampoc coneixia, era que no encetaven de seguida una conversa sobre l'afer que els havia dut allà, sinó que s'estimaven més parlar de temes banals per poder conèixer millor el seu rival i, també, per permetre que els conegués.

—No és de bona educació anar tan directe al gra i és més assenyat establir un clima de concòrdia que ajuda a millor entendre's —li va explicar quan Jaume, ple d'impaciència, va començar a parlar.

Tanmateix, la gran sorpresa del jove rei va ser descobrir que no li feia cap falta l'intèrpret, perquè Abu Said coneixia tant la llengua d'Aragó i de Catalunya com el llatí, i bé es podien entendre en qualsevulla d'ambdues.

—No podreu resistir gaire temps —va dir Jaume, quan ja havien encetat el vertader motiu de l'encontre, força estona després, quan ja havien apurat dos gots d'aigua, perquè el rei es va estimar més seguir el costum sarraí i no prendre vi.

—Aquest matí ha marxat Valles d'Antillon i cada cop sou menys —respongué Abu Said, amb un ampli somriure i una lleugera inclinació de cap.

—Cert, però vós no esteu preparat i jo, amb els homes que em queden, encara us puc fer molt de mal —respongué Jaume—. A més, no heu rebut resposta de València, perquè en cas contrari no serieu aquí. Per tant, no podeu comptar amb l'ajut de ningú i jo us juro, per Déu Nostre Senyor, que si cal moriré, però no marxaré amb les mans buides.

Abu Said era un home intel·ligent i sabia que el rei d'Aragó i de Catalunya no deia cap mentida. Les lluites internes entre els almohades i els almoràvits tenien massa ocupats els seus protectors i ell no disposava de prou forces ni aliments per suportar un llarg setge, perquè no s'esperava aquella incursió i no havia omplert el rebost. D'altra banda, ja feia dies que no plovia ni semblava que anés a fer-ho i els pous estaven minvant massa de pressa.

—Com voleu enfrontar-vos a un enemic, si ja el tenia a casa vostra? Com voleu donar ordres, si els vostres mateixos súbdits no us escolten? —féu encara Abu Said.

—Us ho he jurat i compliré la meva paraula, perquè, tal vegada, és l'única cosa que em queda i no la vull perdre —contestà Jaume.

—Us hauré de creure, perquè heu tingut un mestre com no n'hi ha d'altre i, si d'ell heu après el valor de la paraula, sou tot un cavaller.

Jaume se'l va mirar, fit a fit. Què en sabia ell dels ensenyaments que havia rebut? I així li ho va preguntar.

—Conec Lluís d'Estemariu i conec moltes més coses —digué Abu Said.

—Sabeu on és ara?

—Sabeu vós on és el vent?

—No.

—Doncs el cavaller d'Estemariu és com el vent —somrigué Abu Said—. El dia que tingueu pau a casa vostra, i governeu de debò, podreu tornar i prendre'm aquestes terres. Fins i tot, jo us les lliuraré de bon grat, perquè un home que, en la vostra posició, encara és capaç de mantenir la seva paraula, malgrat que es quedi sol, ha de poder ser un gran governant. Mentrestant conformeu-vos amb menys —inclinà respectuosament la testa—. Teniu raó en una cosa. No us esperava i no m'he preparat per defensar-me. Per tant, tard o d'hora cauré i, si no vull que els meus homes morin, haig de pagar pel meu error, fruit d'haver-me adormit i d'haver pensat que mai no arribaríeu fins aquí. De manera que signaré una treva amb vós i us pagaré la quinta de totes les ciutats que governo, si aixequeu el setge i marxeu —oferí Abu Said—. Però només us la pagaré a vós, si em garantiu que els vostres nobles restaran al marge.

—Teniu la meva paraula de rei i de cavaller, però recordeu que tornaré.

—I sereu ben rebut, quan arribeu com a rei de ple dret i comandeu uns cavallers que ara estan més pel seu propi benefici que per la salut del regne —respongué Abu Said.

L'endemà el que quedava de l'exèrcit de Jaume plegà les tendes i es va retirar. Savi consell el d'Abu Said, va pensar el rei. Savi consell i gran veritat, perquè Catalunya no és un regne, sinó una munió de nobles que ofenen el títol que han heretat dels seus pares.

D'allà va anar a Terol, on va reposar, i després emprengué el camí de Daroca per seguir cap a Saragossa i retornar a la seva presó daurada. Així i tot, les paraules d'Abu Said seguien vives dins del seu cap i el feien reflexionar de valent.

—El dia que sigueu rei de ple dret… —havia dit el governador d'aquelles terres.

I aquest dia, encara que li costés la vida, havia d'arribar.

Tot just en passar per Calamotxa, gairebé la meitat de camí de Saragossa, es va trobar amb Pere Ahonés que viatjava cap al sud en companyia d'altres cavallers i amb un grup d'escuders.

—On aneu? —li va demanar.

—A concloure allò que cap cavaller ha estat capaç de fer — respongué Ahonés.

—Som a prop de Burbàguena, on hi ha una casa dels templers. Reposem i parlem —el va convidar.

—Entesos, però no endarreriu gaire el meu viatge, perquè és temps de fer les coses com cal —respongué Ahonés.

Arribats a Burbàguena, els van acomodar en la sala gran que servia per rebre les visites importants. Allà es van seure, i Jaume parlà.

—Us vam convidar a venir amb nosaltres quan encara érem a Saragossa, vau venir i vau marxar. En tot aquest temps hem assetjat Peníscola i els altres cavallers també han marxat, l'un darrere l'altre, i m'han abandonat —digué Jaume—. Tot i així, no torno amb les mans buides i he signat una treva amb Abu Said a canvi de les quintes de tots els pobles que ell governa. No crec que pugueu dir que la feina no s'ha fet.

—Havíeu sortit per conquerir Peníscola i no ho heu fet. Per tant, la feina resta per fer —respongué Ahonés.

—El rei ha signat una treva i ha donat paraula que es respectarà —es posà tens i seriós Jaume—. Ni vós ni ningú, malgrat que m'heu mantingut presoner i m'heu convertit en el vostre esclau, no em robarà l'única cosa que em queda: la meva paraula.

Pere Ahonés se'l mirà i esclafí a riure.

—Qui em pagarà les despeses d'haver posat en marxa els meus homes? —demanà amb un to foteta.

—Vós heu pres la decisió tot sol, sense demanar permís a ningú i ningú no ha de pagar el vostre error, perquè l'ocasió la vau perdre vós —respongué Jaume.

Ahonés es va posar tens i s'aixecà de la cadira, mentre el seus cavallers es retiraven cap a un costat de la sala. Jaume també s'aixecà i els seus homes també es retiraren. Ningú no el defensaria ni l'empararia.

De sobte, Ahonés va posar la mà damunt l'espasa, però Jaume se li va llençar al damunt i li ho impedí. Ambdós rodolaven pel terra, però ningú no es va moure i es miraren els uns als altres, deixant en mans de Déu el desenllaç.

La lluita, cos a cos, era aferrissada i, tot i que Ahonés era més corpulent, li va costar desfer-se de Jaume i aixecar-se per treure l'espasa. Des del terra, el rei també va treure la seva i, quan Ahonés ja se li venia al damunt per clavar-li l'estocada, es va escoltar un perllongat "aaaaa…" i tots els presents van veure que el cavaller es quedava quiet durant uns instants. L'espasa del rei havia entrat per l'únic punt feble del gonió, just sota l'aixella, mentre Ahonés mantenia els braços ben alts.

El cavaller es va fer enrere i contemplà incrèdul la punta rogenca de l'espasa del rei. Es va dur la mà a l'aixella i la va enretirar plena de sang.

—Marxem! —ordenà, i els seus cavallers van sortir corrents cap als cavalls.

Jaume s'aixecà tremolós. Era el primer cop que feria algú i la primera vegada que veia la mort tan de prop, però no es quedà quiet.

—Els que tinguin vergonya i por, que es quedin, perquè un cavaller mai no retrocedeix —i va sortir esperitat per perseguir el seu rival.

—Pel nostre rei! —cridà Ató de Forces i tots sortiren per ajudar al seu senyor.

Pere Ahonés i els seus cavallers abandonaren Burbàguena seguits de prop pel rei, que va ser avançat per Ató.

Els fugitius encara no havien salvat unes vinyes, quan Ató disparà una fletxa que va ferir el cavall d'Ahonés i el va fer caure al terra. Llavors, Pere Ahonés va ordenar els seus cavallers que l'aturessin i tres el van esperar i el van ferir, però no van poder acabar amb ell perquè ja venia a la carrera Jaume i Balasc d'Alagó. De manera que van recular per amagar-se al capdamunt d'un turó i des d'allà, tot llençant pedres, van protegir la fugida del seu senyor, que havia canviat de cavalcadura.

Tanmateix, Jaume amb dos escuders va deixar enrere la lluita i perseguiren Ahonés. Un dels escuders va arribar a l'altura d'ell i li clavà la llança a l'esquena. El cavall va perdre l'empenta i, de mica en mica, s'aturà, mentre el genet s'abraçava al seu coll, relliscava lentament i acabava caient al terra.

Jaume va arribar al seu costat, va descavalcar i s'apropà.

—Un dia us vaig dir que ho pagaríeu. Us en recordeu? —va dir, plegant un genoll.

—Sí, me'n recordo —xiuxiuejà Ahonés—. Però vós no heu d'oblidar que un fill vostre us espera a Saragossa.

Respirava pesant. Havia perdut molta sang i les forces se li exhaurien.

—Pugeu-lo al cavall i tornem a Burbàguena —ordenà Jaume als dos escuders.

Ahonés va morir pel camí, abans de creuar la porta de la casa dels templers. Els seus cavallers, en veure que el duien, s'havien rendit.

Jaume va descavalcar. Encara tremolava. No és el mateix llençar pedres des d'un almanjanec que agafar l'espasa i lluitar cos a cos. I ara s'adonava que un infant és valent perquè és inconscient. Què hauria estat d'ell, a Liçana, si Guillem de Cervera no l'hagués aturat? Però se sentia orgullós, malgrat que un pensament també el mantenia inquiet. Què seria d'Alfons? I d'Elionor? Malgrat que no se l'estimava, bé era la seva esposa i bé havia de pensar en ella. Llavors va mirar el cadàver de Pere Ahonés. Com reaccionarien els altres nobles?

—Mentre éreu fora, ha arribat un pelegrí que vol parlar amb vós —li va dir el cavaller Artal i va estroncar les seves reflexions.

—Un pelegrí? —demanà Jaume—. On és?

—A la sala gran.

Un pelegrí, xiuxiuejà Jaume i, de sobte, mogut per un estrany ressort, va córrer cap a la sala gran, va obrir la porta d'un cop i va entrar per contemplar les amples espatlles que ja coneixia.

—Lluís! —va fer, i el pelegrí es tombà i retirà la seva caputxa per deixar al descobert el seu rostre, amb la barba roja i el cabell del mateix to, mentre un ampli somriure allargava els seus llavis.

—Senyor! —exclamà Lluís d'Estemariu, s'avançà un parell de passes, plegà un genoll al terra i estengué la seva mà nua i cara amunt, mentre acotava el cap en senyal de respecte.

El rei va córrer cap a ell, va prendre la mà i la va prémer entre les seves.

—Sí, ja ho sé. No m'ho diguis —va dir entre riallades nervioses—. Un rei mai no ha d'acceptar la mà d'un cavaller, però aquest cop necessito tant agafar-me a algun lloc segur... —i va començar a plorar—. No tinc a ningú. Tots m'han abandonat.

—Senyor —es va aixecar Lluís—. Em teniu a mi. Ara i per sempre.

—No saps com t'he trobat a faltar! On has estat?

—A Terra Santa, a Foix, a València, a Granada... Però he tornat per ser amb vós.

—Què hi dirà el meu oncle Ferran?

—Ell va tenir la seva oportunitat, us va recolzar quan calia, però també us va abandonar quan més l'havíeu de menester —contestà Lluís—. No crec que el seu parer us hagi d'importar gaire, i a mi em deixa fred...

—Haig de pensar en el meu fill Alfons —medità el rei.

—Us equivoqueu, senyor. Ara és el moment de no pensar en ell.

—El poden matar! —s'esgarrifà Jaume.

—Quin cavaller mataria un nen per derrotar el pare? Quin abat s'arriscaria a patir la ira de Roma amb un acte tan baix? Quin noble tacaria el seu nom i rebria el rebuig de tota la cristiandat per convertir-se en Pilatus? —reflexionà Lluís—. Això és el que volen que penseu. Però hi ha massa coses en joc com per prendre certes decisions.

—I amb qui comptaré per recuperar un regne?

—Amb vós, senyor. Només amb vós —somrigué Lluís—. O és que no recordeu els meus ensenyaments? Si un home compta de debò amb ell mateix, sense cap mena de dubte, ja té un exèrcit.

—I tu seràs amb mi, passi el que passi?

—Mentre vós, passi el que passi, us feu costat, jo també us en faré, perquè tindreu la raó del vostre costat. I qui té la raó, té Déu de part seva —respongué Lluís.

15.- ELS GRAONS QUE CONDUEIXEN AL TRON

Va passar tot un any. Un any farcit de lluites que van deixar un bon plec de morts pels camins. La gent es tancava a les cases i els camps cremaven, mentre els cavallers treien les espases i tallaven la carn dels enemics. Cossos i més cossos que es podrien sense que ningú els enterrés i que omplien l'aire de ferums insuportables. Carronya i aliment per a animals salvatges que poc entenien de pregàries i de tombes. Festí de les aus de rapinya que es reproduïen a l'ombra de la mort.

Aragó s'havia alçat contra el seu rei, mentre Guillem de Montcada, a Catalunya, romania quiet i esperava per veure cap a on es decantava la balança, perquè tampoc s'hi havia d'escarrassar gaire. Estava convençut que Ferran li faria la feina bruta i acabaria amb Jaume i que les seves mans quedarien netes de tot pecat. Ell només hauria de recollir el fruit de les converses dels dos homes més poderosos del regne, perquè així ho havien acordat. Aragó per l'abat i Catalunya per a ell. I en aquest afer sortia guanyant, n'estava convençut, perquè les portes de la mar serien per a ell.

Tanmateix, allò que de bon començament semblava senzill, de mica en mica s'anava complicant. Tant Ferran com Guillem de Montcada esperaven un enfrontament directe i una victòria ràpida, però Jaume, al contrari del que imaginava l'abat, va pujar cap al nord, va deixar enrere Osca i es va desplaçar cap a l'oest, cap a Bolea i Loarre, que van caure a les seves mans, recuperant així una penyora que el seu pare havia donat a Pere Ahonés i que ja feia massa temps que durava. Allà s'establí i aplegà forces i més forces per fer front a qui encara pretenia seguir assegut a la cadira del poder.

Dotze interminables mesos que es van iniciar en el precís instant que els homes que Jaume havia enviat a Daroca, amb el cos de Pere Ahonés, van ser morts pels estadants del castell, després d'escopir-los a la cara i d'apedregar-los. A partir d'aquell moment, cada passa esdevingué una lluita, un nou enfrontament que encara empobria més i més un regne dividit i malmès, incontrolat i esmicolat pels senyors dels castells.

Pere Cornell i l'abat de Montaragó havien pensat que derrotar un rei sense exèrcit era una tasca senzilla, un joc de nens, però van començar a canviar de pensament quan es van assabentar que un antic conegut, de trist record, havia tornat i formava part de l'escorta del rei.

—És Lluís d'Estemariu —cridava Pere Cornell, davant de l'abat de Montaragó—. Aquest malparit li diu com ha d'actuar.

Però, malgrat tot l'odi que Ferran sentia pel cavaller que va deixar morir el seu germà Pere, ja no n'estava segur, d'això. Sobretot després d'escoltar les veus dels seus informadors i de contemplar com un jove, un nen espantat, convertit en rei a l'edat de cinc anys, havia crescut i era capaç de manar els seus homes i dur-los a la victòria. I el pitjor de tot era que el seu pas aixecava l'admiració del poble planer, que ja el començava a mirar-lo com a un rei de debò, l'aclamava i s'hi sumava a les seves forces, que cada dia eren més grans.

—Aquest cop no és només ell —respongué Ferran amb evidents signes de preocupació—. El d'Estemariu no hi era quan el rei va vèncer Pere Ahonés, i ho va fer tot sol, cos a cos. La gent crida el seu nom i escampa les seves gestes.

—Sense ell, Jaume no seria res —insistí Pere Cornell. Recordava que el seu oncle Eixemèn l'havia fet anar per on havia volgut i dins del seu cap romania la imatge d'un nen perdut i enganyat per tothom.

—Quan va començar, potser no. Així i tot, no oblidis que un any és molt de temps, com per no haver après alguna cosa —replicà l'abat.

Més assenyat que el seu aliat, també recordava el dia que Jaume es va presentar per primer cop davant d'ell i no podia oblidar que, encara que fos amb els consells d'Eixemèn, l'havia fet claudicar i que es va haver d'apartar i cedir-li el lloc principal. Aquells ulls, desperts i nets, seguien vius en la seva memòria. Aquell dia va tenir un pensament fugaç. Jaume havia nascut per regnar. Ho duia a la sang. I no podia ser d'altra manera, perquè era fill del seu germà.

Fos com fos la balança començava a equilibrar-se i Ferran era conscient que el seu poder sobre aquelles terres havia minvat. Havia demanat ajut a Guillem de Montcada i havia rebut una excusa com a resposta. No podia deixar-li homes, perquè Catalunya també anava en dansa. Tothom jugava les seves cartes i ningú no arriscava més del compte.

Que no veia, el maleït Guillem de Montcada, que si ell perdia, tothom perdria?, es demanava Ferran. I encara va ser-ne més conscient quan van arribar notícies de Pertusa. El rei no atacava

Osca, sinó que l'envoltava, es dirigia cap a l'est i li tallava un costat i l'altre, deixant Montaragó enmig de dues forces. Si el de Montcada decidís ajudar-lo ara, ho tindria més magre, perquè, a més, Ramon Folch de Cardona i el seu germà Guillem s'havien aplegat a les forces del rei i es dirigien cap a Saragossa. Si queia la ciutat, ja seria el tercer punt cardinal. I al nord, què hi quedava? Els Pirineus. Només muntanyes.

Com el podia aturar?, no parava de demanar-se. Com, si es movia com un conill, pensava com una guineu i lluitava com un llop?

Lentament, però inexorable, l'avanç de les tropes reials recuperaven pam a pam un territori que Ferran havia imaginat que era seu, però el rei també el reclamava. L'havia heretat del seu pare i del seu avi, repetia a cada nova victòria i ningú no l'hi prendria, malgrat que l'hi van voler robar, i els nobles, també un a un, continuaven canviant de parer, se li aplegaven i li juraven fidelitat. El darrer havia estat Roderic Liçana, que fins aleshores s'havia mantingut al marge. Ell, que s'havia enfrontat al rei, que l'havia fet retrocedir a Albarrassí, ara l'ajudava. Per què?, es preguntava l'abat.

—Em vau perdonar i em vaig agenollar davant vostre per oferir-vos la meva mà —va dir Liçana quan s'havia trobat amb Jaume, dos mesos abans—. Un cavaller que dóna la seva paraula, la manté —i va plegar de nou el genoll i va estendre per segona vegada la mà, nua, noble i neta.

Liçana és llest com la fam, pensava Ferran. Si ha esperat i ara ofereix els seus serveis al rei, vol dir que ha fet els seus càlculs i comença a veure cap a on bufava el vent. Però el dia que el vent canviï de direcció, tornarà a mi. Però, Guillem de Cervera també se li havia aplegat.

—Vaig anar a Roma per demanar que l'alliberessin i ara l'haig de recolzar. Ell és el nostre rei —havia dit el cavaller.

Els temors de Ferran, sobre el tercer punt cardinal, esdevingueren realitat i poc va poder fer el bisbe de Saragossa, germà de Pere Ahonés, per aturar allò que se li queia al damunt. Va enviar els seus homes a Alcovera, i no van tornar. Ató de Foces, Roderic Liçana i Ladró van acabar amb tost ells, van entrar a ciutat i van deslliurar Elionor i Alfons per retornar-los a Jaume, que va prendre en braços el seu fill mentre els ulls se li negaven de llàgrimes, mentre el bisbe fugia cap al nord en companyia dels que li eren fidels i demanava asil a Ferran d'Aragó. A Elionor també la va abraçar, però sense amor. Si hagués tingut prou valor i hagués fugit amb ell aquella nit, dos anys enrere, s'haurien estalviat molts morts. De manera que va respectar els desigs de la reina i no la va tornar a tocar. Havia descobert que les altres dones que se li oferien tenien un comportament més proper al seu somni i que, si Elionor no reaccionava davant les seves carícies, possiblement, no era culpa seva. Aquell any, evidentment, havia servit per a molt més que per aprendre a lluitar.

—L'hem d'aturar —meditava Ferran, després d'escoltar les queixes del bisbe Ahonés, que havia fugit amb els pocs homes que van seguir al seu costat i havia anat a refugiar-se a Montaragó—. L'hem d'aturar o arribarà a Osca —i l'abat mirava el mapa per trobar un lloc que permetés plantejar una batalla a camp obert.

La porta s'obrí i el secretari li anuncià l'arribada d'un nou missatger. Duia noves, però no eren gens afalagadores. Des de feia mesos, mai no ho eren. Ponsano també havia caigut. I el puny de l'abat s'estavellà contra la taula.

—Ha dividit les seves forces i ataca pertot arreu! —féu amb ràbia, i va ordenar que busquessin Pere Cornell.

El cavaller va rebre la notícia com un gerro d'aigua freda i va entrar al despatx quan Ferran encara discutia amb el bisbe de Saragossa.

—Això és obra de Lluís d'Estemariu. Us ho vaig advertir —van ser les úniques paraules que se li van ocórrer.

—Sigui obra de qui sigui, tant se val! —respongué Ferran.

I llavors ho va descobrir. I és clar! L'estratègia del rei era evident i ningú no se n'havia adonat. Mirava de dominar les planes, una per una. Per això havia atacat a un costat i a l'altre.

Primer Bolea i Loarre, a l'est d'Osca. Després, Pertusa i Ponsano, les portes de la plana que acabava a Les Celles. Més enllà, cap a l'oest, no s'havia de preocupar, perquè Barbastre i Montsó ja el recolzaven. Ara disposava d'un bon coixí per aturar Guillem de Montcada, si és que feia falta.

I quin seria el pas següent? Les Celles, evidentment! Perquè, un cop conquerides, els seus homes podrien amagar-se als boscos i arribar fins a la plana per prendre Angües. Llavors, només quedaria Osca. I si ell sortia per defensar-la, l'atraparia. I, si no ho feia, les dues planes, a cantó i cantó de Montaragó serien seves. Què podria fer, llavors, sinó esperar pacientment que l'ofegués? I tant que sí! Jaume únicament hauria de tancar-lo al castell, sense fer res i, tard o d'hora, les provisions s'acabarien i hauria de sortir i lluitar, o morir o rendir-se.

Molt hàbil!, pensà. Amb ajuda de Lluís d'Estemariu, o sense ella, era evident que la situació li feia costat.

—O l'aturem ara o no ho farem mai —cridà.

*** ***

Els homes van plantar el campament davant de Ponsano. Lluís d'Estemariu, Roderic Liçana, Ramon Folch, Guillem de Cardona, Pere Pomar, Guillem de Cervera i la resta de cavallers van entrar a la sala gran i s'asseguren per descansar. Havia estat una dura lluita. El rei no va entrar-hi. Jaume s'havia quedat al pati per contemplar la plana i els petits turons.

Per què tanta lluita?, es demanava. Per què la cobdícia ens arrossega a la guerra? Té raó Abu Said, medità. Un rei no és rei fins que no assoleix la pau a casa seva. I ell, pel moment, només havia aconseguit lluita i destrucció.

Divuit anys comptava, havia decidit deixar-se créixer la barba i el seu cos s'havia enfortit fins al punt que ja no era el noi prim i allargat que va arribar a Lleida, sinó que era gairebé tan alt com Lluís d'Estemariu, encara que menys corpulent, i se sentia vell en experiència. Quanta gent no havia conegut? Quantes traïcions no havia suportat? Quantes mentides? Quants enganys? Quants amics no havien mort? Quants graons encara havia de pujar per seure's al tron?, es preguntà, finalment.

Les Celles era la seva immediata destinació. Una altra lluita, i possiblement una altra conquesta. Però, fins quant? Més d'un any havia passat i molts homes no tornarien a veure la llum del sol. Calia tanta disbauxa per fer entendre que no era entre ells que havien de lluitar?

—El dia que sigueu rei de ple dret, torneu i us lliuraré la ciutat —havia fet Abu Said.

Ho deia de veritat? O només va ser una frase amable per no riure's d'ell?

—Tornaré —li havia respost.

Sí, li havia donat paraula, i la compliria. A fe de Déu que la compliria! Encara que fos l'última cosa que fes en aquest món.

Va afirmar amb el cap, lentament, apartà la mirada dels turons i va abandonar el pati per entrar a la sala on s'estaven els altres cavallers. Només traspassar la porta va veure la taula, les cadires i les parets. El terra estava net, però li recordava el lloc on va ferir un home per primer cop i que la sang embrutà. Què havia sentit en aquell moment? Por, evidentment. Por de morir sota aquella espasa que s'aixecava a les mans de Pere Ahonés. I un crit l'havia salvat. Un crit o un record? Perquè, estirat a terra, vençut i perdut, la imatge de Lluís d'Estemariu se li va aparèixer i li va recordar que, de vegades, les mans i els braços actuen pel seu compte i no demanen permís. Així havia estat. Si algú, ara, en aquell precís instant, li preguntés com s'ho havia manegat per encertar l'únic punt feble del seu rival, no podria respondre, perquè no era conscient d'haver donat l'ordre. Simplement, el braç va decidir per ell, va cercar el forat i va encertar.

Bé! Havien de menjar, dormir i reposar forces perquè d'aquí poc els esperava una altra jornada plena de sang.

Aquella nit va trigar temps a dormir. Va sortir al pati i aixecà els ulls per contemplar les estrelles. Déu els mirava des d'allà dalt? I què en pensava? Cristians contra cristians, creients contra creients, amics contra amics, parents contra parents i germans contra germans. Encetada una guerra, tot és possible. I l'has de guanyar, perquè mai no saps fins on arriben la pietat i la generositat del rival. Ferran volia el seu cap, i el d'Estemariu.

Potser era el moment de demanar-li quina havia estat l'ofensa, va pensar. Tanmateix, havia donat la seva paraula i ningú no li n'havia parlat. I és clar que ell tampoc no ho havia demanat. Un cavaller que fa honor a la paraula donada, sempre serà un cavaller, encara que ho perdi tot.

L'endemà, a primera hora, va prendre un cavall, va sortir del recinte i es va atansar tot sol a un turó que hi havia allà, a la vora. Més d'un any i havia fet un llarg camí i ara li semblava que encara es trobava al punt de partida. Tan de bo fos el final del camí, gairebé resava. Se sentia cansat, amb ganes d'acabar. I allà es va quedar, mut i quiet, mirant l'horitzó, aquells boscos que s'estenien fins atrapar l'Olla d'Osca. I, enmig, entre ell i la ciutat, Montaragó.

Lluís es va llevar, va anar a l'habitació de Jaume per despertar-lo, tal com feia cada matí, i no el va trobar. Llavors es dirigí a la sala gran, que també servia de menjador. Tampoc hi era. De manera que va sortir al pati i va preguntar per ell.

226

—Ha marxat cap allà —li va informar un escuder, tot assenyalant el petit turó que s'aixecava darrere d'uns camps, lluny de les tendes dels soldats.

—Sol?

—Sí. Ha dit que volia meditar.

—Com se li ha ocorregut? Som a prop de Les Celles, el bosc és perillós i pot caure en un parany —mormolà, i, de sobte, va tenir una intuïció—. Prepara'm el cavall! —ordenà, i anà a buscar l'espasa, però amb les presses no va prendre cap protecció. Ara el més important era no perdre temps.

Roderic Liçana, que també acabava de sortir, va veure Lluís que marxava tot corrents, va parlar amb el sentinella i, quan es va assabentar que el rei havia sortit tot sol, s'esgarrifà, va cridar cinc escuders, van prendre els cavalls i van seguir el d'Estemariu.

Quan era a prop del turó, Lluís va distingir tres genets que venien de l'altre costat. El rei s'estava dret i mirava cap a l'est. No els podia veure, perquè els arbres li tapaven la visió. L'encerclarien pel darrere, va ser-ne la conclusió. Desenfundà l'espasa i se n'anà cap als cavallers.

La plana romania en silenci i Jaume va escoltar el soroll dels cascs dels cavalls. Es tombà.

—Déu meu! —va fer en descobrir Lluís que anava al galop cap a tres cavallers—. Què és boig? No duu l'armadura.

Va córrer cap al cavall i hi pujà per aturar Lluís o, en tot cas, aplegar-se-li. Tanmateix, no va ser a temps, perquè el d'Estemariu ja atrapava els seus atacants.

La lluita va ser curta. Lluís va descavalcar el primer dels atacants d'un sol cop. Tanmateix, el segon el va ferir amb la llança i el tercer el va fer caure del cavall per trepitjar-lo i rematar-lo, però en veure que Jaume s'atansava i que darrere d'ell arribaven Roderic i els escuders, van fugir.

—Lluís! —cridà el rei, saltà de la sella i corregué cap a ell.

—Senyor —va fer el d'Estemariu—. Aquest cop m'han ben enganxat.

—No diguis bajanades —rigué Jaume, forçat, mentre es treia un guant i agafava el cap del cavaller per ajudar-lo a incorporar-se lleugerament—. Això no és res. Una petita ferida —i li obrí la camisa per veure el forat que tenia sota el pit, just a l'altura de l'estómac, per on brollava la sang—. Ajudeu-me! —ordenà als escuders, que ja havien arribat. Estava espantat. Aquella ferida era massa important.

Amb molta cura van aixecar l'enorme cos del cavaller, l'ajudaren a muntar i el van conduir a Les Celles. Sagnava molt.

Allà el van dipositar al llit d'una de les cel·les dels monjos i el metge va arribar de seguida i examinà la ferida. Era profunda i afectava òrgans interns. N'havia vist moltes com aquella i ningú se n'havia sortit. I així li ho va comunicar al rei.

—No hi ha res a fer.

Jaume el va agafar per les espatlles i el sacsejà ple de ràbia i de dolor.

—Ell no en té la culpa —va escoltar la veu de Lluís, estirat al llit.

Va deixar estar el metge i es va atansar per agenollar-se al costat del seu estimat amic.

—Ara no em pots abandonar —va fer amb una rialla que mirava d'aparentar força—. Em queden molts graons per arribar al tron.

—No —negà el cavaller— Vós ja sou rei, senyor. Vau pujar al tron el dia que us vau enfrontar a Pere Ahonés i el vau vèncer, el dia que vau decidir mantenir la vostra paraula i regnar —mormolà Lluís—. Ara l'única cosa que heu de fer és acabar amb aquesta estúpida lluita.

—Sí, però com governaré sense tu?

—Amb una sola cosa —va dir Lluís, va aixecar un dit i va mirar els altres cavallers—. *Virtus unita fortior*. Amb això governareu. Amb els nobles que us són fidels i que han lluitat al vostre costat.

El seu rostre estava cada cop més pàl·lid i la veu se li esquinçava. Va fer un esforç per incorporar-se i Jaume li ho impedí.

—Estàs un xic dèbil per poder cavalcar —va fer broma, i va amagà el rostre per tal que no veiés la llàgrima que volia escapar-se dels seus ulls.

—Si em permeteu, només vull afegir un consell —digué amb esforç.

—Endavant.

—Mai no doneu a una dona més d'allò que li pertoca.

—Ara penses en pits? —somrigué el rei.

—Penso en vós, de la mateixa manera que he fet des del dia que us vaig conèixer. Seguiu el meu consell i sereu un gran rei.

—Entesos. Però ara descansa.

—No tinc temps —rigué Lluís—. Encara queda una cosa per fer.

—Què és?

—Demaneu-me un confessor —xiuxiuejà Lluís.

—Porteu un confessor! —ordenà, tombant el cap, sense aixecar-se. I va prémer aquella mà amb força—. Lluís, Lluís, som a les portes del final, i tot gràcies a tu.

—Un final sempre és l'inici d'una nova etapa. L'eternitat és eterna. No ho heu d'oblidar mai. No es tanca mai una porta al darrere sense haver-la traspassat —negà el cavaller.

Un monjo va entrar i els cavallers es van apartar. Era prim i visitava aquelles terres perquè predicava el nom de Jesús. A ell l'havien triat, perquè era qui millor coneixia la mort, per haver-la vist als camps de batalla. Jaume es va aixecar i ordenà que els deixessin sols, al monjo i a Lluís, però el cavaller el va aturar.

—No oblideu mai el meu consell i sereu un bon rei

Els cavallers van sortir, el rei va prémer la mà de Lluís i també sortí.

Una estona després, llarga estona, el monjo va sortir de l'habitació. Feia una cara estranya i es va mirar el rei amb uns ulls oberts i sorpresos.

—Què heu vist una aparició, germà? —preguntà Guillem de Cervera.

El monjo, s'atansà al rei i, davant la sorpresa dels presents, l'abraçà.

—M'ha demanat que ho fes per ell, perquè us volia tornar una abraçada que vós li vau fer anys enrere —va dir, i va marxar.

Jaume va plorar i se'n va anar cap a l'habitació.

Una estona després els cavallers van entrar-hi i van trobar Jaume agenollat davant el llit, amb les mans a la cara i llàgrimes als ulls, mentre recitava una oració.

—Déu del cel, acull el més noble de tots els cavallers i atorga-li un lloc a prop teu. No hi ha hagut mai home tan fidel ni de tan recte procedir. I si algú es mereix que el miris amb amor, és ell — digué.

Els altres cavallers s'agenollaren i també pregaren per l'ànima de qui acabava de morir.

*** ***

Tots els homes de Pere Cornell, els de Ferran, els d'Artal de Lluna, els de Balasc d'Alagó i tots els que havien fugit de Saragossa, de Bolea, de Pertusa, de Daroca, de Loarre i de tots els llocs que havien caigut, s'havien aplegat a la plana que hi havia sota Montaragó.

Ferran va prendre el cavall i es dirigí cap a l'exèrcit que l'esperava. No calia endarrerir més l'encontre. Les notícies li havien dit que Jaume ja anava camí de Les Celles. Era un bon lloc per decidir qui havia de ser el guanyador. Havia reclutat una bona colla d'almogàvers, que li havien costat uns bons diners, però amb ells les forces es decantarien del seu costat.

Va repassar les tropes i va comprovar que anaven ben armades. Anava a donar l'ordre de marxar quan va arribar un carro ben guardat per soldats.

—Qui deu ser? —demanà Pere Cornell.

—Ho sabrem d'aquí ben poc —respongué Artal de Lluna.

El carro es va aturar davant les forces i un prelat, vestit amb la sotana blanca i el mantell vermell, posà peu a terra. L'abat va reconèixer d'immediat aquella cara pàl·lida i prima i aquelles passes pausades. Era Espàreg, l'arquebisbe de Tarragona.

—Atureu-vos, que hem de parlar —va fer l'arquebisbe.

*** ***

Un xic més i podrien contemplar Les Celles, però les notícies l'havien aturat. Ferran i Pere Cornell venien de camí i no podia atacar la vila i immediatament després enfrontar-se a l'abat, perquè seria massa desgast. D'altra banda, la lluita seria desigual. I, si no treia aquell destorb del mig, les forces de Les Celles els atacarien pel darrere i l'exèrcit del seu oncle pel davant.

—Senyor —va fer Pere Pomar, i el rei es va tombar—. Ens podem fer forts en aquell turó, mentre enviem missatgers per obtenir reforços —va senyalar cap al sud.

—No —negà Jaume—. Sóc el rei d'Aragó i qui ve contra nosaltres no ho fa amb la raó. Déu ens ha d'ajudar.

Durant tot un dia van estar esperant i ningú no es presentà.

L'endemà, a primera hora, un escuder dels que havien enviat per saber on eren les forces de Ferran es va presentar.

—Senyor, s'han aturat —va dir.

—Per què? —demanà Roderic Liçana.

—Diuen que Guillem de Montcada ve cap aquí.

—Déu meu! I ara què? —féu Pere Pomar.

—Hem de fer el que ens deia Lluís d'Estemariu. *Virtuts Unita Fortior* —va respondre Jaume, va girar els ulls cap al sud, desenfundà l'espasa, l'aixecà ben enlaire i cridà—: Ara, Les Celles!

*** ***

—És mort! —cridà Pere Cornell—. El traïdor és mort! —repetí quan entrava a la tenda de Ferran

L'abat de Montaragó es va aixecar de la cadira i s'arribà fins la porta. Lluís d'Estemariu mort, medità. Amb ell s'estava l'arquebisbe de Tarragona. Portaven força estona parlant.

—Hem d'atacar —va dir Pere Cornell.

—No —negà Espàreg—. Ja n'hi ha hagut massa, de lluita. Jaume és el rei.

—Sense el d'Estemariu, Jaume no és res ni pot fer res —insistí Cornell.

L'abat mirava el cel blau i no deia res. I així va seguir durant una estona, mentre el cavaller i l'arquebisbe discutien. Finalment, es va tombar i va entrar a la tenda.

—El rei ja no és un nen i no podem tractar-lo com a tal.

*** ***

El carro va traspassar la porta de Pertusa i es va aturar. Un soldat va obrir la porta i l'arquebisbe Espàreg va baixar. Davant mateix l'esperava el rei.

—Déu sigui amb vós —va saludar l'arquebisbe.

—Ja és amb nosaltres, perquè arriba amb vós —respongué Jaume, prengué la mà del prelat i l'atansà al seu front.

—He vingut per acabar amb aquesta insensata lluita —comunicà Espàreg.

—Insensat és intentar robar un regne a qui per dret li pertoca, i assenyat és defensar i reclamar allò que és teu. La lluita, per ella mateixa no és insensata. És un medi que fer prevaler un dret —corregí el rei.

—Guillem de Montcada ha vingut a l'Aragó i arriba amb els homes desarmats. No vol enfrontaments, sinó perdó —comunicà.

—I el meu oncle Ferran?

—Us espera a Osca i també demana el vostre perdó. Tothom sap que sou el rei de Catalunya i d'Aragó i jo espero que Cella hagi estat la darrera de totes les batalles —respongué Espàreg.

Jaume va mirar els seus cavallers: Guillem de Cervera, Roderic Liçana, Pere Pomar, Balasc Maça, Pelegrí de Bolas, Assalit i els altres. Hi mancaven molts més, tots els que havien mort al llarg d'aquells mesos i... Lluís, el fidel Lluís, el valent, l'assenyat, l'home que li havia prohibit pronunciar el seu nom. Havia mort quan eren a una passa del final. Tanmateix, Déu havia escoltat les seves oracions i acabava gairebé el punt que va començar. De Burbàguena a Cella, malgrat que hi ha poques llegües de camí havia trigat més d'un any.

—Anirem a Osca —va dir—. Tot s'ha acabat, malgrat que mai no havia d'haver començat.

16.- LA DARRERA LLUITA

Lleida resplendia sota el sol de primera hora de la tarda. El notari tenia davant d'ell els documents i buscava entre els textos legals. De tant en tant es gratava el cap i feia moviments negatius o afirmatius.

—Bé! —va escoltar la veu de Jaume, darrere seu—. Hi té dret o no?

—Sí, en té, però no l'ha exercit des de fa vint anys. Això…

—Això què?

—Vint anys són molts anys i Guerau de Cabrera també podria tenir-hi dret.

A l'altre costat de la taula farcida de documents s'estava Guillem de Cervera, el senyor de Juneda, i Ramon de Peralta, els homes que Aurembiaix, comtessa d'Urgell, havia triat per defensar el seu cas, i Ató de Foces, cridat per Jaume perquè hi posés el contrapunt.

—Senyor, els documents que he aportat demostren que Guerau de Cabrera no té dret al comtat d'Urgell i que ha trepitjat la legítima herència de la meva protegida —digué Guillem de Cervera—. En ells es demostra que, per ser filla de comte Ermengol i de la comtessa Subirats, un cop s'ha separat d'Álvaro Pérez, recupera la potestat de reclamar el comtat d'Urgell. És un afer sobre el que només us correspon a vós decidir, perquè els tribunals ja s'hi han pronunciat.

—I vós, què en penseu? —es dirigí el rei cap a Ató.

El cavaller bufà. Dubtava. Recordava el dia que Aurembiaix s'havia presentat al castell. Era formosa i altiva, orgullosa i elegant. Duia un vestit blau amb un escot ben pronunciat i una mantellina que havia deixat caure per les espatlles. El seu nas, recte i decidit, amb aquells llavis mig oberts, li conferien un atractiu que no va passar per alt als ulls del rei. Ben al contrari, no podia oblidar que la mirada de Jaume va baixar lentament per aturar-se als seus pits generosos. Ella ho va copsar i va corbar les mans per prendre la mantellina i cobrir-se com si tingués fred, però no va deixar de mirar el rei ni un instant. Ni tan sols va parpellejar, i el moviment va ser lent, molt lent, arrossegant la tela per tota seva pell nua, com si s'acaronés. Llavors va creuar els braços i romangué en silenci.

—Bé! —havia fet el rei, i havia apartat la mirada dels pits per fixar-la als ulls de la comtessa. En ella, tot era gran i apetitós—. Estudiaré el cas.

Aurembiaix va somriure i no va dir res, sinó que tornà a deixar caure la mantellina, féu una ben estudiada reverència per mostrar els seus atributs, es retirà lentament i marxà.

—Ja li ha donat Montmagastre —respongué Ató, finalment, estroncant aquell record.

—Però s'ha quedat amb quatre castells per a ell —intervingué Ramon de Peralta.

—Hi té dret o no? —demanà altre cop Jaume.

—S'hauria d'acabar d'estudiar —respongué el notari—. No és del tot clar.

—Per què sempre és tan complicat respondre la pregunta més senzilla? —féu el rei—. Vull una resposta concreta i la vull per demà.

El notari va recollir els documents i sortí seguit de Guillem de Cervera i Ramon Peralta. Ató s'hi va quedar.

—Senyor, no estareu prenent massa partit per la comtessa? —gosà demanar—. Tan important és aquest afer?

Jaume se'l mirà sorprès i esclafí a riure. Preguntava si aquell afer era tan important? I tant que ho era! No va poder més i va demanar:

—Tu li has vist els pits?

—No sé si tan com vós —respongué Ató amb prudència. Naturalment els havia vist, des de dalt, que és la millor de totes les perspectives. I estava d'acord amb el rei. No tenien igual!

—I no te'ls menjaries? —va fer el rei.

—Bé… Són formosos… Però… no sé si ella em deixaria —somrigué Ató. De seguida va recuperar la seriositat—. A més, jo no… no… —dubtà.

—Ja sé que tu no els mossegues com jo —rigué Jaume—. Tanmateix, jo no ho faig a qualsevol preu —puntualitzà—. Per això és tan important saber si hi té dret.

—I si hi tingués dret, qui us assegura que se'ls deixarà mossegar?

—Ella —respongué Jaume, sorprès—. Així de clar m'ho ha dit. El dia que recuperi els meus drets, seran tots per a vós —va moure el cap a dreta i esquerra—. Comprens, ara, per què és tan important si hi té dret o no?

—I la reina? —demanà Ató amb timidesa—. Encara esteu casat.

—Espero que per no gaire més temps. He complert la darrera condició que m'ha imposat Roma i he reconegut Alfons com al meu hereter legítim. D'altra banda, els advocats m'asseguren que la consanguinitat, no havent-hi dispensa del Papa, és causa de nul·litat. I Ferran de Castella no s'hi ha oposat, perquè Elionor li ha dit que no pensa deixar que la toqui mai més. És un bon amic i prou assenyat. A més, ell entén perfectament que sóc un rei i haig de tenir més descendència. I, per si fos poc, sóc un home amb necessitats —explicà Jaume—. Gran home, el rei de Castella! —féu amb una rialla.

L'endemà, a migdia, el notari es va presentar davant del rei. Aurembiaix hi tenia dret. I el rei la va visitar i li va comunicar la bona nova.

La comtessa s'estava a l'habitació brodant en companyia d'una donzella. Jaume va entrar amb un ampli somriure als llavis. El somriure del triomfador.

—Quan prendré possessió d'allò que és meu? —va demanar Aurembiaix.

—He ordenat que citin al comte Guerau —respongué el rei, i es mirà aquell parell de pits—. No crec que trigui gaire —afegí, alçant els ulls.

La comtessa va deixar el brodat damunt la falda, va baixar la mirada, es contemplà els pits, primer l'un i després l'altre, i aixecà de nou els ulls per clavar-los en els dels rei.

—Recordo que us vaig prometre que serien vostres —va dir.

Jaume va somriure satisfet i llençà un esguard cap a la donzella, que seguia amb el cap baix, sense badar boca. Llavors va mirar interrogant la comtessa. Esperava que Aurembiaix li ordenés abandonar la cambra, però ella, que havia tornat a reprendre el brodat, no es va moure.

—I evidentment, us esperen —somrigué Aurembiaix. Llavors prengué el brodat i l'examinà—. Quan hagi obtingut el meu dret —afegí, i seguí brodant.

El rei es posà tens. Amb allò no hi comptava, però va fer una lleugera reverència, que va ser corresposta per Aurembiaix, i va abandonar l'habitació empipat.

*** ***

La primera citació no servir per a res, perquè ningú no es va presentar. De manera que el rei va ordenar que fessin la segona, que va seguir el mateix camí. Finalment, tal com assenyala la llei, va enviar la tercera i definitiva. Llavors es va presentar Guillem de Cardona, que venia com a procurador del comte, i es reuniren amb els procuradors de la comtessa, amb el notari i amb altres nobles, batlles i homes rics.

La vista va durar hores. Cadascú tenia les seves raons i les discussions s'allargaren més del compte, fins al punt que gairebé ningú no sabia per on anaven. En un moment que s'havia fet el silenci, Guillem Caçala, un dels homes rics, demanà la paraula.

—Senyor, la comtessa no tenia a qui recórrer, sinó a vós —va dir—. I vós sou el rei i Déu vol que tingueu cura dels orfes i de les vídues.

—La comtessa Aurembiaix no és vídua i ja és massa gran per ser orfe —rigué el de Cardona.

—És una dona sola, apartada del seu matrimoni amb Álvaro Pérez, que ha estat anul·lat, i sense fills ni un home que la pugui defensar —replicà Caçala—. Reclamo la protecció del rei.

—És ara que està sola, no pas abans. I ara és quan se'n recorda dels seus drets? —negà Cardona amb el cap i féu esclafir la llengua—. Fa vint anys que Guerau de Cabrera és comte d'Urgell. I vint anys són massa anys com per a què algú pretengui demanar allò que no ha reclamat. On ha estat ella tot aquest temps?

—Els sarraïns portaven molt més temps en aquestes terres quan les van reclamar —respongué el rei—. On érem nosaltres, llavors? Penseu que els hi hem de tornar?

—És diferent —replicà Caçala—. Nosaltres ja hi érem quan ells ens les van prendre. No fem altra cosa que recuperar allò que ja era nostre. Però Guerau de Cabrera va prendre unes terres que no tenien senyor.

—És cert que Guerau de Cabrera va entrar en aquestes terres després de la mort del comte Ermengol, fa vints anys, just l'any que jo vaig néixer. Però us recordo que el meu pare el va fer fora i el va tancar a Jaca. I, no perdeu de vista, que va aprofitar la mort del rei Pere per escapar-se i tornar-hi. Sembla que el vostre client camina damunt dels morts. El comtat d'Urgell pertanyia a Elvira Subirats, mare d'Aurembiaix quan ell hi posà els peus per segon cop. On és la diferència amb els sarraïns? —demanà Jaume.

—Que ningú no va perdre res per causa del plaer de cap senyor —va gosar dir Guillem de Cardona.

Es va fer un gran silenci, i el rei enrogí. Llavors s'aixecà lentament i mirà amb duresa el procurador del comte d'Urgell.

—Mai no he donat ningú allò que no li pertoca, i menys a canvi d'un plaer. Mai cap dona obtindrà més d'allò que li correspon, però ningú no es quedarà sense allò que és seu —sentencià—. I mai un argument tan groller no tindrà força davant del meu tribunal. Digueu-li això al comte i afegiu que, si no compleix la meva sentència, aniré a casa seva per reclamar-li personalment, perquè, des del moment que tots els nobles em van jurar fidelitat a Osca, va quedar clar que sóc el vostre rei i, com deia el Papa Innocenci, Déu així ho ha volgut.

—Llavors, serà com Déu voldrà —respongué Guillem de Cardona.

—No amoïneu Déu amb decisions que puc prendre jo —respongué el rei, i abandonà la sala.

*** ***

Guerau de Cabrera no va fer cas del savi consell del rei Jaume i Menargues, Linesola, Balaguer i Pons esdevingueren setges que el rei va posar i portes de castells que va obrir, fins que es complí la seva voluntat.

Ningú, mai més, no s'oposaria a la seva justícia. Això, si més no, havia quedat prou clar.

*** ***

Eren al llit. La llum de la lluna es filtrava per la finestra i Jaume va veure com Aurembiaix s'alliberava de la camisola i deixa al descobert un cos que durant tant de temps havia desitjat.

—Ara sí, que soc teva —va xiuxiuejar ella, mentre es tornava a estirar.

El rei va contemplar aquells pits que es movien al mateix ritme que la respiració i, recolzat damunt el seu braç, es va llepar els llavis, mentre allargava el dit i tocava lleugerament els mugrons, que van respondre de seguida i es van endurir, com si tinguessin fred. Atansà els seus llavis al coll blanc que se li oferia i va deixar anar el seu alè, sense tocar-lo. Aurembiaix remugà de plaer i va baixar la seva mà per acaronar-li els testicles.

Això és diví!, va pensar Jaume, i es va extasià amb les carícies. Notava que la sang li bullia i desitjava llençar-s'hi al damunt i acabar, però recordava el seu somni d'una nit plàcida, feia anys, i es relaxà. Més gran és el plaer, quan és compartit. Això li havia dit la substituta de Zoraima i ell ho havia pogut comprovar en altres cossos, en altres pells i, en altres desigs. Les grans obres requereixen temps.

Apartà la mà d'ella i la tombà d'esquenes. Llavors, atansà la seva boca a la nuca i, gairebé en una frec, va passejar els seus llavis per tots els nusos de l'esquena, des de dalt fins a baix. I no es va aturar, sinó que prosseguí pel plec de les natges i arribà a les cuixes, on va disminuir encara més la velocitat. Eren tendres i dolces i el conduïen fins a la corba dels genolls, aquell punt, immensament delicat, amb una pell sublim que responia als petons amb una respiració.

Aurembiaix va notar que tot el pèl dels braços se li aixecava i una estranya tremolor la trasbalsava. No era cap mentida, allò que li havien dit, sobre el rei i les seves habilitats, perquè buscava el contacte del llençol com si es fregués amb la més dolça de les pells.

De sobte, es tombà i va obligar Jaume a estirar-se panxa enlaire. S'ho mereixia. I tant que s'ho mereixia!

Va resseguir tot el pit de l'home i va llepar-li els mugrons, mentre ella mateixa s'excitava amb la mà. Llavors, quan va notar que la duresa havia atrapat el màxim, el va cavalcar obrint les cames i desitjant sentir dins seu tota la força d'un gran amant.

Jaume la va deixar fer i es va quedar bocabadat amb els pits que penjaven damunt seu, a poca distància de la seva boca. I va dubtar. L'esquerre o el dret?

Un crit, barreja de dolor i de plaer, va omplir l'estança.

El dret!, havia decidit, finalment.

*** ***

El rei va deixar damunt de la taula els guants. Encara esbufegava per causa de l'exercici de cavalcar.

—Em sento bé! —va fer, mentre estirava els braços i badallava.

—Ha estat bona, la cavalcada? —preguntà Guillem de Cervera.

—Quina? —somrigué Jaume.

—La que vós preferiu —li tornà el somriure el cavaller.

—Una bona euga —comentà el rei.

—No m'ha semblat pas una euga, sinó un bon semental —
digué Guillem.

—No teniu bona vista, amic meu —rigué el rei—. És la millor
euga que mai no he tingut. Us ho puc ben assegurar.

—Doncs, no us ha deixat plenament satisfet de cavalcar —
també rigué el cavaller.

—Potser perquè, de certes coses, mai no en tens prou —
respongué Jaume. Llavors canvià de conversa—. Què hi tenim,
aviu?

—Ha vingut un monjo que vol parlar amb vós.

—Què vol? Un donatiu, tal vegada?

—És un home estrany. M'ha donat un objecte per a vós —i va
allargar la mà per lliurar-li la daga amb la pedra vermella al puny.

Jaume se la mirar i els seus ulls s'obriren de patac.

—Que passi immediatament —ordenà.

El monjo va acabar la poma i només va deixar el pal. S'havia
cruspit fins i tot les llavors.

—Com és que teniu al vostre poder aquesta daga? —va
preguntar el rei.

—Me la va donar al seu llit de mort, qui vós ja sabeu.

—Per què?

—Perquè em va dir que em rebríeu només veure-la.

—I heu vingut fins aquí per donar-me-la?

—I per revelar-vos una història que se'm va confiar —
respongué el monjo—. Havia de venir el dia que vós complíssiu
vint-i-un anys. I, segons tinc entès, aquest dia és demà. Tanmateix,
no crec que unes hores treguin validesa al meu encàrrec —va
respirà fons—. El cavaller Lluís d'Estemariu em va confiar un
secret que vós heu de conèixer. Fa setze anys, ell servia el vostre
pare, el rei Pere. Eren temps difícils. Simó de Montfort us tenia a
vós i el vostre pare se li va enfrontar. El cavaller d'Estemariu era al

seu costat i la nit abans de la batalla de Muret, on el vostre pare va morir, va tenir lloc un esdeveniment que havia de canviar la història. El vostre pare, com ja hauríeu de saber, era un home a qui li agradaven les dones en excés. Aquella nit, abans de la batalla, es va allitar amb una noieta que li van oferir i que encara s'havia de desflorar. L'endemà Lluís d'Estemariu va trobar una dona per la qual havia sentit un gran amor. Brígida, era el seu nom. La pobra dona plorava i ell li va demanar la raó del seu desconsol. La noieta que havien ofert al rei era la seva filla, li va dir Brígida. Ella era l'esposa del cavaller Anton de Maupassan, un gran amic del rei, també present en aquelles contrades. Lluís d'Estemariu no s'ho podia creure, que el Maupassan li hagués ofert la seva pròpia filla, però ho va entendre quan Brígida li va revelar que aquella criatura, desflorada pel rei, era, ni més ni menys, que el fruit de l'amor que l'una havia sentit per l'altre, Brígida i Lluís, feia molt de temps, i que el seu marit, coneixedor d'aquesta circumstància, l'havia lliurat al vostre pare.

—Déu meu! —va fer Jaume, astorat.

—Llavors, Lluís d'Estemariu va anar a trobar el vostre pare i el va posar al cas, però el rei Pere li va contestar que no s'havia d'amoïnar, que ell ja feia estona que li havia tret la titola de dins —va seguir explicant el monjo, i va acotar el cap avergonyit per la paraula que acabava de pronunciar—. El cavaller d'Estemariu es va sentir tan vexat que va atacar el rei i Anton de Maupassan va treure l'espasa i el va voler matar. D'aquella lluita va sortir un mort, Anton de Maupassan, i un proscrit, Lluís d'Estemariu.

—Verge Santa! Quin horror! —es va cobrir el rostre el rei.

—El rei Pere va ser un gran home, em va dir Lluís d'Estemariu al seu llit de mort. Digueu-li al rei Jaume que va tenir un gran pare i que aquest darrer fet de la seva vida no pot amagar tots els altres encerts. Digueu-li també que vaig acceptar tenir cura d'ell com si fos fill meu i que moro per ell, perquè és el meu rei i digne fill del seu pare. I digueu-li que, un cop hagi pujat tots els graons del tron, miri cap endavant. És molta la tasca que queda per fer.

El punyal era en mans del rei, que l'observava amb llàgrimes als ulls. El monjo es va aixecar lentament i es dirigí cap a la porta.

Ell ja havia complert amb la seva tasca i ja podia descansar.

EPÍLEG

Ató de Foces va pujar les escales que conduïen a la sala dels cavallers. Anava preocupat. Feia una estona que havia parlat amb Guillem de Cervera i no li acabava de fer el pes allò que el cavaller li havia explicat que havia escoltat de boca de Guillem de Montcada, al qual havia vist a Barcelona, feia tot just una setmana. Si era cert, no anem bé, pensava.

Va passar per davant dels dos sentinelles, que van plegar les llances, però ni els va veure. Anava massa capficat i va entrar a la sala dels cavallers del castell de Lleida.

Només obrir la porta va veure Roderic Liçana que endreçava alguns documents.

—Això no m'agrada —va fer.

Roderic va aturar les mans i se'l va mirar estranyat. Per la fila que feia, bé podia dir que el de Foces arribava força preocupat.

—Què és el que no t'agrada?

—Tot plegat —obrí les mans Ató amb desesperació. Es va quedar callat un instant, davant la mirada del seu company. I és clar! Si no li ho explicava… poc el podia entendre—. És cert que el rei ha signat un contracte secret de concubinatge amb la comtessa d'Urgell? —preguntà.

—No ha transgredit cap llei —respongué Liçana, negant amb el cap—. Tu hi eres quan Lluís d'Estemariu li va donar el consell que mai no atorgués a una dona més d'allò que li pertoca. I és un gran rei, perquè l'ha seguit. Com no es poden casar, perquè els nobles no ho volen i Jaume ja en té prou de lluites, és la millor solució —va fer, però Ató encara dubtava. De manera que aclarí—: D'aquesta manera pot gaudir d'ella, els fills seran reconeguts i l'Urgell no passarà directament a mans del rei. Tothom content —se'l mirà estranyat—. Això és el que et preocupa? —preguntà.

—Tens raó, tens raó —contestà Ató i es dirigí cap a la taula, però encara no havia arribat que s'aturà de nou—. Em preocupa més el darrer viatge de Jaume a Barcelona —féu, aixecant el dit índex enlaire.

—Bé! És el rei de tothom i bé s'ha de bellugar pertot el regne —alçà les espatlles Roderic i mogué el cap a dreta i esquerra, mentre deixava escapar un somriure. Ató veia fantasmes pertot arreu.

—Sí, però… —va negar Ató, amb el cap—. No saps que ha tingut una reunió amb els homes rics de la ciutat? No paren de queixar-se que les rutes del mar no són segures i que els vaixells dels sarraïns de Mallorca els ataquen constantment.

—I és cert. Tenen raó.

—Sí, però… —tornà a negar Ató, amb el cap—. Després el rei ha anat a veure Guillem de Montcada i tota l'estona mirava cap al mar.

—Ahir vaig parlar amb ell i em va dir que tenia una cita a Peníscola, que allà l'espera Abu Said. Hi tornaré. Això és el que li va dir, al governador d'aquelles terres, fa temps. I un rei sempre compleix la seva paraula, però que abans ha d'enllestir una altra feina.

—Vols dir Ses Illes?

—Podria ser —somrigué Roderic Liçana—. La comtessa Aurembiaix no m'ho ha dit obertament, però m'ho ha insinuat.

—Segur?

—M'ha semblat entendre-ho així —obrí els palmells enlaire Liçana, en senyal d'evidència—. I semblava molt convençuda, quan m'ho ha comentat —afegí.

—I ella com ho sap?

Liçana se'l va mirar divertit. Se n'anà cap a la porta, es tombà lleugerament, somrigué i digué:

—Aquest matí, quan m'he creuat amb la comtessa, es fregava massa els pits —féu l'ullet—. A més, el rei ha sortit a cavalcar —sortí i tancà la porta.

Ató es quedà mut. Llavors, lentament s'atansà a la finestra, mirà cap a l'est i exclamà:

—Verge Santa! Quina ens espera!

ALTRES OBRES D'ALBERT SALVADÓ

Si heu gaudit amb la lectura, potser us interessi conèixer altres obres d'Albert Salvadó, totes disponibles en format de llibre electrònic.

LA REINA HONGARESA

(Segona part de la Trilogia de JAUME I EL CONQUERIDOR)

LA REINA HONGARESA és la segona part de la trilogia de JAUME I EL CONQUERIDOR, una de les obres més aclamades d'Albert Salvadó. Ha estat més de quatre mesos en les llistes dels més venuts.

Jaume ja és rei. Ha aconseguit pujar els graons que ascendeixen fins al tron, ha pacificat ARAGÓ i CATALUNYA i s'ha assegut en el lloc més alt del poder. Ara arriba el moment de contemplar l'horitzó i iniciar les grans conquestes. MALLORCA i VALÈNCIA l'esperen.

És aquí on apareix amb tota força de la passió, la seva conquesta més important, Violant d'Hongria, LA REINA HONGARESA, una de les històries d'amor més tendres i, al mateix temps, més turbulenta. Entre places, castells i lluites internes amb els nobles, cauen les muralles i els cors. I enmig s'alça Violant, LA REINA HONGARESA. Sens dubte és l'etapa més apassionant i més apassionada de JAUME I EL CONQUERIDOR.

PARLEU O MATEU-ME
(Tercera part de la trilogia de JAUME I EL CONQUERIDOR)

PARLEU O MATEU-ME és la tercera i última entrega de la trilogia de JAUME I EL CONQUERIDOR, la gran aventura en l'Europa del segle XIII, una de les obres més aclamades d'Albert Salvadó, sens dubte. Més de quatre mesos a les llistes dels més venuts.

El rei Jaume ja ha conquerit Mallorca i València, però els seus enemics són cada vegada més poderosos. Ara s'enfronta a l'Església, a les enveges i intrigues dels nobles i a les lluites dels seus fills per conquerir el poder. Els regnes de Castella i Lleó s'enfronten amb Aragó i Catalunya i hi ha revoltes i aixecaments en la Corona.

En aquesta tercera part, Jaume I el Conqueridor, el rei que va conquerir terres i cors, ens ofereix el seu llegat ideològic i en ella descobrirem el desenllaç de la trilogia i com utilitzar l'última vocal de l'Escola dels Sons, la que Lluís d'Estemariu, el cavaller proscrit, no va poder ensenyar-li i que obre la porta de l'esperit.

L'INFORME PHAETON

Aquesta no és una novel·la normal. Si la comenceu, heu d'acabar-la. No perquè ho digui l'autor, sinó perquè, potser, no podreu deixar-la fins a tancar l'última pàgina.

A través d'un relat ple de misteri, un escriptor troba una explicació alternativa a tot el que ens han explicat, que mou el seu interior i li obre les portes d'un món fascinant, fins a conduir-lo a un descobriment demolidor que ho canvia tot: el Diluvi Universal el vam provocar nosaltres mateixos, l'ésser humà. No va haver-hi cap intervenció divina. I ho demostra.

Diu la llegenda dels indis Hopi: «L'explosió demogràfica, la multiplicació de les mega-polis i dels transports aeris van fer que l'Home no es conformés únicament amb la creació... sempre desitjava més i més. No deixava de produir fins i tot el que no necessitava i com més tenia, més en reclamava.»

De quines «mega-polis» i de quins «transports aeris» parlaven? Perquè la llegenda Hopi té segles i segles d'antiguitat.

Per altra banda, hi ha un mínim de 83 relats i llegendes que parlen d'un gran cataclisme i de muntanyes d'aigua que ens van caure al damunt. I tots aquests relats parlen d'un home previsor, que en el nostre cas va ser Noè. Però cada regió té el seu salvador particular: Nata, Ouassou, Montezuma, Manu, Bergelmir, Yima, Nan-Choung i molts més Noè repartits per tota la geografia mundial.

La piràmide de Kheops... Només és una tomba per a un faraó? Realment va ser construïda per Kheops?

I, per si fos poc, hi ha un llibre silenciat i apartat de la Bíblia, anomenat el Llibre d'Enoc (un dels patriarques bíblics) que parla sense embuts d'experiments genètics, naus, estacions orbitals...

Davant de tot aquest desplegament d'informació silenciada, el protagonista d'aquesta misteriosa història es demana: El que ens han explicat és la veritat? I el que és més interessant: Les llegendes són només llegendes o són crits d'un passat que ens implora que no l'oblidem?

LA GRAN CONCUBINA D'EGIPTE

Obra guanyadora del IX Premi Néstor Luján de Novel·la Històrica (2005)

L'any 1100 aC governa el faraó Ramsès XI, els camins no són segurs, els comerciants estan espantats, les nacions veïnes no respecten Egipte, la nació es trenca... Herihor, general de l'exèrcit del faraó, viatja a Tebes per salvar l'imperi de les urpes de Penehasy, usurpador nubi.

Després de la gran victòria, rep una revelació dels Déus i ocupa el lloc de Summe Sacerdot. Ell serà el primer membre d'una nova dinastia: la dinastia dels sacerdots. I pacta amb l'altre gran general, Smendes, que Ramsès XI continuarà sent el faraó, però ara hi haurà dos reis: Smendes regnarà al nord i Herihor regnarà en el sud. Ells pacten la divisió de poders i prenen totes les decisions. No obstant això, la mort d'Herihor esdevé un misteri que amenaça amb desencadenar la pitjor de totes les crisis. El seu cos ha desaparegut i si no poden enterrar-lo el seu successor no pot accedir al tron. Llavors Ramsès podrà reclamar de nou el regne de Tebes. On està el cos d'Herihor?, es demana tothom i el misteri creix, mentre la seva esposa Nodyme, la Gran Concubina d'Egipte, mou els fils amb una subtilesa digna del millor dels governants i decideix per damunt de tots.

L'ENIGMA DE CONSTANTÍ EL GRAN

L'emperador Constantí el Gran és una de les figures més impressionants i controvertides de la història universal.

Les seves decisions són un vertader enigma que aquesta obra desvela magistralment. La seva vida és una infinitat de lluites i conquestes, amistats i odis, amors i desamors, grandeses i misèries, nobleses i crims, enganys i traïcions. I ell, des de la humilitat de l'home que s'enfronta a la seva mort, fa balanç de tot.

Va ser l'últim dels grans emperadors. Fill bastard de Constanci Clor, va unificar l'Imperi romà per última vegada, va concedir la llibertat als cristians, va crear el primer exèrcit mòbil, va instituir la moneda única (el Solidus, vertader precursor de l'Euro), va fundar Constantinople, va assassinar amb les seves pròpies mans... i va viure un gran amor amb Minervina, la seva primera esposa.

Submergir-se en la vida de Constantí és reviure una època increïble i descobrir el gran misteri de les seves decisions, aparentment absurdes i contradictòries i, malgrat tot, carregades d'una lògica sorprenent i implacable que Albert Salvadó ens dibuixa amb pols ferm i mà mestra. Una obra que mai s'oblida i que va merèixer ser finalista en el I Premi Néstor Luján de Novel·la Històrica.

L'ANELL D'ÀTILA

Obra guanyadora del Premi Fiter i Rossell del Cercle de les Arts i les Lletres.

En ple segle V, Constantinople i Roma contemplen amb preocupació com totes les terres entre el Rin, el Danuvi, el Volga i el mar Bàltic rendeixen homenatge al nou emperador dels huns, com es fa dir Àtila.

I la preocupació es converteix en pànic quan comença a circular la llegenda que parla d'un home que està per damunt dels altres mortals, perquè ha rebut de mans dels déus l'espasa de Mart.

Sever Antoni Brauli Teodosi, general, ambaixador i senador, viurà una vida sencera per descobrir que som els homes que aixequem els imperis i, també som nosaltres, els qui els esfondrem.

Mentre tot l'Imperi cau al seu voltant, ell, des de la seva vila de Tarraco, relata al seu amic Pau Orosi, que va escriure la història d'aquells dies, els seus records, els d'una època increïble, en la que l'aparició d'un home irrepetible, el gran Àtila, es va aplegar a una altra figura que va marcar el final absolut de l'Imperi Romà d'Occident: Gal·la Placídia. Néta, filla, germanastra, esposa i mare d'emperadors, es va asseure durant trenta anys a la cadira imperial.

El gran Sever, espectador privilegiat pels càrrecs que va ocupar, crida: «Mai, en tota la història, va haver-hi una dona tan predestinada!» I relata amb tots els detalls com Gal·la Placídia va enfrontar els millors generals de Roma entre si, va impulsar Àtila a atacar un Imperi debilitat i ofegat per la corrupció, la traïció, la cobdícia i el vici, i va deixar al tron al seu fill Valentinià, un vertader monstre.

El resultat no podia ser un altre, i la història ha fet justícia.

EL RELAT DE GÜNTER PSARRIS

Els que l'han llegit diuen que es tracta d'un relat dur, però que és, al mateix temps, el més tendre i humà que ha escrit Albert Salvadó.

En una cabanya en meitat dels Pirineus, tres homes troben el cadàver d'un pastor, la fotografia d'un oficial nazi i un manuscrit.

Aquesta és l'apassionant història de Günter Psarris, a qui el món va convertir en assassí, malgrat que ell mai va deixar de ser una gran persona. Va viure durant la Segona Guerra mundial, a l'Alemanya de la bogeria, va ser tancat al camp de Mauthausen i va sobreviure. No obstant això, el preu que va pagar per això va ser molt elevat.

Aquesta és també la història d'algú que va estimar amb bogeria, que va ser deportat i que el món, lluny de casa seva, el va tractar amb duresa i li va robar tot el que tenia. Fins i tot l'amor. I aquesta és una història plena d'esperança i de lliçons, d'un episodi recent de la humanitat que ha quedat marcat per la violència, la brutalitat, el salvatgisme i el menyspreu absolut per tot allò que és sagrat: la vida humana. No obstant això, Günter Psarris sap que la vida contínua i que l'amor és etern. I això ningú l'hi pot robar.